AF192139

SYLVIA
SCHWETZ

Elizabeth
und
Vlad

novum ◢ pro

www.novumverlag.com

Bibliografische Information
der Deutschen Nationalbibliothek:

Die Deutsche Nationalbibliothek
verzeichnet diese Publikation in
der Deutschen Nationalbibliografie.
Detaillierte bibliografische Daten
sind im Internet über
http://www.d-nb.de abrufbar.

Gedruckt in der Europäischen Union
auf umweltfreundlichem, chlor- und
säurefrei gebleichtem Papier.

© 2022 novum Verlag

ISBN 978-3-99131-603-9
Lektorat: Sandra Pichler
Umschlagfotos: Obsidianfantasy,
GBArtStudio | Dreamstime.com
Umschlaggestaltung, Layout & Satz:
novum Verlag
Autorenfoto: Sylvia Schwetz

www.novumverlag.com

Climate neutral
Print product
ClimatePartner.com/16547-2201-1002

Inhaltsverzeichnis

Vorwort

Es ist nicht einfach, etwas niederzuschreiben, von dem man weiß, dass man es schon fast sein ganzes Leben durchmacht.

Ganz einfach: Ich habe nun beschlossen, meine Geschichte und mein Geheimnis mit anderen zu teilen. Vielleicht werden mich einige für verrückt halten und denken, dass ich nur Aufmerksamkeit möchte, aber dem ist nicht so.

Ich weiß aber auch – und daran habe ich keinen Zweifel –, dass es auf dieser Welt andere Personen gibt, die so etwas wie ich erlebt haben und durch Schicksale und Erniedrigungen auch in solchen Parallelwelten Mut schöpften. Bei mir hat es jedenfalls funktioniert, weil, immer wenn ich eine Therapie angefangen habe und ich meine Lebensgeschichte erzählte, war die Therapeutin sehr erstaunt, dass ich noch immer lebe. Sie hat mich auch einmal gefragt, ob ich denn keine Selbstmordgedanken hatte. Ich schaute sie lange an und sagte ihr: „Nein, hatte ich nicht, denn ich habe mir immer gesagt, dass es nicht mehr schlimmer werden kann und das Leben geht weiter."

So, nun wäre der Anfang oder Beweggrund erzählt, warum ich meine Geschichte – die im Übrigen ganz anders ist – niederschreiben möchte.

Ich wuchs in einfachen Verhältnissen auf und wir waren am Anfang eine sehr glückliche Familie.

Da war mein Vater, der eine Anstellung in einem Radio- und Fernsehgeschäft hatte, dann meine Mutter, die als Sekretärin arbeitete. Meine Schwester und ich waren knapp zwei Jahre auseinander und hatten ziemlich verschiedene Charaktere.

Ich war die Ältere von uns beiden, aber auch die Labilere, das heißt, dass ich mit manchen Situationen nicht so schnell klarkam wie meine Schwester, die viel selbstbewusster und stärker war.

Ich möchte jetzt hier nicht ein Buch schreiben über meine ganze Kindheit und die Vorkommnisse in der Familie, sondern nur kurz diesen kleinen Einblick geben, da ich ja vorhabe, eine ganz andere Geschichte zu schreiben.

Ich möchte mal so anfangen, dass ich schon seit meiner Kindheit, die alles andere als rosig war, eine zweite Identität aufgebaut habe.

Ich weiß zwar nicht, warum, aber es hat mir immer geholfen über gewisse Schicksale hinwegzukommen.

Meine Kindheit war von der Scheidung meiner Eltern und den neuen Bekanntschaften meiner Mutter geprägt. Wir, meine Schwester und ich, waren oft allein zu Hause, haben nichts von unserer Jugend gehabt.

Als ich so elf Jahre alt war – meine Eltern hatten sich gerade scheiden lassen –, war ich eines Tages allein in der Wohnung. Und irgendwie hatte ich das Gefühl, dass ich nicht allein war, sondern, dass da jemand war. Als ich gerade ins Wohnzimmer gegangen war, spürte ich es intensiver und drehte mich um, aber da war niemand. Aus lauter Panik fing ich an zu laufen und rannte in das Kinderzimmer, schloss die Türe hinter mir und versteckte mich zwischen Bett und Fenster. Als ich merkte, dass dieses Etwas – damals konnte ich es nicht anders formulieren – mich verfolgt hatte und die Türe öffnete und ins Zimmer trat, machte ich mich noch kleiner und legte mein Gesicht auf die aufgestellten Beine.

Ich versuchte so wenig wie möglich zu atmen, um mich nicht bemerkbar zu machen. Dann hörte ich die fast lautlosen Schritte, da das Zimmer mit einem Teppich ausgelegt war, in meine Richtung kommen.

Es war kaum auszuhalten – so gezittert habe ich –, dass mich fast der Mut verlor und ich fast in Panik davongelaufen wäre. Aber ich nahm allen Mut zusammen und wartete geduldig, wer da denn vor mir stehen würde.

Und dann stoppte es und ich hob vorsichtig den Kopf. Als ich dann nach links am Bett vorbeischaute zur Türe, sah ich niemanden und das Gefühl, das ich vorher hatte, war auch verschwunden. Nur eines hatte sich verändert: Die Türe stand weit offen. Konnte das sein? Hatte ich mich so getäuscht in diesem Gefühl, beobachtet zu werden? Aber warum stand dann die Türe offen, von der ich wusste, dass ich sie geschlossen hatte, nachdem ich mich versteckt hatte?

Ich erhob mich also langsam und ging durch die geöffnete Türe in das Vorzimmer. Langsam und so leise wie möglich bewegte ich mich wieder in Richtung Wohnzimmer und kam bei der Wohnstube vorbei, wo die Türe auch offenstand, und, als ich an dem Raum vorbeiging, sah ich im Augenwinkel einen Schatten. Oder doch nicht? Spielten mir meine Sinne einen Streich?

Ich wollte es jetzt genau wissen und nahm all meinen Mut zusammen und drehte mich nach rechts und ging in den Raum hinein.

Und das ist nun der Moment, wo ich in einen neuen Abschnitt hineinfalle und meine zweite Identität beginnt.

Denn als ich den Raum komplett betreten hatte, begann vor meinem geistigen Auge eine Geschichte, die ich nun hier von Anfang an erzählen möchte.

Erstes Kapitel

Als ich aus dem Krankenhaus kam – es war wieder einmal ein stressiger Tag gewesen –, ging gerade die Sonne unter.

Endlich konnte ich frische Luft schnappen und atmete tief ein.

Ich ging zu meinem Wagen und fuhr Richtung nach Hause. Natürlich war der Verkehr wieder einmal stockend, sodass ich das Radio aufdrehte und den Klängen lauschte. Dabei dachte ich an mein Leben zurück. Ich war jetzt eine junge Frau und erfolgreiche Ärztin. Mein Name ist Elizabeth Baker. Ich lebte mit meinem Vater in einem Haus am Stadtrand und er war einfach immer für mich da, wenn ich ihn brauchte.

Mit ihm konnte ich über alles reden und das war manches Mal ganz wichtig. Aber irgendwie spürte ich auch, dass er etwas vor mir verbarg, etwas Unheimliches, das mir Angst machte.

Ich wollte ihn auch nicht darauf ansprechen, da es mir peinlich war.

Dass ich bald herausfinden würde, was es war, wusste ich zu diesem Zeitpunkt noch nicht.

Ich war später mit George, meinem Freund verabredet. Wir wollten essen gehen und dann hatte er gesagt, dass er eine Überraschung für mich habe.

Endlich war ich zu Hause angelangt und parkte den Wagen in der Auffahrt und ging ins Haus. Dort erwartete mich schon mein Vater und begrüßte mich herzlich. Er sagte, dass er mit mir sprechen müsse, und ich erwiderte, dass ich verabredet war und momentan keine Zeit hätte, da ich mich beeilen müsse. Er schaute mich an und ich versprach ihm, dass ich morgen mit ihm reden würde. Mein Vater war einverstanden und ich ging duschen und zog mich um.

Nach etwa einer Stunde saß ich im Auto und fuhr zu dem Restaurant, wo George schon auf mich wartete.

Wir gingen hinein, nahmen an einem Tisch Platz, aßen, tranken und erzählten uns Geschichten. Als wir dann nach einer geraumen Zeit das Restaurant wieder verließen, schaute George mich lange an und fragte mich, ob ich heute Nacht bei ihm bleiben wollen würde. Da ich George sehr liebte, willigte ich sofort ein und wir fuhren zu seinem Haus.

Ich war jetzt mit George ein halbes Jahr befreundet und ich liebte ihn wie am ersten Tag. Er hatte braune, kurze Haare, graue Augen und eine gut durchtrainierte Figur, also für mich einfach zum Verlieben.

Als wir bei seinem Haus ankamen und ausstiegen, gingen wir sofort hinein. Plötzlich nahm George mich in den Arm und küsste mich. Ich erwiderte seinen Kuss und danach schauten wir uns lange an und ich konnte erkennen, dass er mehr wollte, und ich gab ihm zu verstehen, dass ich bereit dazu war, indem ich ihn fest an mich drückte. Daraufhin hob er mich hoch und trug mich die Treppe hinauf ins Schlafzimmer.

Als ich am nächsten Morgen aufwachte, lächelte er mich an und fragte, ob ich gut geschlafen hätte. Ich bejahte und lächelte glücklich zurück und küsste ihn lange. Dann stieg ich aus dem Bett und ging duschen. Als ich fertig angezogen war, ging ich die Treppe hinunter und betrat das Wohnzimmer, wo schon das Frühstück auf dem Esstisch stand. Ein Lächeln umspielte meine Lippen.

Wir frühstückten gemeinsam und als ich mich von ihm verabschiedete, sagte ich ihm, dass ich ihn anrufe. Er nickte, begleitete mich noch zu meinem Wagen, gab mir einen Kuss; ich stieg ein und fuhr nach Hause.

Unterwegs rief ich meinen Vater an, da ich wissen wollte, ob er zu Hause sei. Als er abhob, sagte er mir, dass er auf mich warten würde, und ich beeilte mich, nach Hause zu kommen.

Als ich die Haustür öffnete und ins Haus trat, fand ich meinen Vater im Wohnzimmer vor und setzte mich, nachdem ich mir einen Drink geholt hatte, neben ihn auf die Couch.

Mein Vater drehte sich zu mir und schaute mich eine Weile an, bevor er zu sprechen begann. Er sagte mir, dass er eine Entscheidung getroffen hätte und es nun der richtige Zeitpunkt wäre, meine eigentliche Bestimmung zu erfahren. Dazu müsse ich nach Rumänien reisen, dort würde ich am Flughafen in Bukarest abgeholt werden und dann zu einer Burg gebracht.

Ich schaute ihn mit erstauntem Blick an und fragte ihn, wie lange ich denn Bedenkzeit hätte für diese Entscheidung und welche Bestimmung ich hätte. Vater antwortete, dass mein Flug schon morgen wäre und sich alles andere zu gegebener Zeit fügen würde.

„Nun gut", dachte ich und sagte meinem Vater, dass ich nun packen werde und dann noch einen Besuch machen müsste.

Ich ging traurig, da ich an George und unsere erste gemeinsame Nacht denken musste, in mein Zimmer und rief ihn sofort an. Er war besorgt und sagte, dass er mich in einer Stunde abholen würde. So begann ich, bis dahin meinen Koffer zu packen und war einfach nicht in der Stimmung, George so schnell zu verlassen. Ich rief auch noch im Krankenhaus an und gab Bescheid, dass ich für längere Zeit nicht verfügbar sein würde, da ich auf unbestimmte Zeit verreisen müsse. Man sagte mir dort, dass das kein Problem wäre, und wünschte mir alles Gute und ich sollte mich dann wieder melden.

Als der Koffer fertig gepackt war, läutete mein Handy und George sagte, dass er schon da wäre. Ich sagte ihm, dass ich gleich bei ihm wäre, und schloss den Koffer. Ich ging noch mal zu meinem Vater ins Wohnzimmer und verabschiedete mich von ihm. Er stand auf, kam auf mich zu und nahm mich in den Arm und erklärte mir, dass das der Lauf der Dinge sei.

Ich schaute ihn an, nickte und verließ das Haus, um zu George in den Wagen zu steigen. George gab mir einen Kuss und wir fuhren los. Nach einer Weile hielten wir bei einem Park und stiegen aus. Wir gingen ein gutes Stück hinein und hielten dann bei einer Parkbank, die, wenn man sich setzte, einen Ausblick auf einen kleinen See gab.

Schöner und romantischer konnte es gar nicht sein. Wenn mir jetzt auch noch die richtigen Worte einfielen, wie ich George das sagen sollte, dann wäre der Moment perfekt gewesen.

Ich schaute George lange an und er merkte, dass ich ihm etwas sagen wollte, aber nicht wusste, wie. Er nahm meine Hände und gab mir zu verstehen, einfach anzufangen. So erzählte ich ihm, was mein Vater mir an diesem Tag gesagt hatte und dass wir uns – und dieser Teil fiel mir besonders schwer – nicht mehr sehen werden. Dann begann ich zu weinen und entschuldigte mich bei ihm.

George schaute mich lange mit traurigen Augen an und konnte es nicht fassen, was er da gerade gehört hatte. Er war fassungslos, dass es jetzt, wo wir uns gerade so verbunden hatten, einfach vorbei war. Ich konnte ihm nicht mehr länger in die Augen sehen und senkte meinen Kopf, doch er hob mein Kinn an und küsste mich sehr lange und innig und dann umarmten wir uns für eine lange Weile. Wir beide wussten, dass wir uns nie wieder sehen würden. Dann standen wir auf, gingen zum Wagen zurück und George fuhr mich nach Hause. Als wir dort ankamen, nahm er mich ein letztes Mal in den Arm und sagte mir, dass ich auf mich aufpassen solle. Ich schaute ihn an und küsste ihn und versprach ihm, dies zu machen. Dann stieg ich aus und er fuhr sofort los. Ich ging ins Haus und in mein Zimmer. Dort legte ich mich auf das Bett und weinte und weinte.

Zweites Kapitel

Irgendwann musste ich dann eingeschlafen sein, denn, als ich aufwachte, war es dunkel in meinem Zimmer und ich schaltete die Nachttischlampe ein. Dann streckte ich mich und stand auf. Ich zog meine Kleidung aus und ging ins Badezimmer, wo ich mich unter die Dusche stellte und einfach nur das warme Wasser an mir herunterrinnen ließ. Ich war so traurig, dass ich keinen einzigen Gedanken an etwas Erfreuliches verschwenden wollte. Es war eine Welt für mich zusammengebrochen.

Nach einer Weile stellte ich die Dusche ab und nahm ein Handtuch, um mich abzutrocknen. Dann schlüpfte ich in meinen Bademantel und stellte mich vor den Spiegel und betrachtete mein Gesicht. Es war erschreckend zu sehen, wie ich aussah, die Augen gerötet vom Weinen, das Gesicht bleich und dieser traurige Ausdruck war nicht zu beschreiben.

Ich beschloss, diesen Anblick zu beenden und ging wieder ins Zimmer zurück, wo ich mich auf das Bett warf und wieder zu weinen anfing. Es wollte nicht aufhören, aber andererseits war es wahrscheinlich ganz gut, so ging es mir dann vielleicht schneller besser, hoffte ich zumindest.

Als ich mich dann im Bett aufsetzte und meinen Blick durch das Zimmer schweifen ließ, fiel mir erst jetzt auf, dass einige Sachen auf meinem Schreibtisch lagen, von denen ich wusste, dass ich sie nicht dort hingelegt hatte. Ich stand also auf und ging zu meinem Schreibtisch und schaute darauf. Da lagen einige Unterlagen wie Flugtickets, ein paar Zeilen meines Vaters und andere Kleinigkeiten.

Als ich die Sachen näher betrachtete, wusste ich jetzt wieder, wozu sie waren: für die Reise nach Rumänien.

Aber irgendwie hatte ich keine Lust, dorthin zu fahren. Schon allein, weil ich nicht wusste, was mich dort erwarten würde – oder wer.

Ich nahm den Brief meines Vaters in die Hand, setzte mich auf das Bett und begann zu lesen:

„Meine liebe Elizabeth,
es tut mir leid, dich so schnell zu dieser Reise gedrängt zu haben, aber du bist nun erwachsen, hast einen großartigen Beruf gewählt und nun ist es an der Zeit, dass du deine wirklichen familiären Wurzeln erkennst und weißt. Ich habe versucht, dir immer ein guter Vater zu sein und dir jeden Wunsch zu erfüllen. Deine Mutter hat das leider nicht mehr erleben dürfen, da sie ja kurz nach deiner Geburt verstorben ist. Aber das weißt du ja, wir haben einmal darüber gesprochen.
Es fällt mir schwer, aber ich kann dir zum jetzigen Zeitpunkt keine weiteren Anhaltspunkte geben, als dass du bitte nach Rumänien reist und dort deine Bestimmung erfährst.
Elizabeth, Liebes, bitte erfülle mir diesen Wunsch und vergiss nicht: Ich denke jeden Tag an dich.

Dein Vater"

Ich las den Brief noch einmal und mir standen die Tränen in den Augen. Was sollte ich davon halten? Es war so geheimnisvoll und liebevoll zugleich geschrieben. Da ich meinen Vater immer schon respektiert habe, wollte ich ihm daher zeigen, dass ich dies für ihn tun würde.

Ich wollte ihm dies auf jeden Fall auch in einer kurzen Notiz beweisen. Also schrieb ich auf einen Zettel:

„Lieber Vater,
ich danke dir für diesen Brief, den du mir geschrieben hast, obwohl er mir zeigt, dass ich darin auch nicht die Antworten finde, die ich gerne wüsste. Aber du hast mir ja deutlich gemacht, dass ich sie in Rumänien finden werde. Ich hoffe es.
Es fällt mir schwer, dich hier zurückzulassen, aber ich habe dich und deine Entscheidungen immer respektiert und werde dir diesen Wunsch erfüllen.

Ich werde dich schrecklich vermissen und werde auch jeden Tag
an dich denken.

Deine Tochter"

Mittlerweile war es schon hell geworden und ich zog mich rasch an. Ich schaute mir die Flugtickets an und merkte, dass mein Flug in drei Stunden ging. Ich schnappte meinen Koffer, meine Handtasche und den Zettel an meinen Vater und verließ nach einem letzten Blick mein Zimmer.

Auf dem Weg zur Haustür kam ich am Arbeitszimmer meines Vaters vorbei. Dort wollte ich auf seinem Schreibtisch die geschriebenen Zeilen an ihn deponieren.

Ich betrat also das Arbeitszimmer, das geöffnet war, und ging zum Schreibtisch. Als ich das Zimmer durchquerte, fiel mir erst heute diese Düsternis auf, die dieser Raum zeigte. Waren es die Figuren, von denen ja einige furchteinflößend waren oder war es nur ein dummer Eindruck von mir. Ich konnte es nicht wirklich deuten und legte den Zettel auf den wuchtigen Schreibtisch und verließ so schnell wie möglich wieder das Arbeitszimmer. Ich nahm meinen Koffer und ging zur Haustür. Bevor ich sie öffnete, drehte ich mich noch einmal um und ließ meinen Blick schweifen.

Irgendwie konnte ich mir noch nicht vorstellen, dies alles vielleicht nie wieder zu sehen. Aber meistens ist es die innere Stimme, auf die man hören sollte, und die sagte mir, dass ich dies alles nie wieder sehen würde.

Als ich endlich wieder aus meiner Starre – ich weiß nicht, wie lange ich so dagestanden hatte – erwachte, öffnete ich endlich die Haustüre und ging hinaus ins Freie. Dort stand schon ein Taxi für mich bereit und der Fahrer nahm mein Gepäck und verstaute es im Kofferraum. Dann öffnete er mir die Wagentür und ich stieg zögerlich ein. Der Fahrer schloss die Wagentür und nahm an der Fahrerseite Platz, startete den Wagen und fuhr los Richtung Flughafen.

Als er die Auffahrt hinunterfuhr, drehte ich mich um und schaute aus dem Heckfenster ein letztes Mal auf das Haus und da kam es mir vor, als ich die Fenster entlang sah, dass hinter einem der Fenster mein Vater stand. Aber warum hatte er sich nicht von mir verabschiedet? Ich wusste es nicht, aber da war wieder die innere Stimme oder das Bauchgefühl, dass ich meinen Vater doch sehr bald wiedersehen würde.

Als das Taxi am Flughafen ankam, wurde ich schon von zwei Herren erwartet, die sich mir als Begleitung vorstellten. Es waren Mitarbeiter meines Vaters, die unseren Privatjet betreuten. Ich begrüßte sie und einer der beiden nahm meinen Koffer, den der Fahrer ihm aus dem Kofferraum reichte und ich verabschiedete mich vom Fahrer. Dann ging ich mit den beiden Herren in die Flughafenhalle. Dort gingen wir zum VIP-Bereich und, nachdem ich meinen Pass und die Flugtickets hergezeigt hatte, kam eine Stewardess und begleitete uns zum Privatjet. Es stellte sich dann heraus, dass sie zum Bordservice gehörte.

Es war immer suspekter für mich, da ich schon öfters mit Vaters Privatjet unterwegs war und das Personal immer wieder wechselte, was ich nie verstanden habe, aber solange mir nichts passierte und ich meinen Komfort genießen konnte, nahm ich gerne das Motto „Man genießt und schweigt".

Ich stieg also die Treppe zum Flugzeug hinauf und nahm auf einem der Sessel Platz. Ich schnallte mich an und lehnte mich zurück. Da kam auch schon die Stewardess, die uns begleitet hat, zu mir und fragte mich, ob ich etwas trinken möge oder anderes benötige. Ich sagte ihr, dass ich nichts benötige, sie mir aber später ein Glas Wasser und ein Polster bringen könnte, wenn wir in der Luft wären. Ansonsten bat ich sie, mich nicht zu stören. Ich wollte nur mit meinen Gedanken allein sein und jetzt hatte ich Zeit, alles zu sortieren, das mir noch durch den Kopf ging.

Der Jet hob nach circa zwanzig Minuten; nachdem ich mit der Stewardess gesprochen hatte. Und wie gewünscht, nachdem wir die endgültige Flughöhe erreicht hatten, kam die Stewardess wieder und stellte ein Glas Wasser auf dem Tisch ab und legte mir ein Kissen zwischen Hinterkopf und Rückenlehne. Ich bedankte mich und sie verschwand wieder. Ich nahm einen Schluck Wasser und lehnte mich dann zurück und schloss die Augen. Ich schlief sofort ein und hatte einen merkwürdigen Traum.

Ich musste lange geschlafen haben, denn als ich die Augen wieder öffnete, kam sofort die Stewardess zu mir und sagte mir, dass wir bald landen würden und ich doch die Rückenlehne wieder geradestellen solle. Als sie meinen fragenden Blick bemerkte, als sie das mit der Rückenlehne erwiderte, entschuldigte sie sich und sagte, dass sie, während ich geschlafen hatte, die Lehne ein bisschen nach hinten gestellt hatte, sodass ich besser schlafen konnte. Ich gab ihr zu verstehen, dass das okay war und sie sich dafür nicht entschuldigen müsse. Sie bedankte sich und ging wieder.

Ich stellte also die Rückenlehne wieder aufrecht und sah aus dem Flugzeugfenster. Der Blick war atemberaubend. Da war eine riesengroße Stadt unter uns, die sich als Bukarest herausstellte, nachdem ich auf die Anzeigetafel schaute. Darauf sah ich auch, dass wir in circa zehn Minuten landen würden. Konnte es sein, dass ich so lange geschlafen hatte? Das ist irre.

Nach einer geraumen Zeit meldete sich der Pilot via Lautsprecher und sagte, dass wir im Landeanflug wären. Ich schnallte mich also wieder an und setzte mich aufrecht hin. Die Stewardess kam, um mein Wasserglas und die Kissen zu holen und verschwand dann wieder.

Während dem Landeanflug sah ich die ganze Zeit aus dem Fenster und mich überkam wieder dieses Gefühl, dass ich lieber nicht aussteigen würde mögen und wir umdrehen sollten und zurückfliegen. Aber ich war auch neugierig, was mich erwartete in diesem Land, und dachte mir: „Wenn es dir nicht gefällt, kannst du immer noch nach Hause fliegen."

Der Pilot landete den Jet sanft auf dem Rollfeld und wir kamen nach einigen Metern zum Stillstand. Nach einer Weile löste ich den Gurt und stand auf. Während ich mich fertig machte für den Ausstieg, öffnete der Pilot die Flugzeugtüre und ließ die Treppe hinunter.

Ich nahm meine Handtasche und ging zum Ausgang, wo die Stewardess und der Pilot schon auf mich warteten. Ich gab jedem die Hand und trat hinaus auf die Gangway. Ich ging die Treppe hinunter und überquerte das Rollfeld. Der Pilot hatte den Jet nicht weit von der Flughafenhalle geparkt und so hatte ich zum Glück nicht weit dorthin. Als ich dann in der Flugzeughalle war, ging ich zu der Gepäckabteilung und holte meinen Koffer. Der wurde mir auch sofort ausgehändigt und ich ging zur Passkontrolle, zeigte meinen Pass her und konnte sofort passieren. Nachdem ich die Passkontrolle hinter mir hatte und in der Ankunftshalle stand, musste ich mich erst einmal orientieren, denn da waren so viele Menschen, die durcheinanderriefen und Schilder hochhielten, dass es momentan sehr erdrückend war.

Als ich stehen blieb und mich umsah, entdeckte ich zwei dunkle Gestalten, die ein Schild mit meinem Namen darauf hochhielten. Ich begab mich direkt zu ihnen und fragte sie, wer sie seien, und sie antworteten mir, dass sie mich abholen sollen und zur Burg bringen. Einer der beiden nahm meinen Koffer und wir verließen die Ankunftshalle und gingen zum Wagen. Ich staunte nicht schlecht, welchen Wagen die beiden ansteuerten – es war eine schwarze Stretchlimousine, die verdunkelt war. Einer der beiden Männer öffnete die hintere Wagentüre und ich stieg ein. Es war, als würde man in einen fahrenden Sarg einsteigen. Alles war so dunkel darin und man fühlte sich, obwohl viel Platz war, irgendwie erdrückt. Ich konnte nur hoffen, dass die Fahrt nicht allzu lange dauern würde, weil ich sonst vielleicht Angstzustände bekommen hätte.

Wir fuhren los. Ich sah aus dem Fenster und die Landschaften und Dörfer zogen an mir vorbei.

Nach einigen Stunden Fahrt hielt auf einmal der Wagen und ich merkte, dass wir direkt in einem Waldstück gehalten hatten. Der Beifahrer stieg aus, kam zu meiner Wagentür und öffnete sie. Ich schaute ihn an und er gab mir zu verstehen, dass sie nur bis hierherfahren würden und ich dann von einer Kutsche abgeholt werden würde.

So stieg ich aus dem Wagen und der Mann schloss die Wagentüre wieder hinter mir, wünschte mir alles Gute und stieg wieder bei der Beifahrerseite ein. Dann fuhr der Wagen auch schon davon.

Da stand ich nun und merkte erst jetzt, dass sie mir nicht meinen Koffer gegeben hatten. Ich konnte es nicht glauben, dass man mich einfach hier warten ließ, ohne meinen Koffer, aber wenigstens hatte ich meine Handtasche behalten.

Ich war so mit meinen Gedanken beschäftigt, dass ich nicht merkte, dass sich etwas näherte. Erst im letzten Moment, da ich den Kopf etwas drehte, sah ich im Augenwinkel, dass sich eine Kutsche näherte, die genau vor mir hielt. Die Kutsche war einfach wunderschön und die Pferde, die sie zogen, waren schwarz und ihr Fell glänzte unglaublich. Die Kutsche sah aus wie aus vergangenen Jahrhunderten. Der Kutscher sah für mich etwas düster aus, als er vom Kutschersitz herunterstieg und die Türe zum Wageninneren öffnete. Als ich mich zur Kutsche bewegte und vor der Kutschentüre stehenblieb, zog der Kutscher seinen Zylinder und verbeugte sich und ich streckte ihm meine Hand hin. Als er sie nahm, um mir in die Kutsche zu helfen, merkte ich, wie eiskalt sie war. Auch als ich versuchte in seine Augen zu schauen, hielt er den Kopf gebeugt, sodass ich seinen Blick nicht einfangen konnte.

Ich stieg in die Kutsche und machte es mir bequem. Als ich Platz genommen hatte, schloss der Kutscher die Türe und nahm wieder auf dem Kutschersitz Platz. Er schnalzte mit der Peitsche und die Pferde samt der Kutsche setzten sich in Bewegung. Ich genoss richtig die Fahrt, obwohl sie nicht recht lange dauerte und wir bald da waren – was sehr enttäuschend war.

Die Kutsche verlangsamte ihre Fahrt und wir fuhren durch ein gewaltiges Burgtor. Als wir es passiert hatten, kam die Kutsche zum Stehen. Im nächsten Moment ging auch schon die Kutschentüre auf und das Szenario wie beim Einstieg wiederholte sich auch beim Aussteigen und wieder blieb mir der Blick in die Augen des Kutschers verwehrt.

Als ich die Kutsche verlassen hatte, zeigte der Kutscher auf das riesige Burgtor vor uns und verabschiedete sich verbeugend. Ich ging auf dieses Tor zu und zog an dieser langen Klingel. Während ich wartete, dass mir jemand öffnete, drehte ich mich um und sah erstaunt, dass die Kutsche schon verschwunden war. Ich war mir sicher, kein Getrappel der Pferde und die Kutschenräder gehört zu haben. Ich zuckte mit den Schultern und drehte mich wieder um. Gerade als ich das tat, öffnete sich das Burgtor.

Drittes Kapitel

Ich stand da und wartete – gespannt, wer denn das Tor geöffnet hatte. Dann sah ich, wie sich ein Schatten in meine Richtung bewegte und im nächsten Augenblick stand da auch schon ein älterer, gutaussehender Mann vor mir, der mich höflich begrüßte und mir zu verstehen gab, dass ich eintreten solle. Ich lächelte ihn an und trat über die Schwelle in das Burginnere.

Ich folgte dem Mann, der vorausging; wir durchquerten die Halle und er öffnete dann links eine große Doppeltüre und ging weiter in den Raum hinein. Ich schaute mich in der Halle um und war erstaunt, wie düster und bedrückend es war. Ich war fasziniert von dieser Halle, denn, wenn man die Halle betreten hatte, sah man an der rechten Seite eine große, breite Treppe und schaute man geradeaus, so war da eine weitere breite Treppe, die in die Tiefe führte, wahrscheinlich in die Gruft oder den Keller, das konnte ich zu diesem Zeitpunkt noch nicht sagen. Wo die Treppe rechts hinführte, würde ich vielleicht bald erfahren. Ich wollte mich gerade nach links zur Doppeltür bewegen, als ich dann sah, dass es noch eine weitere Treppe gab, die, wenn man den Blick zur Doppeltür gerichtet hatte, rechts davon hinaufführte. Wenn man von unten dann der Treppe folgte, sah man am Ende der Treppe, dass sie in einen schmalen Gang führte. Des Weiteren sah ich nach oben und da war ein gewaltiger Kronleuchter, der, von Edelsteinen besetzt, nur so schimmerte. Aber er war so weit oben, dass die Düsternis in diesem Raum trotzdem die Überhand hatte.

Ich riss meinen Blick von diesem wunderschönen Kronleuchter los und betrat den Raum durch die Doppeltüre.

Um in den Raum zu gelangen, musste man drei Stufen hinuntergehen und stand dann in so einem Art Speisezimmer. Geradewegs vor mir in einiger Entfernung war ein gewaltiger Esstisch aus dunklem Holz mit acht Stühlen, die alle Armlehnen hatten und ziemlich massiv – so wie der Tisch – aussahen. Links von diesem Tisch waren zwei große Fenster, die mit dicken schwarzen Samtvorhängen an jeder Seite versehen waren. Diese Samtvorhänge zog der Mann, der mir das Tor geöffnet hatte, gerade zu. Dadurch wurde auch in diesem Raum die Düsternis präsent, die ich schon in der Halle erfahren hatte. Neben dem vorderen Fenster stand noch ein alter Lehnstuhl mit einer roten Polsterung, der sehr bequem wirkte.

Als ich dann meinen Blick nach rechts richtete, sah ich eine weitere Türe. Ich fragte den Mann, wo sie denn hinführe, und er antwortete mir, dass dahinter die Bibliothek sei, aber er sagte auch – und dabei deutete er mit einer Handbewegung auf den Tisch –, dass das warten könne und ich mich doch setzen solle und das Essen genießen. Ich nickte und verfolgte seine Handbewegung und sah erst jetzt, dass der Tisch mit reichlich Speisen gedeckt war und auch eine Weinflasche dastand.

Ich setzte mich und nahm mir einiges von den Speisen auf meinen Teller. Der Mann setzte sich rechts von mir hin und schaute mir beim Essen zu. Obwohl ich lange nichts zu mir genommen hatte, musste ich mich bei jedem Bissen quälen, denn ich war einfach nur müde und wollte nur noch schlafen.

Anscheinend musste ich sehr müde ausgesehen haben; der Mann erhob sich und sagte, er wolle mir mein Zimmer zeigen. Ich legte das Besteck auf den Teller und erhob mich langsam von meinem Stuhl.

Wir verließen den Raum und gingen links die schmale Treppe hinauf und bogen in den Gang ein. Auch hier gab es nicht viel Licht und ich beeilte mich, dicht hinter ihm zu bleiben. Wir gingen den Gang entlang und plötzlich blieb der Mann abrupt stehen und ich wäre fast in ihn hineingerannt. Ich konnte gerade noch rechtzeitig stehen bleiben.

Er nahm einen Schlüssel aus seinem Jackett und sperrte die Türe auf. Als ich hinter ihm in den Raum trat, war ich sprachlos, denn es war ein wunderschönes Schlafzimmer, das man sich als junge Frau nur wünschen kann. Da war rechts neben der Türe ein großes Doppelbett aus schwarzem, massivem Holz und mit wunderschönen Verzierungen. Geradeaus gab es einen Sekretär mit einem Stuhl, der zwischen zwei Fenstern stand. Links an der Wand, in etwa bei dem Fenster, stand eine Frisierkommode mit allerlei Sachen wie Bürste, Parfum und Cremes darauf. Rechts neben dem Bett gab es einen großen Kleiderkasten und, als ich ihn öffnete, fand ich darin auch schon meine Kleidung, die jemand schon darin verstaut hatte. Als ich mich umdrehte und meinen Blick nach vorne richtete, sah ich eine Türe. Ich öffnete sie und befand mich im Badezimmer. Da waren links von der Türe eine Dusche und eine Badewanne und gegenüber der Türe befand sich ein Waschbecken und rechts neben dem Waschbecken war eine Toilette.

Ich schloss die Türe wieder, drehte mich um und strahlte über das ganze Gesicht. Ich gab dem Mann, der mich wahrscheinlich die ganze Zeit beobachtet hatte, zu verstehen, dass ich begeistert von diesem Zimmer war. Ich ging zum Bett und setzte mich auf die Bettkante und wollte unbedingt wissen, wie weich die Matratze war und wippte auf der Bettkante auf und ab. Ich war so damit beschäftigt, dass ich nicht merkte, wie sich der Mann in meine Richtung bewegte und auf einmal neben mir auf dem Bett saß. Ich schaute ihn erstaunt an und fragte ihn, was er hier mache. Plötzlich kam mir ein Gedanke, wie unhöflich ich eigentlich gewesen war, denn ich hatte mich nicht einmal bei ihm vorgestellt.

Ich gab ihm meine Hand und entschuldigte mich, dass ich ihm bei der Begrüßung nicht meinen Namen gesagt hatte, und sagte ihm, dass mein Name Elizabeth Baker sei und ich von meinem Vater hergeschickt worden sei. Dann fragte ich ihn nach seinem Namen. Er schaute mich lange an, bevor er antwortete, dass er Vlad Tepes sei und ein Vampir.

Ich konnte es nicht glauben, was er da sagte, denn ich hatte Dokumentationen gesehen und dabei gehört, dass Bram Stoker Vlad Tepes als seinen Graf Dracula beschrieben hat. Er erklärte mir, dass er nicht Graf Dracula sei und auch nicht mit diesem verglichen werden wolle.

Ich schaute ihn an und sah in seinem Blick etwas aufflammen, das mich etwas erregte. Plötzlich beugte er sich zu mir und küsste mich leidenschaftlich. Dabei nahm er sacht mit seinen Händen meine Schultern und drückte mich auf das Bett, sodass ich unter ihm zum Liegen kam. Dabei küsste er mich immer weiter und mir schwanden die Sinne. Als er dann von mir abließ und mich anschaute, musste ich erst einmal wieder zu Atem kommen. Ich drehte meinen Kopf nach rechts und reckte ihm meinen Hals entgegen. Aber es passierte nichts und ich drehte meinen Kopf wieder zurück und sah ihn fragend an.

Er erwiderte meinen Blick, sah mich eindringlich an und sagte: „Ich werde dich nicht beißen, denn ich möchte so etwas Wunderschönes und Wertvolles nicht zerstören." Damit küsste er mich leidenschaftlich und immer fordernder, bis wir uns zuletzt liebten und dann eng umschlungen einschliefen.

Viertes Kapitel

Als ich am nächsten Tag erwachte, lag ich allein in diesem großen Bett und musste mich erst orientieren, wo ich war. Dann fiel es mir wieder ein und ich musste über mich selbst lachen, was ich da letzte Nacht getan hatte. Auch konnte ich es nicht glauben, was dieser Mann, der sich Vlad Tepes nennt, gesagt hatte. War es so, war er ein Vampir, von denen ich angenommen hatte, dass sie eine Erfindung waren? Na ja, ich sollte es später schnell genug herausfinden. Ich stieg aus dem Bett und ging ins Badezimmer, wo ich mich duschte, und kam dann wieder heraus und suchte im Kleiderschrank etwas zum Anziehen und verließ dann das Zimmer. Ich ging den Gang zurück zur Treppe und schaute hinunter in die Halle. Dort entdeckte ich, dass die Doppeltüre zum Esszimmer offenstand und ging die Treppe hinunter und weiter durch die Doppeltüre. Als ich die drei Stufen in den Raum hineintrat, blieb ich erstaunt stehen. Nun sah ich den Raum bei Tageslicht und es war umwerfend. Jetzt konnte ich auch weiter nach hinten in den Raum sehen und da war ein riesiger Kamin mit zwei bequemen Stühlen. Ich sah auf den Esstisch und er war für das Frühstück mit allem, was das Herz begehrt, gedeckt. Ich nahm wieder auf dem Stuhl, den ich schon gestern Abend benutzt hatte, Platz und schenkte mir einen Kaffee ein. Ich nahm mir einige Sachen von den Tableaus auf meinen Teller und begann zu essen.

Plötzlich erschrak ich, denn ich hatte gar nicht bemerkt, dass sich jemand neben mich gestellt hatte. Als ich meinen Blick nach rechts drehte, stand da eine ältere Frau und lächelte mich an. Sie sagte mir, dass sie Luise heiße, die Wirtschafterin sei und sich freue, mich kennenzulernen, denn es sei sehr lange her gewesen, dass in dieser Burg wieder einmal jemand zu Gast sei, der auch etwas isst. Ich sah sie groß an und begrüßte sie ebenfalls. Ich sagte ihr meinen Namen und, dass ich mich auch freue, ihre

Bekanntschaft machen zu dürfen. Sie sagte mir, dass sie jederzeit für mich da wäre, wenn ich etwas brauchen würde. Ich dankte ihr und sie verabschiedete sich mit einem Knicks und ging wieder. Ich aß mein Frühstück fertig und stand dann auf, denn ich wollte unbedingt mehr von dieser Burg sehen. Da gab es sicher viele Räume, die es zu erkunden gab.

Ich ging also direkt auf diese Türe auf der rechten Seite zu und öffnete sie. Es war gewaltig – dieser Geruch von altem Papier und die meterhohen Regale, wo ein Buch nach dem anderen stand und dann gab es da eine Leseecke mit einem kleinen Tisch und einem Stuhl und einer Couch und einer Leselampe. Ich war von diesem Raum – der Bibliothek – begeistert. Da ich gerne las und mich auch gerne durch ein gutes Buch inspirieren ließ, wusste ich jetzt schon, wohin ich mich zurückziehen konnte, wenn mir alles zu viel würde. Ich verließ den Raum wieder und schloss die Türe, drehte mich um und verließ auch diesen Raum. Dann wandte ich mich – da ich wissen wollte, was sich denn da unten befand – zu der breiten Treppe, die hinunterführte. Ich stieg langsam die Stufen hinab und, als ich unten am Ende angekommen war, sah ich mich um.

Da gab es einige Möglichkeiten zu erkunden. Da war zum einen die rechte Seite, die weiter in die Dunkelheit führte, und dann gab es links auch noch einen Gang, der ebenfalls ins Dunkle führte. Aber das Interessanteste waren die beiden Räume vor mir. Ich wollte gerade in den rechten Raum gehen, als mir im linken etwas auffiel, das mich stutzig machte. Ich trat näher an den Raum heran, ohne ihn zu betreten und konnte es nicht glauben: Da war ein riesiger Raum und inmitten dieses Raums stand ein einzelner Sarg. Das konnte nur die Neugier erwecken – zumindest in mir –, denn ich wollte es wissen, wollte wissen, wer da ganz allein im Sarg lag. Ich nahm all meinen Mut zusammen, betrat den Raum und bewegte mich langsam auf den Sarg zu. Als ich ihn fast schon erreicht hatte, verließ mich dann doch der Mut und ich rannte so schnell ich konnte wieder zurück in mein Zimmer. Dort legte ich mich auf das Bett und schalt mich selbst für meine Feigheit. Ich musste dann eingeschlafen sein, denn als ich erwachte und auf meine Uhr sah, war es schon fast Abend.

Ich stand auf und beschloss, noch einmal dort hinunter in diesen Raum zu gehen. Ich richtete meine Kleidung, trank ein Glas Wasser, verließ mein Zimmer und ging wieder hinunter zu diesem Raum. Als ich die Stufen immer weiter hinunter ging, merkte ich, dass es dunkler wurde, als es vorher war. Ich stand vor dem Raum, atmete tief ein und aus und betrat ihn, ging geradewegs auf den Sarg zu und merkte, dass er sich leicht öffnen ließ. Ich zitterte am ganzen Körper und nahm all meinen Mut zusammen und hob den Sargdeckel an. Als ich ihn so weit geöffnet hatte, dass ich hineinsehen konnte, stockte mir der Atem, denn ich hatte nicht erwartet, das zu sehen, was ich sah: Da lag der Mann, mit dem ich die letzte Nacht verbracht hatte, Vlad Tepes. Und das Schockierende war, dass er mit geöffneten Augen darin lag und ich nicht wusste, ob er mich ansah oder nicht. Ich wedelte mit meiner Hand vor seinen Augen, aber er zeigte keine Reaktion. Ich ließ den Sargdeckel wieder auf den Sarg nieder und legte mich auf den Sarg und schlief ein.

Ich muss wohl fest eingeschlafen sein, denn auf einmal bewegte sich der Deckel und ich flog quer durch die Luft und prallte an der Wand ab, wo ich ohnmächtig liegen blieb. Bevor ich ohnmächtig wurde, hörte ich noch ein Brüllen und ein Kreischen und dann wurde mir auch schon schwarz vor Augen.

Als ich wieder zu mir kam, war ich in meinem Zimmer und lag auf dem Bett. Als ich mich umschaute und den Kopf drehte, erblickte ich diese Augen, die mich vorher so starr angesehen hatten. Ich schrak hoch und schaute Vlad entsetzt an. Ich fragte ihn, was geschehen sei, und er antwortete, dass er mich unten in der Gruft gefunden hätte und ich bewusstlos gewesen war. Er hatte mich aufgehoben und in mein Zimmer gebracht. Er nahm mich in den Arm und tröstete mich. Als ich in seinen Armen lag und er dann anfing, mich auch noch zu küssen, konnte ich nicht anders, als mich wieder fallen zu lassen, denn ich fühlte mich einfach wohl und geborgen, obwohl ich wusste, wer er war. Auch in dieser Nacht liebten wir uns wieder und als ich am Morgen erwachte, da war ich nicht allein im Bett, sondern Vlad lag neben mir und lächelte mich an, als ich meine Augen auf ihn richtete. Ich lächelte zurück und legte meinen Kopf an seinen Oberkörper. Ich wunderte mich schon, dass er neben mir lag, aber ich fragte ihn nicht danach, warum er da war. Nach einer Weile schob er mich sanft zur Seite und sagte, dass ich mich anziehen sollte, da er mir jemanden vorstellen möchte. Ich sagte ihm, dass ich Luise schon gestern kennen gelernt hätte, und wollte mich wieder an ihn kuscheln. Aber er hielt mich auf Abstand und verlangte, dass ich ihn ansehen sollte, denn er würde mir jemand anderen vorstellen wollen. Ich schaute ihn fragend an, stieg aus dem Bett, ging ins Badezimmer und zog mich dann an.

Als ich mit allem fertig war, gingen wir gemeinsam die Treppe hinunter und geradeaus die große, breite Treppe hinauf. Am Treppenende bogen wir nach links ab und blieben vor zwei Türen stehen. Vlad öffnete eine der Türen und eine junge, blonde Frau kam heraus und er stellte sie mir als Victoria Fleming vor. Ich gab ihr zögerlich die Hand und sie verschwand wieder im Inneren des Zimmers. Dann öffnete Vlad die zweite Türe und da trat eine jung anmutende, rothaarige Frau heraus. Er stellte sie mir als seine Frau vor und ihr Name war Gloria. Ich gab auch ihr die Hand, aber ich konnte ihr nicht in die Augen sehen, denn am liebsten wäre ich im Erdboden versunken. Als sie meine Hand wieder losließ, rannte ich so schnell ich konnte los in mein Zimmer, holte meine Sachen und verließ die Burg in Windeseile.

Fünftes Kapitel

Als ich die Burg ein Stück hinter mir gelassen hatte, verlangsamte ich meine Schritte und kam wieder zu Atem. Ich ging weiter und sah dann auf der rechten Seite eine Parkfläche und darauf stand die gleiche Stretchlimousine, die mich vom Flughafen abgeholt hatte.

Erstaunt ging ich auf den Wagen zu; da kam von der Seite ein Mann auf mich zu und ich erkannte, dass es der Chauffeur war. Er verbeugte sich vor mir und nahm dabei seine Mütze ab und stellte sich als Stefan vor.

Ich begrüßte ihn ebenfalls und fragte ihn, ob er mich hinunter in die Stadt fahren könne, da ich etwas zu erledigen hätte. Er gab mir zu verstehen, dass er den Befehl habe, mich überall dorthin zu bringen, wohin ich wollte. Er öffnete mir die hintere Wagentür und ich gab ihm meinen Koffer und stieg ein. Als ich Platz genommen hatte, schloss er die Türe und ich machte es mir bequem. Der Wagen setzte sich in Bewegung und ich schaute aus dem Fenster.

Sofort zeigte sich vor meinem geistigen Auge die Szene, als Vlad mir seine Frau vorstellte. Ich merkte erst jetzt, wie verletzt ich war, denn ich hatte mich – und das musste ich offen zugeben – schon in Vlad verliebt und wollte nicht jetzt schon von seiner Seite weichen. Aber nun war es zu spät. Was war ich doch für eine Närrin, einfach wie ein trotziger Teenager davonzulaufen? Natürlich konnte ich nun nicht einfach zurückgehen; das war unmöglich. „Denn was musste Vlad von mir denken, wenn ich so launenhaft und wankelmütig bin, wo er doch versucht hat, es mir so angenehm und sicher zu machen?"

Irgendwie wollte ich aber nicht weiter darüber nachdenken; denn dazu war jetzt keine Zeit. Was wichtiger sein sollte, war meine Zukunft. „Wie wird es weitergehen, was soll ich als Nächstes tun? Am besten wäre es, wenn ich wieder zurück nach Hause fahre, aber dann enttäusche ich meinen Vater. Ich glaube aber, dass er es verstehen wird, wenn ich ihm alles erkläre. Ich habe mir auch vorgenommen ihn anzurufen, wenn ich in Bukarest am Flughafen bin, damit er Zeit hat über meine Worte nachzudenken." Die Gedanken spukten durch meinen Kopf, während ich aus dem Fenster sah. Da ich so in Gedanken versunken war, bemerkte ich erst jetzt – beim Blick aus dem Fenster – dass wir bereits in der Stadt waren. Der Chauffeur der Limousine parkte gerade am Straßenrand in der Nähe des Bahnhofs.

Er schaute durch den Rückspiegel zu mir nach hinten und ich nickte ihm zu und sagte ihm, dass ich hier aussteigen möchte.

Er nickte, verließ die Fahrerseite und öffnete mir die Türe. Ich stieg aus und er gab mir meinen Koffer, den er aus dem Kofferraum geholt hatte. Ich bedankte mich und verabschiedete mich von ihm. Er lächelte und wünschte mir viel Glück.

Daraufhin nahm ich meinen Koffer und ging Richtung Bahnhof. Dort studierte ich die Anzeigentafel und sah, dass ein Zug nach Bukarest in zwei Stunden abfahren würde. Ich betrat also die Bahnhofshalle und ging zum Schalter, um mir ein Ticket zu kaufen. Es waren schon einige Leute vor mir in der Warteschlange am Schalter, sodass ich etwas warten musste. Als ich dann an der Reihe war, kaufte ich ein Ticket und verließ den Schalter, um mich nach einer Sitzgelegenheit umzusehen.

Der Bahnhof war groß und am Ende der großen Halle, gegenüber vom Eingang, hing eine große metallene Uhr an zwei Ketten herunter. Auf der rechten Seite gab es einige Läden, wo man Dinge wie Souvenirs, Zigaretten, Zeitschriften und allerhand andere Dinge für die Reise oder zum Andenken kaufen konnte. Auf der linken Seite, nach den Schaltern, ging es zu den Bahnsteigen. In der Mitte der Bahnhofshalle hing eine große Anzeigentafel, die die Abfahrten und Ankünfte der Züge zeigte und darunter waren die Sitzgelegenheiten.

Man konnte sich auf Sitzbänke oder Stühle setzen. Ich ging auf eine Sitzbank zu, wo ich die Anzeigentafel gut sah, und setzte mich.

Erst jetzt fiel mir auf, dass mich ein junger Mann, der in einiger Entfernung von mir saß, beobachtete. Ich sah ihn mir genauer an: Er hatte einen schwarzen Anzug an, hatte dunkles Haar und eine schlanke Statur.

Mir war mulmig, denn ich wusste nicht, ob mir vielleicht Vlad jemanden geschickt hatte, der mich wieder zurückbringen sollte. Ich schaute den Mann kurz an und schaute auch gleich wieder weg. Ich war momentan noch nicht in der Lage, neue Bekanntschaften zu knüpfen. Aber was dachte ich denn da? Nur weil da ein attraktiver Mann saß und mich ansah, hieß das noch lange nicht, dass er etwas von mir wollte, oder doch?

Denn als ich wieder zu ihm blickte, stand er gerade auf und kam in meine Richtung. Jetzt wurde ich nervös. Was sollte ich nur tun? Sollte ich sitzen bleiben und abwarten, ob er wirklich zu mir kam, oder sollte ich aufstehen und meinen Platz wechseln. Ich musste so in Gedanken darüber gewesen sein, dass ich erst im letzten Moment merkte, dass er schon vor mir stand und mich anlächelte.

Er entschuldigte sich, dass er einfach so auf mich zukam und stellte sich als John Denver vor. Er gab mir auch zu verstehen, dass er nicht aufdringlich wirken wolle, und fragte mich, ob er sich zu mir setzen dürfe. Ich deutete ihm, dass er Platz nehmen soll und sagte ihm meinen Namen. Erst jetzt, wo er neben mir Platz genommen hatte, fiel mir auf, als ich in sein Gesicht sah, wie attraktiv er wirklich war. Diese dunklen Augen und der sinnliche Mund waren wirklich nicht zu übersehen. Ich rief mich in Gedanken wieder zur Ordnung und fragte ihn, was er von mir wolle.

Er sagte, dass es nichts Besonderes wäre und dass er mich nur kennenlernen wolle. Aha, und das fand er nicht besonders. Als wir uns wieder in die Augen sahen, geschah es wie von selbst und ich kann es mir bis heute nicht erklären, aber da war etwas, das mir sagte, frag ihn, ob er mit dir auf einen Kaffee geht. Gedacht, getan und schon saßen wir kurz darauf in dem kleinen Café gegenüber vom Bahnhof und unterhielten uns.

Ich merkte gar nicht, wie die Zeit verflog und als ich auf die Uhr sah, stellte ich fest, dass ich meinen Zug verpasst hatte. Als ich ihm dies mitteilte fühlte er sich sofort schuldig und bot mir an – da er nicht weit von hier ein Haus hatte –, bei ihm zu übernachten. Ich schaute ihn an und sagte, dass ich seine Hilfe zu schätzen wisse, aber mir das alles schon ein bisschen zu schnell gehe. Oder hatte ich wieder einmal die falschen Gedanken und die falsche Einstellung? Ich wusste es nicht. Er erwiderte, dass er keinerlei Absichten hatte und mir nur damit helfen wollte, dass ich nicht in ein Hotel ziehen müsste – für diese eine Nacht. Denn – das gab er mir auch noch zu verstehen –, heute würde kein Zug mehr nach Bukarest fahren.

Jetzt wurde ich hellhörig, denn ich war mir sehr sicher, ihm nicht erzählt zu haben, wohin ich fahren würde. Aber er erklärte mir, woher er es wusste, und zeigte auf die Karte am Tisch. Da schaute ich erstaunt, denn ich hatte sie mir nämlich so hergelegt, dass ich ja nicht vergaß, auf die Uhr zu sehen. Das war mir sehr peinlich und ich lächelte ihn an. Er fragte mich noch einmal, ob ich sein Angebot annehme, und nachdem ich ja jetzt diesen Zug verpasst hatte und nicht wusste, ob ich überhaupt ein Hotelzimmer zum Übernachten finden würde, nahm ich sein Angebot an. Wir bestellten uns noch einen Kaffee und blieben noch eine Weile sitzen. Als es dann schon dämmerte, zahlten wir und ich folgte ihm zu seinem Wagen. Dort stiegen wir ein und er fuhr zu seinem Haus.

Auf der Fahrt fiel mir auf, dass er doch weiter weg wohnte, als er gesagt hatte, und ich beschloss, mich so wenig wie möglich zu bewegen und hoffte, dass ich das Richtige tat.

Nach ungefähr einer Stunde Fahrt kamen wir bei seinem Haus an. Von außen sah es nicht sehr groß aus. Es war einstöckig und hatte eine Veranda davor.

John parkte das Auto in der Auffahrt und wir stiegen aus. Er ging voraus. Wir gingen über einige Stufen zur Veranda hinauf und standen vor der Eingangstür. Als ich nach Mr. Denver das Haus betrat, war ich sehr überrascht, wie groß es im Inneren war.

Da war eine große Treppe in der Mitte, die nach oben führte, und unten befand sich links ein Wohnzimmer und rechts ein Speisezimmer, von dem aus man – wenn man es nach links durchquerte – durch eine weitere Türe die Küche erreichte.

Mr. Denver deutete mir, dass ich ihm nach oben folgen sollte, und wir stiegen die Treppe hinauf. Erst jetzt fiel mir auf, dass er in der Zwischenzeit, in der ich die unteren Räume betrachtet hatte, meinen Koffer aus dem Wagen geholt hatte und ihn für mich nach oben trug.

Als wir am Treppenende ankamen, ging er nach links einen kurzen Gang entlang, wo sich rechts und geradeaus eine Türe zu weiteren Räumen befand. John ging an der rechten Türe vorbei und öffnete die andere Türe. Als ich hinter ihm eintrat, stand ich in einem großen Schlafzimmer. Gegenüber von mir befand sich ein Fenster, dessen Vorhang schon zugezogen war. Das Bett befand sich auf der linken Seite und links vom Bett gab es noch eine Türe. Ich ging auf die Türe zu und öffnete sie, drehte das Licht auf und sah, dass es das Badezimmer war.

Ich schloss die Türe wieder, drehte mich um und sah an der gegenüberliegenden Wand einen Kleiderschrank stehen und daneben eine Frisierkommode mit Spiegel. Unterhalb des Fensters befand sich ein kleiner Schreibtisch mit einem Stuhl und einer Leselampe.

Ich schaute John an und er sagte mir, dass ich hier die Nacht verbringen könne, und fragte mich, ob mir das Zimmer gefalle. Ich schaute ihn an und gab ihm zu verstehen, dass es wunderschön sei. Er lächelte mich an und fragte, ob ich noch Lust hätte, ein Glas Wein mit ihm zu trinken. Er würde sich freuen und, wenn ich einverstanden wäre, würde er mich in einer Stunde im Wohnzimmer erwarten.

Ich nickte ihm zu und sagte, dass ich gerne noch etwas trinken möchte. Er drehte sich um, verließ das Zimmer und schloss die Türe hinter sich.

Ich zog meine Kleidung aus und ging ins Badezimmer. Nachdem ich mir eine ausgiebige Dusche gegönnt hatte, zog ich mir frische Kleidung an und setzte mich aufs Bett. Als ich so auf dem Bett saß, fiel mir sofort wieder Vlad ein und wie er mich verführt hatte. Ich konnte ihn nicht vergessen, aber der Schock saß noch zu tief, als dass ich zu ihm zurückgehen konnte. Schließlich war ich auch wütend auf ihn, da er mir gegenüber so gefühlslos war und mir ohne Vorwarnung einfach so seine Frau Gloria vorgestellt hatte. Aber andererseits: Was hatte ich erwartet? So ist das wahrscheinlich, wenn man sich mit einem verheirateten Mann einlässt.

Durch diese Grübelei hätte ich fast vergessen, dass mich Mr. Denver ja unten im Wohnzimmer erwartete. Also wischte ich die restlichen Gedanken an Vlad beiseite, stand vom Bett auf, strich meine Kleidung zurecht und ging hinunter ins Wohnzimmer.

Dort saß Mr. Denver schon und hatte eine rote und eine weiße Flasche Wein mit zwei Gläsern auf dem Tisch vorbereitet. Bevor ich eintrat, sah ich mir meinen Gastgeber genauer an und ich musste feststellen, dass er sehr attraktiv aussah. Er musste mich bemerkt haben, denn er drehte den Kopf zu mir und lächelte mich an. Ich lächelte zurück und ging zu ihm. Dort setzte ich mich ihm gegenüber an den Tisch. Wir schauten uns eine Weile an und er sagte dann, dass er nicht wusste, welchen Wein ich bevorzuge und beide Sorten mitgenommen hatte aus seinem Weinkeller. Ich sagte ihm, dass ich lieber Rotwein trinke, und er öffnete ihn. Dann stellte er die Flasche wieder auf den Tisch und erklärte mir, dass man den Wein einige Minuten atmen lassen soll, so kann er sein Aroma entfalten. Nach etwa einer halben Stunde schenkte er uns ein und wir prosteten uns zu und tranken. Der Rotwein schmeckte ausgezeichnet und mir wurde gleich ganz warm.

Wir stellten die Gläser wieder auf den Tisch und Mr. Denver fragte mich, was ich in Rumänien wollte und woher ich kam. Ich schaute ihn an und wusste nicht, womit ich anfangen sollte, weil ich nicht glaubte, dass er mir meine Geschichte abnehmen würde. Ich sagte ihm also, dass ich in Amerika mit meinem Vater lebe und Ärztin bin. Ich wollte als Ärztin im Ausland Erfahrung sammeln und mir wurde vorgeschlagen, hier in Rumänien eine Stelle anzunehmen. Aber ich merkte schnell, dass ich hier keine Zukunft sah und auch keine Erfahrung sammeln konnte, da die Sprachbarriere zu groß war. So beschloss ich, wieder nach Hause zu fliegen.

Er nickte und sagte, dass es wirklich ein großer Schritt ist, hier als Amerikaner – da er das ja am eigenen Leib erfahren hatte –Fuß zu fassen. Man hat hier wenig Möglichkeiten, wenn man der Sprache nicht mächtig ist. Er selbst war nun seit zehn Jahren hier und hatte am Anfang immense Schwierigkeiten, Anschluss oder einen Job zu finden. Alles hier läuft auf Korruption aus.

Er fragte mich, ob es mir vielleicht etwas ausmachen würde, noch eine längere Zeit bei ihm zu bleiben – natürlich nur, wenn ich das wollte.

Ich schaute ihn lange an und nahm noch einen Schluck Wein, bevor ich antwortete, dass ich darüber nachdenken müsste und ich es ihm morgen sagen würde. Plötzlich stand er auf und kam um den Tisch herum auf mich zu und setzte sich neben mich. Mir wurde es mulmig, weil ich nicht wusste, was er vorhatte. Er drehte sich zu mir und sah mich lange an. Dann kamen seine Lippen immer näher und er versuchte, mich zu küssen. Ich dachte: „Das kann doch nicht sein Ernst sein, diese Situation auszunutzen und mich einfach zu küssen!" Ich schob ihn von mir, schaute ihn wütend an und gab ihm zu verstehen, dass er mich nicht einfach so küssen könne, ohne dass ich es will. „Was ihm da einfällt! Glaubt er wirklich, dass ich so billig und einfach zu haben bin und er mich nur deshalb mitgenommen hat, dass er nachts nicht allein schläft?" Ich wollte aufstehen und nur hinauf ins Zimmer und meine Ruhe haben, aber er hielt mich fest und stand auf. Ich war so aufgewühlt, dass ich versuchte, mich aus seinen Armen zu befreien, aber es gelang mir nicht und er presste mich fest an sich. Ich schrie ihn an, dass er mich sofort loslassen soll, und kämpfte weiterhin dagegen an, aus seiner Umarmung zu kommen.

Aber er ließ nicht locker und nahm mein Gesicht zwischen seine Hände und presste seine Lippen auf meine. Ich wehrte und wehrte mich, aber ich merkte, dass ich immer schwächer wurde, und gab es dann auf und erwiderte seinen Kuss. Er lockerte seine Umarmung und küsste mich weiter. Nach einer geraumen Zeit ließ er mich los und ich stand wie aufgelöst da und mein ganzer Körper wollte nur eines: nämlich berührt werden. Ich öffnete meine Augen und schaute direkt in die Augen von John. Ich atmete schwer ging auf ihn zu und lehnte meinen Kopf an seine Schulter. Er umarmte mich und wir gingen zur Couch, wo wir uns setzten. Er hatte noch immer den Arm um mich gelegt und ich legte den Kopf wieder auf seine Schulter. Er küsste meine Stirn und mit der freien Hand fuhr er über meine Wange, den Hals und den Oberkörper. Ich setzte mich ruckartig auf und schaute ihn an. Ich fragte ihn, was das soll und er antwortete, dass er geglaubt hätte, dass ich das auch wolle. Ich schüttelte meinen Kopf, stand auf und rannte hinauf in mein Zimmer, schloss die Türe ab und legte mich auf das Bett. Dort begann ich zu schluchzen und weinte mich in den Schlaf.

Als ich am nächsten Morgen erwachte, war es schon sehr hell draußen. Ich schaute auf meinen Reisewecker und stellte fest, dass es schon neun Uhr morgens war. Ich verfluchte mich, dass ich so lange geschlafen hatte. Denn eigentlich wollte ich von hier so zeitig wie möglich verschwinden. Dieser verdammte Wein, so gut er auch geschmeckt hatte, so lange brauchte man wieder, um nüchtern zu sein. Und dann war da noch etwas, etwas Schreckliches, was da letzte Nacht passiert ist. Wie konnte dieser Mr. Denver glauben, dass er so mit mir umgeht, mich einfach zu küssen – na ja, küssen kann er wirklich gut – und mich dann auch noch zu begrapschen? Das war das Allerletzte. Ich ging duschen, zog mich an und ging hinunter ins Speisezimmer. Dort saß mein Gastgeber und lächelte mir zu, als ich den Raum betrat. Er tat so, als wäre gestern nichts passiert, und erklärte mir, dass er für das Frühstück einige Lebensmittel bestellt hatte, da er nicht wusste, was ich denn gerne essen würde.

Ich setzte mich zu ihm und schenkte mir einen Kaffee ein. Er beobachtete mich die ganze Zeit, während ich mir mein Frühstück zusammenstellte. Als ich alles hatte und gerade damit anfangen wollte, nahm er meine Hand und zog mich zu sich. Er presste seine Lippen auf meine und küsste mich zärtlich. Dann ließ er mich los und ich setzte mich sofort auf.

Nachdem ich mit meinem Frühstück fertig war, lehnte ich mich zurück und sah ihn an. Ich fragte ihn, warum er mich gestern so respektlos behandelt hatte. Er sagte, dass es ihm leidtat und er sich für sein Verhalten entschuldigen wollte. Es war respektlos von ihm und er kann es leider nicht rückgängig machen, aber er möchte trotzdem wissen, ob ich es mir nicht doch überlegt hätte, eine längere Zeit bei ihm zu bleiben. John erwähnte dann auch noch, dass er mir versichere, dass so ein Verhalten nicht mehr vorkommen würde.

Das hatte mich beeindruckt, denn ich hatte nicht damit gerechnet, dass er sich entschuldigen würde, aber ich musste trotzdem noch darüber nachdenken und sagte ihm, dass ich seine Entschuldigung annehme, er mir aber noch bis Nachmittag eine Bedenkzeit geben sollte. Er war damit einverstanden, stand auf und verließ den Raum.

Ich saß nun allein da und wusste nicht, was ich machen sollte. Konnte ich ihm vertrauen oder nicht? War es möglich, dass er mich mochte und nicht wollte, dass ich ging? Ich wusste es nicht. Aber andererseits: Wie kam ich wieder von hier weg? Ich war auf meinen Gastgeber angewiesen, wollte ich wieder in die Stadt kommen. Ein Taxi zu rufen, war unmöglich, wenn man nicht die Sprache konnte und außerdem: Wie lautete die Adresse hier? Ich war doch eine Gefangene, ob ich wollte oder nicht. Die Einsicht war gewiss.

Ich stand auf und ging ins Wohnzimmer. Dort saß John auf der Couch und blätterte in einem Magazin, dessen Überschrift ich nicht verstand. Aber die Bilder zeigten mir, dass es ein Automagazin war.

Ich setzte mich zu ihm und er legte das Magazin sofort zur Seite. Wir schauten uns an und ich sagte ihm, dass ich reichlich überlegt hatte und mit meiner Entscheidung nicht bis Nachmittag warten würde. Nach all meinen Überlegungen war ich doch eine Gefangene hier, da es mir nicht möglich war, von hier einfach zu verschwinden, da ich ja zum Ersten nicht die Adresse wusste und auch nicht die Umgebung kannte. Und zum Zweiten nicht die Sprache sprechen konnte, um mir ein Taxi zu rufen. Und zu Fuß war es einfach zu weit in die Stadt. Zuletzt gab ich ihm zu verstehen, dass ich für eine längere Zeit bei ihm bleiben würde, und er schaute mich erfreut an, nahm mich zärtlich in die Arme und küsste mich. Außerdem sagte er mir, dass ich es nicht bereuen werde.

Dass dieser Satz nur leere Worte waren, würde ich schon bald erfahren.

Sechstes Kapitel

In dieser Nacht schlief ich das erste Mal mit John. Ich war jetzt schon zwei Monaten bei ihm und der erste Abend hat sich nicht wiederholt. Wir hatten eine schöne und romantische Beziehung. John tat alles, dass ich mich wohlfühlte und las mir jeden Wunsch von den Lippen ab. Irgendwie hatte ich das Gefühl, dass er Angst hatte, ich könnte ihn verlassen. Aber warum sollte ich? Denn ich war glücklich, hatte einen attraktiven Mann, der mich liebte und auf Händen trug.

Eines Morgens wachte ich auf und lag allein im Bett. Ich war inzwischen vom Gästezimmer ins Schlafzimmer gezogen. Ich setzte mich auf und mir wurde sofort schwindlig. Als das Zimmer aufgehört hatte sich zu drehen, ging ich ins Badezimmer und musste mich sofort übergeben. Meine Gedanken fingen an zu kreisen. Jetzt erst fiel mir auf, dass ich meine Periode schon lange nicht mehr gehabt hatte und mir kam ein erschreckender Gedanke. War ich etwa schwanger − und von wem? Vlad oder John? Mir wurde gleich wieder übel und ich erbrach zum zweiten Mal. Dann stand ich auf und stellte mich unter die Dusche.

Nachdem ich das Wasser der Dusche nach einiger Zeit wieder abdrehte, stieg ich heraus und zog einen Bademantel an. Ich ging zurück ins Schlafzimmer und legte mich aufs Bett. Wenig später öffnete sich die Schlafzimmertür und John trat mit einem großen Tableau herein. Er stellte es auf dem Tisch ab und kam zu mir. Er beugte sich über mich und küsste mich zärtlich. Ich sagte ihm, nachdem ich merkte, dass er mehr wollte, dass es mir nicht gut ging und ob er mit mir in die Stadt fahren könnte, da ich mir einige Dinge besorgen müsste. Er willigte ein und wir setzten uns zum Tisch und aßen gemeinsam das Frühstück. Dann stellten wir die Teller und Tassen wieder auf das Tableau. John nahm es und sagte, er würde unten auf mich warten. Ich öffnete ihm die Tür, er gab mir einen flüchtigen Kuss und verschwand in den Gang hinaus. Ich schloss die Türe wieder und zog mich an.

Nach einer Weile verließ ich das Schlafzimmer und ging die Treppe hinunter. Dort wartete John schon auf mich und wir verließen gemeinsam das Haus, stiegen in den Wagen und fuhren in die Stadt. Während der Fahrt ging es mir wieder schlechter und John schaute mich besorgt an. Er schlug vor, dass es vielleicht besser wäre, wenn wir in der Klinik vorbeischauen. Ich nickte ihm zu und er lenkte den Wagen Richtung Klinik. Dort angekommen half er mir aus dem Wagen und wir gingen in das Gebäude. John setzte mich in der Notfallambulanz auf einen Stuhl und ging zum Schalter. Dort erklärte er meinen Zustand und kam mit einem Formular zurück. Ich füllte das Formular für die Aufnahme aus und er brachte es wieder zum Schalter. Als er wieder zu mir zurückkam, sagte er mir, dass es nicht lange dauern würde, bis ein Arzt kommt. Wir saßen etwa eine Stunde, da kam ein Arzt auf uns zu und sagte mir, dass ich mit ihm mitkommen sollte. Als er merkte, dass ich ihn nicht verstand, wiederholte er auf Englisch und ich bejahte, dass ich ihn verstanden hatte.

Ich erhob mich aus meinem Stuhl und John sagte mir, dass er hier auf mich wartet. Ich küsste ihn und folgte dem Arzt. Wir gingen in ein Untersuchungszimmer und er fragte mich nach meinen Beschwerden. Dann deutete er auf den Gynäkologie-Stuhl und bat mich, dort Platz zu nehmen. Ich zog meine Hose und Unterhose aus und setzte mich darauf. Er schaltete das Ultraschallgerät ein und begann mit der Untersuchung. Nach einer Weile zeigte er mir einen kleinen Punkt in meiner Gebärmutter und erklärte mir, dass ich schwanger wäre. Ich schaute ihn an und fragte, in welcher Woche ich sei, und er erwiderte, dass es laut Ultraschall die achte Woche war.

Ich konnte es nicht glauben, was ich da hörte und ich fing sofort zu rechnen an, obwohl ich genau wusste, dass es nur von Vlad sein konnte. Mir wurde übel, wie sollte es jetzt weitergehen. Der Arzt sah meine Besorgnis und erklärte mir, dass ich, falls dieses Kind unerwünscht war, noch abtreiben konnte. Nein, das wollte ich auf gar keinen Fall. Ich gab ihm zu verstehen, dass ich diese

Option nicht in Anspruch nehmen würde, und zog mich wieder an. Er verschrieb mir noch etwas gegen die Übelkeit und schrieb mir einen neuen Termin zur Kontrolle auf. Danach wünschte er mir noch alles Gute und wir verabschiedeten uns.

Als ich zu John zurückging, dachte ich die ganze Zeit darüber nach, was ich machen sollte. Sollte ich Vlad anrufen und es ihm sagen oder sollte ich John sagen, dass ich schwanger von ihm war. Ich merkte gar nicht, dass ich schon bei ihm angekommen war; er berührte meinen Arm und ich erschrak. Er hielt mich fest und fragte, ob alles in Ordnung sei, und ich sagte ihm, dass ich noch in die Apotheke müsse und wir später, wenn wir zu Hause sind, miteinander reden müssten. Er nickte, hakte meinen Arm bei ihm ein und wir verließen die Klinik. Dann fuhr er noch bei der Apotheke vorbei, ich ging schnell hinein und holte meine Medikamente. Dann fuhren wir nach Hause. Während der Fahrt sah er mich ständig von der Seite an und ich lächelte ihm zu. Als er den Wagen dann in der Auffahrt parkte, begann es gerade zu regnen und wir beeilten uns, ins Haus zu kommen.

Dort sagte ich ihm, dass ich gleich zu ihm kommen würde, und ging die Treppe hinauf in unser Schlafzimmer. Dort setzte ich mich aufs Bett und atmete tief ein und aus. Ich überlegte und überlegte, wie ich es am besten John sagen konnte, aber es kam kein klarer Gedanke. Dann hatte ich auf einmal doch eine Idee, wie.

Ich stand vom Bett auf und ging hinunter ins Wohnzimmer. Dort sah ich John auf der Couch sitzen und fernsehen. Ich setzte mich zu ihm und bat ihn, den Fernseher auszuschalten, da ich ihm etwas mitzuteilen hätte. Er nahm die Fernbedienung in die Hand und schaltete den Fernseher aus. Dann drehte er sich zu mir, nahm meine Hände und schaute mich erwartungsvoll an. Ich brauchte eine Weile, bis ich reden konnte. Aber dann fing ich an und sagte ihm, dass die Ursache für meine morgendliche Übelkeit daran lag, dass ich schwanger war.

Er schaute mich erstaunt an, ließ meine Hände dabei aber nicht los. Es dauerte einige Minuten, bis er antwortete, und die Worte, die er wählte, versetzten mich in Erstaunen. Denn er sagte, dass er sich freue, und wollte wissen, ob ich mir ganz sicher war, dass er der Vater war. Ich schaute ihn an und nickte. Er umarmte mich und küsste mich zärtlich. Danach stand er auf und erklärte mir, dass er noch etwas zu erledigen hätte. Er drehte sich freudig im Kreis, lächelte mir zu und verschwand durch die Eingangstür. Dann hörte ich, wie er den Wagen startete und wegfuhr.

Ich saß da und konnte nicht glauben, dass es so einfach gewesen war. John hatte sich bis über beide Ohren gefreut. Mir fiel regelrecht ein Stein vom Herzen, dass es so gut ausgegangen war. Hatte ich so viel Glück auf meiner Seite oder war da mehr? Ich musste wieder an Vlad denken – schließlich war es sein Kind –, aber ich wusste nicht, wie er reagieren würde. Ich hatte Angst davor, aber andererseits hatte er ja auch das Recht zu erfahren, dass ich schwanger war. Nein, ich konnte es nicht; die Angst überwog und eine Frau sollte immer auf ihre Instinkte hören. Vielleicht würde ich Vlad sein Kind später zeigen, wenn ich glaubte, dass die Zeit dafür reif war.

Da mich das Thema nicht losließ, legte ich mich auf die Couch und hing noch eine Weile meinen Gedanken nach. Ich musste wohl eingeschlafen sein, denn auf einmal spürte ich, dass mich jemand küsste. Ich öffnete meine Augen: Da stand John und hatte sich über mich gebeugt. Ich setzte mich auf und er nahm neben mir Platz.

Nein, eigentlich nahm er nicht richtig neben mir Platz, er kniete neben mir und ich wollte ihn schon fragen, was er da macht, als ich die kleine Schatulle, die geöffnet war, in seiner rechten Hand bemerkte.

Das konnte nicht wahr sein, aber da fing John schon zu reden an. Er sagte, dass er mich vom ersten Moment an liebte und ich ihm jetzt das schönste Geschenk gemacht habe, das er sich vorstellen kann. Daher möchte er mich fragen, ob ich seine Frau werden will.

Ich schlug die Hände vors Gesicht und konnte momentan nichts erwidern, da mich die Gefühle übermannten. Dann nahm ich meine Hände weg und schaute ihm zärtlich und mit Tränen in den Augen an und sagte leise: „Ja, ich will." Er stand auf, nahm den Ring aus der Schatulle und steckte ihn mir an den Finger. Ich schaute den Ring an und er funkelte. Ich warf mich in seine Arme und wir küssten uns innig.

Am nächsten Morgen planten wir die Hochzeit. Wir wollten so schnell wie möglich heiraten, bevor das Kind auf der Welt war. Wir beschlossen, in zwei Monaten zu heiraten. Es war zwar eine kurze Zeit, das alles zu planen, aber nicht unmöglich. John sagte, dass er alles organisieren werde, da er ja die Sprache besser verstand. Und außerdem wollte er nicht, dass ich mich zu sehr anstrenge und dann vielleicht unser Kind verlieren würde. Aber ich merkte auch, dass sich etwas in ihm veränderte. Denn er konnte es gar nicht mehr erwarten, dass wir endlich verheiratet waren. Da ich in meinem Zustand so wenig wie möglich meine Nerven strapazieren wollte, ließ ich ihn alles so machen, wie er es wollte. Es gab nur wenige Dinge, die ich anders wollte, aber er versicherte mir, dass er das alles berücksichtigt hätte.

Ich lehnte mich also zurück und ließ den Dingen ihren Lauf und genoss meine Schwangerschaft.

Endlich war es dann so weit. Der Tag der Hochzeit stand vor der Türe und ich war aufgeregter, als ich es je in meinem Leben gewesen war. Meine Freundinnen halfen mir beim Anziehen und bei der Frisur. Dann wartete auch schon das Taxi draußen und wir fuhren zum Standesamt. Dort warteten mit John schon die anderen Gäste und, als ich ausstieg, kam er mir entgegen und strahlte über das ganze Gesicht. Er nahm mich in seine Arme und küsste mich auf die Wange, dann hakte ich mich bei ihm ein und gemeinsam gingen wir in das Gebäude. Dort begann die Zeremonie und wir gaben uns gegenseitig das Jawort und tauschten die Ringe. Als die Zeremonie zu Ende war, durften wir uns küssen und unterschrieben mit unseren neuen – das heißt, ich unterschrieb –, mit meinem neuen Namen. Dann verließen wir mit unseren Gästen und Trauzeugen das Gebäude und fuhren in einem Konvoi zu unserem Haus. Dort hatte man inzwischen alles für die Feierlichkeiten vorbereitet, sodass die Gäste gleich Platz nehmen konnten. John hob mich auf seine Arme und trug mich über die Schwelle ins Haus. Dort stellte er mich dann sanft auf die Beine und küsste mich. Dann gingen wir zu unseren Gästen und nahmen unsere Plätze ein.

Als ich von unserem Platz auf die Gäste schaute, wurde mir klar, dass ich meinem Vater vergessen hatte zu schreiben. Ich hatte ihm nicht einmal eine Einladung zu unserer Hochzeit geschickt, auch hatte ich ihm nie von meiner Beziehung zu John erzählt. Und schon gar nicht, dass ich schwanger war und er bald Großvater werden würde.

Ich wusste nicht, warum ich meinem Vater all diese Neuigkeiten nie erzählt hatte, obwohl ich mit ihm über alles reden und ihm auch alles erzählen konnte. Aber irgendwie sagte mir meine innere Stimme, dass es besser wäre, es ihm nicht zu erzählen, und ich abwarten sollte, wie sich die Dinge entwickelten. Denn da war auch ein eigenartiges Gefühl, wenn ich John von der Seite anschaute – wie wenn ich bald sein wirkliches Ich kennenlernen würde.

Ich musste sehr tief in Gedanken gewesen sein, denn John berührte mich am Arm und schaute mich lächelnd an. Erst jetzt bemerkte ich, dass die Musik zu spielen begonnen hatte und ein langsamer Walzer erklang. Ich erhob mich mit ihm und wir gingen gemeinsam auf die Tanzfläche. Dort nahm mich John sanft in den Arm und wir tanzten zum Takt des Walzers. Wir tanzten dann noch jeder mit verschiedenen Partnern und der Abend verging sehr schnell. Es war schon sehr spät, als die letzten Gäste uns verließen, und wir gingen hinauf ins Schlafzimmer. Dort verbrachten wir die erste Nacht als Mann und Frau.

Am nächsten Morgen musste John schon früher aufgestanden sein, denn als ich meine Augen aufschlug und den Kopf drehte, lag er nicht mehr neben mir. Ich streckte noch meine Glieder und stieg dann aus dem Bett, ging ins Badezimmer und machte mich fertig für das Frühstück.

Nach einer Weile, nachdem ich mich angezogen hatte, verließ ich das Schlafzimmer und ging die Treppe hinunter ins Esszimmer. Als ich es betrat, stand John auf und kam auf mich zu. Er gab mir einen Kuss und rückte mir einen Stuhl zurecht, sodass ich mich zu ihm setzen konnte. Wir lächelten uns an und begannen mit dem Frühstück. Dabei erzählte er mir, dass er heute in der Stadt ein paar Erledigungen zu machen hatte und erst am späten Nachmittag wieder zurück sein würde. Ich sagte ihm, dass es in Ordnung sei, da ich mich an diesem Tag nicht sehr wohl fühlen würde und ich mich daher etwas ausruhen wollte, da es gestern doch etwas zu viel für mich war. Er küsste mich flüchtig auf die Wange, verabschiedete sich und ging aus dem Haus, ohne sich noch einmal umzudrehen.

Ich ging ans Fenster und schaute hinaus, wie er gerade die Auffahrt hinunterfuhr und dann verschwand. Ich setzte mich wieder zum Tisch und aß mein Frühstück fertig. Danach stand ich auf und ging ins Wohnzimmer. Plötzlich hatte ich einen unangenehmen Gedanken, so, als würde heute noch etwas Grausames passieren. Es hatte doch hoffentlich nichts mit John zu tun, oder doch?

Am Nachmittag sollten sich meine Gedanken bestätigen – und zwar so, wie ich es mir nie gedacht hätte.

Siebtes Kapitel

In der hinteren linken Ecke befand sich eine Leseecke, in der ein großer, bequemer Ohrensessel und eine Stehlampe standen. Es befand sich dort neben dem Sessel auch noch ein kleiner Tisch, auf dem man eine Kerze oder ein Buch ablegen konnte.

Ich ging zu einem der Wandregale und schaute mir an, welche Bücher es dort gab. Ich fand sehr schnell ein Buch, das mich interessierte und ging damit in die Leseecke. Ich legte das Buch auf den kleinen Tisch und entschied, dass ich mir noch eine Tasse Tee holen sollte. Diese würde mir sicher helfen, dass es mir bald besser ging. Ich ging in die Küche und goss Wasser in den Wasserkocher und schaltete ihn ein, dann ging ich zum Küchenschrank und holte mir eine Tasse heraus. Ich stellte sie auf die Arbeitsfläche und holte die Dose mit den Teesorten, die auf der Arbeitsfläche stand, zu mir und öffnete sie. Da waren einige Sorten darin, aber ich entschied mich für einen Kräutertee, da er auch beruhigend sein kann. Ich nahm einen Teebeutel heraus und schloss die Dose wieder, stellte sie zurück und gab den Teebeutel in die Tasse. Inzwischen war der Wasserkocher fertig und ich goss das heiße Wasser in die Tasse. Den Rest goss ich in das Abwaschbecken. Ich nahm die Tasse und ging zurück ins Wohnzimmer. Als ich das Wohnzimmer betrat, erstarrte ich vor Schreck, weil John da stand und mich merkwürdig ansah. Er hatte einen eigenartigen Blick und ich fühlte mich auf einmal in seiner Nähe nicht mehr wohl. Ich schaute ihn erstaunt an und fragte ihn, ob er etwas vergessen habe; dabei stellte ich meine Teetasse auf den Tisch. Er sagte mir, dass er nichts vergessen hätte, und kam auf mich zu. Ich ging ein paar Schritte rückwärts, da ich plötzlich Angst vor ihm hatte, aber er war schneller und nahm mich bei den Armen und zerrte mich auf die Couch. Ich versuchte, mich von ihm loszureißen, aber es gelang mir nicht, da er mich so fest hielt. Er warf mich auf die Couch und war über mir. Ich war wie versteinert und bat ihn, damit aufzuhören und an unser Kind zu denken. Er schaute mich nur an und machte weiter. Er zog mir die Hose und Unterhose aus und drang hart in mich ein. Ich schrie ihn an, sofort damit aufzuhören und schlug auf ihn ein, aber dadurch wurde es nur schlimmer, und als er fertig war, zog er sich an und ging einfach. Ich lag da und konnte meine Tränen nicht zurückhalten, denn ich hatte solche Schmerzen und hoffte, dass dem Baby nichts passiert war. Ich versuchte, mich aufzusetzen, und es gelang mir nach einer geraumen Zeit unter Schmerzen, die ich im Unterleib verspürte. Als ich mich wieder anzog und komplett von der Couch erhob, ging ich aus dem Wohnzimmer und hoffte, dass John nicht mehr im Haus war, weil ich seinen Anblick nicht ertragen hätte. Ich ging langsam die Treppe hinauf ins Schlafzimmer und hoffte, dass er auch dort nicht war. Ich hatte Glück, denn das Schlafzimmer war leer und, als ich aus dem Fenster blickte, sah ich, dass sein Wagen nicht in der Auffahrt stand. Ich atmete geräuschvoll aus und legte mich aufs Bett.

Ich überlegte, wie es weitergehen sollte, denn ich wollte keine Minute länger in seiner Nähe sein. Aber warum war das geschehen, was hatte ihn dazu veranlasst, sich mir gegenüber so zu verhalten? Hatte ich irgendetwas getan oder gesagt, dass er so mit mir umging? Die ganze Zeit, die wir jetzt zusammen waren, hat er mich nie so behandelt, warum jetzt? Ich konnte es nicht begreifen, ich musste mit ihm reden und dies klarstellen, denn sonst konnte ich nicht weiter mit ihm verheiratet sein.

Ich muss eingeschlafen sein, denn ich wurde von einem lauten Knall geweckt. Ich schrak in die Höhe und wusste, dass es die Eingangstür war und dass John zurück war. Ich fuhr panisch herum und wusste in dem Moment nicht, was ich tun sollte, aber ich musste mich auf jeden Fall bewegen und das Zimmer verlassen, denn ich wollte keine weitere Nacht mit ihm hier im Schlafzimmer verbringen. Nachdem ich mich wieder in der Gewalt hatte, stand ich auf und öffnete leise die Türe. Ich lugte aus dem Türspalt und konnte John nirgends sehen. Ich ergriff die Chance und rannte an der Treppe vorbei in den anderen Gang und öffnete die Türe zum Gästezimmer, wo ich die erste Nacht verbracht hatte. Als ich die Türe hinter mir geschlossen hatte, legte ich mich auf das Bett, umklammerte meinen Babybauch und versuchte wieder normal zu atmen.

Ich muss wie gebannt auf dem Bett gelegen haben, denn auf einmal hörte ich Schritte, die die Treppe heraufkamen und sich wieder entfernten. Ich atmete erleichtert auf und hoffte, dass John, wenn er es gewesen war, ins Schlafzimmer gegangen war. Ich hatte recht, er war im Schlafzimmer, denn auf einmal hörte ich ihn meinen Namen brüllen und mir stockte der Atem. Ich stand langsam vom Bett auf und ging zur Tür, da mir eingefallen war, dass ich sie nicht abgeschlossen hatte. Ich hatte sie fast erreicht, als die Türe unerwartet aufflog und John im Türrahmen stand. Ich zitterte am ganzen Körper, da ich nicht noch einmal erleben wollte, was er vorhin mit mir getan hatte. Ich flehte ihn an, mich in Ruhe zu lassen und zu gehen. Er schaute mich an, als würde er nicht verstehen, was ich von ihm wollte und kam auf mich zu. Ich fing an zu weinen und flehte ihn noch einmal an, mich nicht zu berühren. Dabei ging ich noch weiter zurück und stand dann am Bett an, auf das ich mich setzte. Er kam zu mir und setzte sich neben mich und wollte mich küssen. Das wollte ich aber nicht und drehte meinen Kopf auf die Seite. Jetzt wurde er ungehalten und wollte unbedingt wissen, was denn los sei.

Ich schaute ihn lange an und fragte ihn, warum er das vorhin im Wohnzimmer mit mir gemacht hat, mich einfach vergewaltigt hat, obwohl er doch wusste, dass ich schwanger war. Er verstand nicht sofort, was ich meinte, aber dann kam doch die Erinnerung und er sagte, dass er das Gefühl hatte, dass ich Sex von ihm wollte und er mir diesen Wunsch erfüllt hätte. Aber das war mir nicht genug, ich wollte von ihm einfach wissen, warum er es so brutal gemacht hatte. Er gab mir zu verstehen, dass es für ihn normal war und ich nicht so herumjammern sollte. Schließlich wollte er mir nicht wehtun. Aber er versprach mir, dass er in Zukunft mehr auf meine Bedürfnisse in Sachen Sex eingehen wolle.

Dass das wieder nur ein leeres Versprechen war, musste ich die nächsten Monate, bis vier Wochen vor der Geburt, am eigenen Leib erfahren. Denn John war nicht mehr der liebende Mann, den ich kennen gelernt hatte. Er wurde zeitweise sehr brutal – aber so, dass man es äußerlich nicht merkte und ich froh war, dass ich kurz vor der Geburt stand.

Ich war in der Zwischenzeit ins Gästezimmer gezogen und konnte mich wenigstens dort von John und seinen Übergriffen erholen. Wenn ich dann so auf dem Bett lag und in Gedanken versunken war, kamen mir die Tränen, weil ich einfach nicht wusste, wie es weitergehen sollte. Denn ich wollte auf keinen Fall, dass John dem Baby etwas antat, wo es sich doch nicht wehren konnte. Ich musste stark bleiben und positiv in die Zukunft blicken. Vielleicht war er zu dem Baby anders als zu mir. Ich hoffte es auf jeden Fall.

Die Wochen vergingen schnell und das Kinderzimmer war so gut wie fertiggestellt. Es war hell, mit einem weißen Gitterbett, das in der Mitte des Raumes stand. Wenn man den Raum betrat, so sah man sofort, dass es ein liebevoll eingerichtetes Kinderzimmer war. Da gab es auf der einen Seite einen Schrank, wo man die Babykleidung aufbewahren konnte und auf der anderen Seite einen Wickeltisch mit einer Kommode darunter, die man mit zwei Türen öffnete. In der Kommode befanden sich die Windeln und andere hilfreiche Sachen zum Wickeln. Das Fenster gab genug Licht herein, sodass es sehr freundlich und hell im Zimmer war. Über dem Gitterbett hing ein Mobile mit Schmetterlingen und, wenn man es einschaltete, erklang eine beruhigende Musik und es schaltete sich ein Licht ein, sodass die Schmetterlinge im ganzen Raum virtuell um das Gitterbett herumflogen.

Jetzt konnte ich es nicht mehr erwarten, endlich mein Baby im Arm zu halten. Ich ging aus dem Kinderzimmer wieder heraus und die Treppe hinunter, um ins Wohnzimmer zu gehen. Als ich die letzten Stufen der Treppe hinunterging, spürte ich auf einmal einen Schmerz im Unterleib und spürte, dass ich Flüssigkeit verlor. Ich kniete mich auf den Boden, hielt mir den Babybauch und rief nach John. Er kam aus dem Wohnzimmer und schaute mich panisch an. Er fragte, ob es schon so weit wäre, und ich nickte ihm unter Schmerzen, da ich gerade eine weitere Wehe hatte, zu. Er holte die gepackte Tasche aus meinem Zimmer und kam die Treppe heruntergerannt. Ich versuchte aufzustehen, aber es gelang mir nicht, da die Wehen immer stärker wurden. Ich sagte zu John, dass er den Arzt anrufen solle, weil ich es wahrscheinlich nicht mehr in die Klinik schaffen würde. Er ließ die Tasche fallen, griff zu seinem Telefon, rief den Arzt an und erklärte ihm die Situation. Dann legte er auf und kam zu mir, um mir aufzuhelfen. Als ich dann stand, schlang er seinen Arm um mich und wir gingen zusammen langsam ins Wohnzimmer und zur Couch. Dort hatte das Hausmädchen schon ein großes Handtuch ausgebreitet und ich legte mich mit Johns Hilfe so gut es ging auf die Couch. Er fragte mich, ob ich etwas trinken wolle oder er mir etwas anderes bringen solle. Ich sagte ihm, dass ein Glas Wasser mir guttun würde, und er sagte es dem Hausmädchen. Diese verschwand und kam kurz darauf wieder mit einem Glas Wasser zurück. John half mir, mich aufzusetzen, und gab mir das Glas zum Trinken. Ich machte einige Schlucke und er stellte es dann wieder auf den Tisch. Zwanzig Minuten, nachdem John mit dem Arzt telefoniert hatte, läutete es an der Eingangstür und das Hausmädchen öffnete diese. Dann kam sie ins Wohnzimmer und sagte, dass der Arzt mit der Hebamme da wäre.

John stand auf, begrüßte den Arzt und kam dann mit dem Arzt und der Hebamme zu mir. Ich begrüßte beide und der Arzt fragte nach der jetzigen Situation und ich erklärte ihm, dass die Wehen schon in kürzeren Abständen kommen würden. Er sagte zu mir, dass ich mich unten entkleiden solle, und die Hebamme gab dem Hausmädchen Instruktionen, was sie alles für die Geburt brauchen würde. Der Arzt schaute zu John und sagte zu ihm, dass es für ihn besser wäre, wenn er spazieren geht oder in einem der Nebenräume wartet. Denn er konnte sich nicht auch noch um ihn kümmern, sollte er schwache Nerven haben. John kam zu mir und küsste mich auf die Stirn und sagte mir, dass er auf der Veranda sitzen würde. Er nickte dem Arzt und der Hebamme zu und verließ den Raum.

Ich hatte mich inzwischen entkleidet und der Arzt begann mit der Untersuchung. Das Hausmädchen hatte die Sachen, um die die Hebamme gebeten hatte, gebracht und war wieder verschwunden. Jetzt konnte ich spüren, dass mein Baby geboren werden wollte, denn ich kam kaum noch zur Ruhe, weil sich mein Unterbauch immer wieder zusammenzog und ich das Gefühl hatte, immer wieder pressen zu müssen. Anfangs wollte ich es unterdrücken, aber der Arzt sagte mir, dass ich das nicht tun soll, sondern, wenn das Gefühl zum Pressen da ist, auch pressen soll. Ich war mit meiner Kraft schon fast am Ende, als der Arzt sagte, dass ich weiter pressen soll, denn das Köpfchen war schon heraußen und nun musste nur mehr der Körper folgen. Ich presste ein letztes Mal kräftig und dann hielt der Arzt das Baby, mein Baby, schon in Händen. Aber es schrie nicht und ich bekam Panik und Angst, aber, als der Arzt den Schleim aus dem Mund herausholte und ihm einen Klaps auf den Hintern gab, begann es zu schreien. Ich war erleichtert und lächelte. Jetzt sah ich auch, was es war – ein Junge.

Während die Hebamme das Baby versorgte, machte der Arzt die Enduntersuchung und gab mir ein Rezept gegen die starken Blutungen. Ich dankte ihm und er ließ die Hebamme und mich allein, um John zu holen. Als die Hebamme das Baby gewaschen und gewogen hatte, wickelte sie es in ein frisches Handtuch und legte es mir in den Arm. Ich war überglücklich und konnte es nicht genug betrachten. Erst nach einiger Zeit merkte ich, dass John neben mir stand und uns beobachtete. Ich schaute ihn an, wir lächelten uns zu und ich gab ihm unser Baby. Er nahm es vorsichtig und setzte sich damit neben mir auf die Couch. Der Arzt sagte, dass er noch den Namen des Babys eintragen muss, für die Bescheinigung. John und ich schauten uns an und ich sagte dem Arzt, dass wir uns, wenn es ein Junge werden würde, auf den Namen Patrick geeinigt hätten. Der Arzt trug den Namen in die Bescheinigung ein und sagte mir, dass er uns noch eine Kopie zuschicken würde. Außerdem sollte ich in einer Woche beim Kinderarzt vorbeischauen. Ich nickte ihm zu und gab ihm zu verstehen, dass ich das machen werde, und bedankte mich bei beiden, dem Arzt und der Hebamme. Sie verabschiedeten sich und gingen.

Jetzt waren wir allein und ich hoffte, dass die Stimmung so blieb, wie sie im Moment war. Sie blieb so, denn John gab mir die Zeit, die ich brauchte, um wieder zu genesen und kümmerte sich um uns beide prächtig. Aber es dauerte nicht lange – so circa einen Monat –, dann wurde er schon ungehalten und verlangte nach seinen Rechten. Die Blutungen waren zwar leichter geworden, aber noch nicht verschwunden und der Arzt riet mir, noch etwa einen Monat zu warten, bis sich alles wieder stabilisiert hatte. Wie sollte ich das John beibringen, dass er noch warten müsse. Aber als ich es ihm sagte und er hörte, dass der Arzt darauf bestehe, schonte er mich noch.

Patrick war ein sehr braves und ruhiges Baby, das sich ausgezeichnet entwickelte. Er trank sein Fläschchen und schlief danach sofort ein. Der Monat Schonzeit rückte seinem Ende entgegen und ich konnte John nicht weiter von mir fernhalten, denn er wurde immer drängender, wenn das Baby schlief und ich hatte Mühe, ihn auf Abstand zu halten. So kam es, wie es kommen musste, und ich hatte gerade Patrick abends in sein Gitterbett gelegt, nahm die Babyfon mit mir und ging aus dem Kinderzimmer, lehnte die Türe an und drehte mich um. Ich erschrak so, weil John genau vor mir stand und seine Hände auf meine Hüften gelegt hatte und mich küssen wollte. Ich wehrte mich und drehte den Kopf zur Seite. Jetzt hatte ich ihn gereizt, denn er nahm meinen Kopf zwischen seine Hände und küsste mich so brutal und fordernd, dass ich kaum Luft bekam. Als er von mir abließ, konnte ich mich befreien und rannte ins Gästezimmer. Ich wollte gerade die Türe schließen, aber John war mir gefolgt und schloss hinter sich die Türe. Gierig sah er mich an und kam langsam auf mich zu. Ich ging immer weiter zurück, bis ich den Bettrand hinter mir spürte. Er kam schnell auf mich zu und warf mich auf das Bett, dann zog er sich aus und verlangte von mir dasselbe. Ich schaute ihn an und verneinte, da ich keine Lust verspürte, mit ihm zu schlafen. Er setzte sich aufs Bett und zog mich aus. Ich wehrte mich, aber er hielt mich geschickt auf das Bett gedrückt. Als ich nackt vor ihm lag, zitterte ich am ganzen Körper und dachte nur, dass ich für Patrick stark sein muss.

Denn ich weiß nicht, was er mit unserem Baby machen würde, wenn ich mich ihm jetzt verwehren würde. Ich schaute ihn an und er warf mir einen lüsternen Blick zu. Dann drehte er mich auf den Bauch, spreizte meine Beine und drang hart in mich ein. Ich schrie auf, da es sehr wehtat, wehrte mich und flehte ihn an aufzuhören, da ich große Schmerzen hatte. Aber er tat so, als würde er mich nicht hören und machte weiter. Ich hoffte nur, dass es bald vorbei war. Als er dann fertig war, drehte er mich um und küsste mich zärtlich, dann stand er auf, zog sich an und verließ das Zimmer. Ich war geschockt und konnte mich nicht bewegen, da mir alles wehtat. Was war hier geschehen, warum ging das alles wieder von vorne los? Ich habe gedacht, dass ihn der Anblick unseres Kindes besänftigen würde und er auch mit mir in Bezug auf unser Liebesleben wieder normal umgehen würde. Er hatte mir doch versprochen, dass er mehr Rücksicht nehmen würde. Ich setzte mich auf und versuchte langsam aufzustehen. Dann ging ich ins Badezimmer und nahm eine lange, heiße Dusche. Danach rubbelte ich mich richtig ab und zog mich an.

Ich war gerade fertig angezogen, als sich das Babyfon meldete und ich ins Kinderzimmer ging. Als ich es betrat, schreckte ich zurück, denn John stand beim Gitterbett und spielte mit Patrick. Ich ging zur anderen Seite vom Gitterbett. John hob seinen Kopf und schaute mich zärtlich an, so wie, wenn vor einer halben Stunde nichts passiert wäre. Ich nahm das Baby aus dem Gitterbett und legte es auf die Wickelkommode. John kam zu mir und legte den Arm um mich. Ich zuckte bei seiner Berührung zusammen und er schaute mich fragend an. Ich schaute ihn nur kurz an, erwiderte nichts und widmete mich Patrick. Nachdem ich ihn gewickelt und wieder angezogen hatte verließ ich mit ihm auf dem Arm das Kinderzimmer, ohne John noch einmal zu beachten.

So vergingen die Monate und ich war froh, Patrick an meiner Seite zu haben. Obwohl er sich prächtig entwickelte und brav sein Fläschchen trank und schon seit einiger Zeit durchschlief, war es doch zeitaufwendiger, als ich dachte. Patrick wurde nun schon bald ein halbes Jahr alt.

Eines Tages saßen John und ich, nachdem wir Patrick ins Bett gebracht hatten, unten im Wohnzimmer und sahen uns einen Film an. Ich schaute John von der Seite an und fragte ihn, wie es wohl wäre, wenn wir ein Kindermädchen einstellen würden, damit ich mich ein bisschen freier bewegen konnte und auch mal in die Stadt fahren konnte, um Erledigungen zu machen, ohne andauernd auf ihn angewiesen zu sein. John drehte sich zu mir und sagte, dass er schon darüber nachgedacht hätte und sich erkundigt hätte. Er erzählte mir auch, dass er jemanden in der Stadt, eine Frau, getroffen hätte, die ihm ein Kindermädchen vermitteln konnte. Ich schaute ihn erstaunt an, weil ich ihm das niemals zugetraut hätte, dass ihm so etwas in den Sinn kommen könnte. Er fragte mich, ob ich damit einverstanden wäre, und ich nickte. Er stand auf und ging zum Telefon, um diese Frau anzurufen. Ich hörte, dass er einen Termin für den Besuch des Kindermädchens für den nächsten Tag vereinbarte. Dann kam er wieder zu mir, setzte sich und gab mir einen Kuss. Als wir uns wieder lösten, fragte ich ihn nach dem Namen der Frau und er erwiderte, dass er diesen nicht nennen dürfe, er mir aber den Namen des Kindermädchens sagen könnte – und der wäre Mary. Ich gab mich damit zufrieden und wir schauten uns den Film zu Ende an. Danach drehte John den Fernseher ab und wir gingen hinauf in unsere Schlafzimmer. Als ich auf dem Weg zu meinem Zimmer war, schaute ich noch bei Patrick vorbei. Ich öffnete die Kinderzimmertür und ging hinein. Als ich in das Gitterbett schaute, lag Patrick friedlich darin und nuckelte an seinem Schnuller. Da ich merkte, dass er tief und fest schlief, nahm ich ihm den Schnuller aus dem Mund und legte ihn neben sein Kissen. Er schlief friedlich weiter, ich rückte die Decke noch zurecht, gab ihm einen Kuss auf die Stirn und verließ das Zimmer.

Draußen schloss ich leise die Türe und ging zu meinem Zimmer, betrat es und erschrak. John lag in meinem Bett und wartete auf mich. Mir wurde mulmig, da ich keine Lust hatte, mich momentan von ihm quälen zu lassen. Er schlug die Decke zurück und gab mir zu verstehen, dass ich mich ausziehen und zu ihm ins Bett steigen soll. Ich zog mich langsam aus und ging auf das Bett zu. Dort setzte ich mich auf den Bettrand und drehte ihm den Rücken zu. Plötzlich spürte ich seinen Atem auf meiner Haut und ich spannte mich an. Doch er berührte meine Schultern zärtlich mit seinen Händen und drehte mich langsam zu sich. Dabei legte er mich sanft auf das Bett und küsste mich zärtlich. Er war weder fordernd noch wollte er mir wehtun, sodass ich mich entspannte und seine Berührungen genoss. Ich konnte es nicht glauben, aber er war so zärtlich und ich spürte, wie ich mich in seinen Armen wohlfühlte.

Als ich am nächsten Morgen erwachte, lag John neben mir und schaute mich mit einem Lächeln an. Ich erwiderte es und gab ihm einen Kuss. Er schlang seine Arme um mich und wir liebten uns. Danach stand ich auf und ging duschen. Nachdem ich mich angezogen hatte und John aus dem Badezimmer kam, gingen wir gemeinsam zu unserem Sohn. Dieser schlief noch und wir verließen wieder das Kinderzimmer und gingen hinunter, um zu frühstücken. Auf dem Weg dorthin schalteten sich die Babyfon ein und ich ging zurück zum Kinderzimmer. Dort nahm ich Patrick aus dem Gitterbett, zog ihn aus und badete ihn. Dann zog ich ihm eine neue Windel und Babykleidung an und ging mit ihm auf dem Arm hinunter zum Esszimmer. Dort setzte ich ihn in seinen Babystuhl und stellte ihm das Fläschchen, das das Hausmädchen bereitet hatte, vor ihm auf sein kleines Tischchen. Wir aßen und tranken alle unser Frühstück und, als wir fertig waren, nahm ich Patrick aus seinem Stuhl. John nahm ihn in seine Arme und wir gingen hinaus auf die Veranda. Es war ein wunderschöner Tag. Wir setzten uns hin und John setzte Patrick auf die Babydecke, die wir von drinnen mitgenommen hatten. Wir hingen unseren Gedanken nach und genossen die Ruhe und die reine Luft.

Nach einer geraumen Zeit sahen wir, dass ein Wagen mit einem Taxischild die Auffahrt herauffuhr und eine junge Frau ausstieg. John und ich schauten uns an. John sagte, dass das Mary sein muss, das Kindermädchen, von dem er mir gestern erzählt hatte. „Ah ja", sagte ich, „das muss sie sein", und stand auf. Auch John erhob sich und nahm Patrick auf den Arm. So standen wir auf der Veranda und warteten, bis die junge Frau das Taxi gezahlt hatte und dann in unsere Richtung kam. Sie stieg die drei Stufen zur Veranda hinauf und kam zu uns. Wir schüttelten uns die Hände und sie sagte, dass ihr Name Mary wäre und sie sich hier als Kindermädchen vorstellen würde.

Achtes Kapitel

Wir gingen zusammen in das Haus und setzten uns im Wohnzimmer an den Tisch. Nachdem das Hausmädchen die Babydecke vor uns auf dem Boden ausgebreitet hatte und darauf Spielsachen legte, ging John mit Patrick zu der Decke und setzte ihn darauf. Patrick quietschte vergnügt und begann sofort, mit seinen Spielsachen zu spielen. John kam zu uns zurück, setzte sich und wir begannen mit dem Vorstellungsgespräch. Ich sah Mary dabei an, als sie zu erzählen begann, und merkte, dass sie ziemlich blass und sehr jung sein musste, aber sie hatte gute Referenzen. Daher ich sagte zu ihr, dass wir, John und ich, uns kurz unterhalten müssten, und verließen den Raum. Beim Hinausgehen fragte ich Mary noch, ob sie kurz auf unseren Sohn aufpassen könnte. Sie bejahte, ging zu ihm hin und fing an, mit ihm zu spielen. Mir gefiel dies, da ich merkte, dass sich Patrick wohlfühlte und sie auch anlächelte. Ich drehte mich um und folgte John ins Esszimmer. Dort setzten wir uns hin und begannen über Marys Referenzen zu sprechen. John meinte, dass sie noch sehr jung wäre, aber schon einige Erfahrung gesammelt hatte und von dieser ominösen Frau, wo mir auch Mary nicht den Namen verraten wollte, obwohl ich sie eindringlich fragte, sehr gute Referenzen mitbrachte. Nach einer geraumen Zeit einigten wir uns darauf, Mary eine Chance zu geben und sie für einen Monat zu beobachten, wie sie mit Patrick zurechtkam. John gab mir auch zu verstehen, dass ich nun wieder ins Schlafzimmer ziehen müsste, da wir das Gästezimmer nun für das neue Kindermädchen bräuchten. Es gab mir einen Stich, denn ich wusste nicht, ob sich die letzte Nacht wiederholen würde oder John wieder in sein altes Muster verfallen würde. Ich sagte ihm, dass ich damit einverstanden wäre und rief das Hausmädchen. Ich teilte ihr mit, dass sie meine Kleidung und Utensilien wieder im Schlafzimmer unterbringen und das Bett neu beziehen soll. Sie nickte und ging, um den Auftrag auszuführen.

Wir gingen wieder zurück ins Wohnzimmer und lächelten, denn Mary hatte Patrick auf ihren Schoß gesetzt und schaute mit ihm ein Bilderbuch an. Patrick zeigte mit seinem Zeigefinger immer wieder auf das Buch und gluckste vergnügt. Es freute uns, dass unser Sohn sich mit Mary so gut verstand, und wir hofften, dass es auch so blieb. Wir schauten noch eine Weile zu, dann sagte ich zu Mary, sie solle doch kurz zu uns kommen, da wir uns entschieden hätten. Das Kindermädchen sah auf, setzte Patrick wieder auf die Decke und gab ihm das Bilderbuch in seine kleinen Hände. Er schaute sie fragend an und sie drückte seine kleinen Hände. Dann stand sie auf und setzte sich zu uns an den Tisch. Als Mary sich gesetzt hatte, sagte ich ihr, dass wir uns für sie aufgrund ihrer sehr guten Referenzen entschieden hätten und wir sie einmal für einen Monat zur Beobachtung einstellen wollten. Ich sagte ihr auch, dass sie jede Woche am Mittwoch frei hätte und am Wochenende auf Abruf. Mary schaute uns strahlend an und war überglücklich, da sie Patrick schon in ihr Herz geschlossen hatte. Sie willigte ein, was den Dienstvertrag betraf, und wir schüttelten uns zum Schluss die Hände, um den Vertrag zu besiegeln. John teilte ihr mit, dass er in den nächsten Tagen den Probevertrag mit ihr durchgehen würde und sie ihn dann nur zu unterzeichnen bräuchte.

Danach ging John zu Patrick und hob ihn auf seine Arme. So gingen wir alle zusammen die Treppe hinauf, um Mary ihr Zimmer zu zeigen. Wir gingen erst einmal ins Gästezimmer und das Kindermädchen stellte ihren Koffer dort ab. Ich zeigte ihr alles, auch das Badezimmer. Dann bat ich sie, mit mir mitzukommen, da ich ihr das Kinderzimmer zeigen wollte, das sich gleich daneben im selben Gang befand. Mary folgte mir und wir betraten das Kinderzimmer. Dort erklärte ich ihr, wo sich alle Sachen befanden, und erklärte ihr auch, sollte etwas gebraucht werden, dies aufzuschreiben und mir dann zu geben. Sie nickte und wir sahen uns an. Ich erklärte ihr, dass es nicht notwendig wäre, mich bei meinem Familiennamen anzusprechen, und sagte ihr, dass es genüge, wenn sie zu mir Elizabeth sagt. Sie schaute mich mit großen Augen an und erwiderte, dass sie sich daran gewöhnen müsse, aber sie mir diesen Wunsch gerne erfüllen würde. Ich dankte ihr und erklärte ihr, dass wir ein Team seien, solange sie hier arbeitete. Sie machte einen Knicks und entschuldigte sich, denn sie wolle sich kurz zurückziehen, um sich frisch zu machen und ihre Sachen auszupacken. Ich nickte und sagte ihr, dass um sieben Uhr Abendessen wäre und ich sie gerne bei Tisch sehen möchte. Sie machte wieder einen Knicks und ich entließ sie. Wir gingen aus dem Kinderzimmer und ich schaute Mary nach, bis sie im Gästezimmer verschwunden war. John kam mit Patrick im Arm zu mir zurück und ich legte Patrick in sein Gitterbett, gab ihm einen Kuss auf die Stirn, nahm das Babyfon und ging wieder aus dem Zimmer. Als ich die Türe schloss und mich umdrehte, sah ich John genau in die Augen und da war er wieder – dieser fordernde Blick. Ich wollte gerade an ihm vorbeigehen, als er mich am Arm festhielt und ins Schlafzimmer zerrte. Als wir im Schlafzimmer verschwanden, warf er mich aufs Bett und sah mich lüstern an. Ich fragte ihn, was denn jetzt wieder los sei und ob er den Verstand verloren hätte. Ich sagte ihm auch, dass er mich in Ruhe lassen solle und ich keine Lust hätte. Er kam auf mich zu, schob mir den Rock in die Höhe und vergewaltigte mich auf der Stelle. Ich fing an zu schreien, dass er mich loslassen solle, doch er machte weiter und ich war am Boden zerstört, weil ich doch wirklich geglaubt hatte, dass er sich geändert hatte – nach der letzten Nacht. Als er fertig war, stieg er von mir runter und verschwand im Badezimmer. Ich lag da und konnte mich nicht bewegen, alles tat wieder weh und ich fing an zu weinen. So konnte es nicht weitergehen. Ich musste etwas unternehmen. Ich setzte mich auf und wischte mir die Tränen aus dem Gesicht, da John gerade aus dem Badezimmer kam. Ich stand schnell auf, strich mein Gewand zurecht und verließ ruckartig das Schlafzimmer, sodass er keine Gelegenheit hatte, mich noch einmal zu berühren. Ich ging ins Kinderzimmer, um nach Patrick zu schauen und setzte mich dann in den Schaukelstuhl, den wir erst vor kurzem erworben hatten. Dort überließ ich mich meinen Gedanken und hoffte, dass Mary mich nicht schreien gehört hatte, denn ich wollte nicht, dass sie einen schlechten Eindruck von uns bekam, noch wollte ich, dass sie diese Szenen mitbekam, denn ich schämte mich auch dafür, dass ich so schwach war und John nicht die Stirn bieten konnte.

Ich musste eingeschlafen sein, denn auf einmal spürte ich eine Berührung auf meiner Schulter. Ich schnellte in die Höhe und sah in Marys Augen. Sie entschuldigte sich, falls sie mich erschreckt hatte, aber sie sagte mir, dass es bald sieben Uhr wäre, und fragte mich, ob sie Patrick wickeln und umziehen soll. Ich bejahte und sagte ihr außerdem, dass sie mich nicht immer fragen müsse und sie vor den Mahlzeiten Patrick fertig machen soll. Sie nickte. Damit verließ ich das Kinderzimmer und wollte schon ins Gästezimmer gehen, da fiel mir ein, dass ich ja jetzt wieder im Schlafzimmer wohne und ging mit einem mulmigen Gefühl dort hinein. Ich hoffte, dass John nicht dort anwesend war, denn das war das Letzte, was ich jetzt gebrauchen konnte. Zum Glück war das Schlafzimmer leer und ich ging ins Badezimmer, um mich frisch zu machen und zog mich um. Dann verließ ich es wieder und ging hinunter ins Esszimmer. Dort saßen schon alle und ich setzte mich zu ihnen. Bevor ich mich hinsetzte, gab ich Patrick noch einen Kuss auf die Stirn. Er lächelte mich an und streckte seine Hände nach mir aus; ich nahm sie und drückte sie sanft. John wollte meine Hand ergreifen, als ich mich neben ihn setzte, aber ich zog sie schnell weg. Ich wollte mich nie wieder von ihm berühren lassen – zumindest wollte ich es versuchen.

Am nächsten Tag – Mary war gerade mit Patrick spazieren – unternahm ich im Internet Recherchen über Mary. Ich konnte aber nichts Auffälliges entdecken. Dadurch wusste ich auch nicht, dass Mary auch das Kindermädchen von Vlads und Glorias Sohn war.

So verging der Probemonat sehr schnell und John und ich entschieden uns, nach einem kurzen Gespräch mit Mary, diese als unser Kindermädchen fix einzustellen. Sie freute sich sehr und dankte uns, unterschrieb den fixen Dienstvertrag und ging wieder zu Patrick, der ihr gleich seine kleinen Arme entgegenstreckte. Sie hob ihn auf und ging mit ihm auf die Veranda hinaus.

Eines Tages sagte Mary zu mir, dass sie gerne mit Patrick spazieren gehen wolle. Ich willigte ein und sie zog ihn an, legte ihn in den Kinderwagen und sagte, dass sie in einer Stunde wieder zurück wäre. Ich gab ihr noch die Babytasche, wo sich ein Fläschchen mit Tee und ein paar Windeln und Feuchttücher befanden. Sie nahm die Tasche und verstaute sie unten im Kinderwagen.

Ich öffnete ihr die Haustüre und sie fuhr mit dem Kinderwagen über die Schwelle. Als sie bei den Stufen der Veranda ankam, half ich ihr mit dem Kinderwagen. Danach verabschiedete ich mich von Patrick und schaute dem Kindermädchen nach, bis sie um die Ecke verschwunden war.

Ich ging wieder ins Haus und stieg die Stufen hinauf zum Kinderzimmer. Als ich oben am Treppenende ankam und ich nach rechts schaute, wo sich das Schlafzimmer befand, kamen mir einerseits gute, aber auch traurige Gedanken. Es war ein unangenehmes Gefühl, daran zu denken, was sich alles hinter dieser Türe in dem letzten Monat abgespielt hatte. Obwohl ich nach dem ersten schlimmen Ereignis im Wohnzimmer sofort ins Gästezimmer gezogen war, blieb mir, nachdem wir Mary die Stelle als Kindermädchen gegeben hatten, nichts anderes übrig, als wieder im Schlafzimmer einzuziehen. John hatte mir immer wieder versichert, dass er mich liebe und er doch unserem Sohn nicht schaden wolle. Er wusste auch nicht, was mit ihm geschehe, wenn ihn die brutale Lust auf Sex überkam.

Ich drehte mich um und erschrak, denn ich blickte direkt in die Augen von John. Durch meine Grübeleien hatte ich ihn gar nicht kommen gehört. Ich ging ein paar Schritte zurück, um nicht direkt beim Treppenabsatz zu stehen, da ich Angst hatte, dass er mich hinunterstoßen könnte. Er schaute mich an und lächelte. Es war ein eigenartiger Blick – derselbe, den er mir damals im Wohnzimmer zugeworfen hatte, bevor er mich auf der Couch vergewaltigt hatte. Ich wollte nur weg aus seinem Blick und seiner Reichweite. Ich drehte mich nach rechts und ging ins Kinderzimmer.

Als ich am nächsten Morgen erwachte, war mir sehr übel. Ich hatte das schon seit einigen Tagen und hoffte, dass es nur eine Magenverstimmung wäre, denn ich wollte auf keinen Fall schwanger werden von Johns Attacken. Ich sprang aus dem Bett und eilte ins Badezimmer, wo ich mich übergab. Dann duschte ich und zog mich an. Ich sagte Mary beim Frühstück, dass ich in die Stadt zum Arzt fahre, da ich mich nicht wohl fühle. Sie wünschte mir gute Besserung und ich verließ das Haus. Beim Arzt erfuhr ich, dass ich wieder schwanger war, und mir kamen die Tränen. Ich fuhr in Gedanken versunken nach Hause und wusste nicht, wie ich es John sagen sollte. Aber was konnte schon passieren? John liebte unseren Sohn über alles und Kinder sowieso. Ich würde es ihm einfach sagen und abwarten, wie er reagierte.

Ich parkte den Wagen in der Auffahrt und ging zur Haustüre. Ich schloss sie auf und trat ein. Ich wollte gerade ins Wohnzimmer gehen, als mir der Atem stockte, denn ich konnte nicht glauben, wer da aus unserem Schlafzimmer kam. Ich sah hinauf, als sich die Gestalt der Treppe näherte und dann fiel ich fast in Ohnmacht. Das konnte nicht sein, das durfte nicht sein. Ich ließ die Frau nicht aus den Augen, als sie die Treppe hinunterschritt. Ich kannte diese Frau, ich hatte sie schon einmal gesehen, aber es war unmöglich, dass sie hier sein konnte, denn ich hatte mich nie wieder auf der Burg blicken lassen, noch hatte ich weiterhin Kontakt mit Vlad gehabt oder irgendjemand anderen von dort. Aber es war eindeutig Vlads Frau Gloria, die mir da entgegenkam. Sie lächelte mich an und sagte nur, dass ich nicht so schlimme Sachen über John verbreiten soll, wie er würde mich vergewaltigen, denn sie findet, dass er der zärtlichste Mann wäre, den sie je getroffen hätte. Ich schaute sie ungläubig an und konnte nicht glauben, was ich da aus ihrem Mund hörte. Sie ging an mir vorbei und verließ das Haus. Ich wollte gerade etwas sagen, da hatte sie auch schon die Türe geschlossen und, als ich sie öffnete, um mit ihr zu reden, war wie verschwunden. Ich konnte sie nicht mehr sehen. Ich schloss wieder die Eingangstür und ging zur Treppe, um ins Schlafzimmer zu gehen. Da kam mir Mary mit Patrick entgegen. Ich fragte sie, ob sie die Frau gesehen hätte, die gerade das Haus verlassen hatte und sie verneinte. Ich nahm ihr Patrick aus der Hand und sagte ihr, dass sie sich den Rest des Tages frei nehmen kann, und sie gab mir das Baby, nickte und ging in ihr Zimmer. Ich ging mit Patrick ins Kinderzimmer und setzte mich mit ihm auf den Schaukelstuhl. Nachdem ich eine Weile auf dem Stuhl hin und her gewippt hatte, schaute ich auf Patrick und sah, dass er eingeschlafen war. Ich stand langsam auf und legte ihn vorsichtig in sein Gitterbett. Dann nahm ich das Babyfon und ging leise aus dem Kinderzimmer, schloss die Türe und ging Richtung Schlafzimmer, denn ich wollte unbedingt wissen, was da vor sich gegangen war. Ich öffnete die Schlafzimmertür und trat ein. Das Zimmer war leer, aber es lag in der Luft, dass sich hier etwas abgespielt hatte. Das Badezimmer war auch leer und so setzte ich mich auf den Bettrand und überlegte. Auf einmal hatte ich den Gedanken Vlad anzurufen, um ihm von dieser Situation zu erzählen und nebenbei wollte ich ihm auch unseren Sohn zeigen, denn ich wusste von Anfang an, dass er der Vater war.

Ich nahm vom Telefon, das auf dem Nachtkästchen stand, den Hörer ab und wählte die Auskunft, um die Nummer zu erfahren. Diese gab sie mir und ich legte auf. Dann atmete ich tief durch und überlegte, wie ich es Vlad sagen sollte. Als ich eine Lösung gefunden hatte, nahm ich wieder den Hörer und wählte die Nummer. Nachdem es dreimal geklingelt hatte, hörte ich Vlads Stimme am anderen Ende der Leitung. Ich wurde nervös und meldete mich. Ich hoffte, dass Vlad nicht vergessen hatte, wer ich war und gleich auflegte. Er war aber sehr freundlich und sagte mir, dass er sich freue, wieder meine Stimme zu hören, und wollte wissen, warum ich ihn anrief. Ich erzählte ihm, dass ich verheiratet wäre, aber der eigentliche Grund wäre, dass ich heute nach Hause gekommen bin und seine Frau Gloria aus dem Schlafzimmer gekommen wäre. Plötzlich war es still am anderen Ende und ich fragte, ob er noch da wäre. Vlad bat mich um die Adresse. Ich wunderte mich, aber gab sie ihm. Dann hörte ich ein Klicken und merkte, dass er aufgelegt hat. Ich legte den Hörer auch auf die Gabel und stand vom Bett auf. Ich ging hinunter ins Wohnzimmer, wo John vor dem Fernseher saß. Ich ging zu ihm und setzte mich neben ihn auf die Couch. Er schaute mich an, gab mir einen Kuss und widmete sich wieder dem Film. Ich fragte ihn, ob er mir irgendetwas zu sagen hätte, denn als ich nach Hause gekommen bin, kam mir eine Frau entgegen. Er drehte sich zu mir und schaute mich an. Dann fragte er mich, ob ich mir ganz sicher wäre, denn er wüsste nichts davon. Erst jetzt bemerkte ich, wie blass er war und dass er sich auch irgendwie anders benahm als sonst. Ich hatte Angst und stand auf, denn ich wollte auf einmal nicht mehr in seiner Nähe sein, weil ich fühlte, dass da etwas Grausames von ihm ausging. Ich verließ das Wohnzimmer schnell und wollte gerade wieder hinauf zu Patrick gehen, als es an der Eingangstür läutete. John rief mir zu, ob ich so nett wäre und nachschauen könnte, wer denn vor der Türe stand. Ich drehte mich um, ging zur Eingangstür und öffnete sie. Ich erstarrte, denn da stand Vlad und lächelte mich an. Ich bat ihn herein und er trat über die Schwelle. Dann nahm er mich in den Arm und küsste mich auf die Wange. Er schaute mich an und merkte, dass mit mir etwas nicht stimmte, denn ich konnte seine Umarmung nicht erwidern. So ließ er mich wieder los und fragte mich, ob alles in Ordnung sei. Ich nickte nur stumm und zeigte auf das Wohnzimmer, da ich ihm John vorstellen wollte. Kaum hatte ich Vlad gezeigt, wo John war, fuhr er herum und war auch schon bei ihm. Ich sah nur noch, wie er über ihn gebeugt war, und dann, wie John auf der Couch zusammensackte.

Vlad kam wieder zu mir und dankte mir für den Anruf. Ich schaute ihn an, da ich nicht glauben konnte, was da gerade passiert war. Aber er gab mir zu verstehen, dass es besser war, nicht zu viel zu wissen. Er wollte sich wieder verabschieden, aber ich hielt ihm am Arm fest. Er drehte sich zu mir und schaute mich voller Erwartung an. Ich blickte eine Weile in seine dunklen Augen – die gleichen Augen, die auch Patrick hat – und sagte zu ihm, dass ich ihm jemanden zeigen möchte. Er folgte mir die Treppe hinauf und wir gingen zum Kinderzimmer. Ich öffnete leise die Türe und trat ein. Als ich beim Gitterbett stand, winkte ich

Vlad, der draußen stehen geblieben war, herein. Er trat ins Zimmer und ich nahm Patrick aus dem Gitterbett. Er schlief friedlich weiter. Mit Patrick auf dem Arm drehte ich mich zu Vlad um und schaute ihn glücklich an. Er verstand nicht, was ich ihm damit zeigen wollte und erklärte ihm, dass das unser Sohn ist.

Ich streckte ihm Patrick entgegen und er nahm ihn in seine Arme. Plötzlich geschah es – und wenn ich gewusst hätte, dass das geschehen würde, hätte ich ihm niemals unseren Sohn in die Arme gegeben. Vlads Augen veränderten sich, wurden ganz dunkel und nahmen einen bedrohlichen Blick an. Er schaute mich vollkommen wütend an und mir lief ein kalter Schauer über den Rücken. Ich wollte nach Patrick greifen und ihn beschützen, aber er war zu stark und auf einmal geschah es. Er nahm unseren Sohn an beiden Armen und riss ihn einfach entzwei. Dann ließ er einfach die Teile fallen, drehte sich um und ging. Ich stand regungslos da, war unter Schock, sah auf das tote Baby hinab und fing an zu weinen und schrie Vlad hinterher, er solle wieder zu mir kommen. Als ich merkte, dass er nicht kam, lief ich aus dem Zimmer und sah, dass er gerade die Treppe hinuntergehen wollte. Ich eilte ihm hinterher und hielt ihn beim Treppenabsatz am Arm fest. Ich klammerte mich regelrecht an ihn und wollte, dass er mir erklärt, was er gerade getan hatte. Ich schluchzte verzweifelt, aber ließ seinen Arm nicht los. Aber er war zu stark und ich konnte ihn nicht herumdrehen, sodass er mir in die Augen sah. Stattdessen merkte ich erst jetzt, dass ich mich nicht mehr lange halten konnte, da ich mit dem rechten Fuß nur halb auf der obersten Stufe stand und, als er sich dann doch zu mir drehte, verlor ich den Halt und stürzte die Treppe hinunter. Dort blieb ich regungslos liegen.

Neuntes Kapitel

Es mussten einige Stunden vergangen sein, denn als ich wieder aufwachte, war es draußen schon dunkel. Ich konnte mich nur mühsam erheben und hatte starke Schmerzen. Erst nach einer Weile fiel mir ein, was passiert war, und ich begann wieder zu weinen. Dann ging ich mit Mühe zum Telefon und wählte die Nummer der Rettung, die dann auch bald eintraf. Sie legten mich auf eine Bahre und brachten mich in die Klinik. Dort teilte man mir mit, dass ich eine Fehlgeburt – durch den Sturz – erlitten hatte und wahrscheinlich keine Kinder mehr bekommen könne. Ich war am Boden zerstört, denn es brach alles zusammen. Das Schicksal hatte mich fest in der Hand.

Nach ein paar Tagen wurde ich aus der Klinik entlassen und nun war ich wieder zu Hause. Ich ging ins Wohnzimmer, wo noch immer John auf der Couch lag – der Anblick war grauenhaft. Ich nahm eine Decke und legte sie über ihn. Dann nahm ich meinen ganzen Mut zusammen und ging die Treppe hinauf ins Kinderzimmer. Der Anblick war so traurig für mich, dass ich zusammenbrach und sofort wieder zu weinen begann. Nach einer Weile riss ich mich zusammen und ging hinein. Da lag Patrick, noch immer so wie ich ihn zurückgelassen hatte. Ich nahm seine Decke aus dem Gitterbett und deckte ihn damit zu. Dann begann ich den Boden zu reinigen.

Als ich damit fertig war, wickelte ich Patrick in die Decke und legte ihn ins Gitterbett. Danach ging ich ins Schlafzimmer, zog mich aus, ging ins Badezimmer und duschte ausgiebig. Dann zog ich mir frische Sachen an und ging hinunter. Dort setzte ich mich an den Esstisch und dachte nach, was nun weiter geschehen sollte. Dabei kam mir wieder Vlad in den Sinn, aber ich konnte ihm nicht verzeihen, was er mit unserem Sohn getan hatte. Aber ich dachte auch an die kurze schöne Zeit, die ich mit Vlad hatte, wie zärtlich er mich geliebt hatte und wie verständnisvoll er gewesen war. Ich wusste nun, dass ich so einen Mann nicht einfach ignorieren oder hassen sollte, denn ich spürte auch, dass ich Vlad brauchte und er mich. Nein, so einen Mann lässt man nicht einfach gehen und will nie wieder etwas von ihm wissen, denn ich wusste nun, dass Vlad der richtige Mann für mich war.

Aber andererseits, wird er mich überhaupt noch wollen, nachdem er sich mir gegenüber zuletzt so verhalten hat und unseren Sohn ermordet hat? Ich musste es herausfinden, denn es kamen mir nur drei Szenarien in den Sinn, die sich erfüllen könnten, sollte ich zu Vlad zurückkehren.

Da war erstens, dass er mich einfach ignorierte und wünschte, dass ich sofort wieder gehe.

Dann zweitens, dass ich zwar bleiben dürfe, aber zwischen uns alles platonisch ablaufen würde.

Und drittens, dass ich bleiben dürfe, aber alles nach seinen Regeln getan würde.

Mit diesen drei Optionen packte ich meine Sachen und verließ das Haus, um zur Burg zu fahren.

Ich legte den Koffer in den Kofferraum, setzte mich hinter das Steuer und fuhr los, ohne noch einmal zurückzuschauen.

Nach einigen Stunden hatte ich die Burg erreicht und parkte das Auto weiter unten auf dem Parkplatz, wo ich auch zuletzt, als ich die Burg fluchtartig verlassen hatte, die Stretchlimousine gesehen hatte. Ich stieg aus und nahm meinen Koffer aus dem Kofferraum, verriegelte das Auto und machte mich auf den Weg hinauf zur Burg. Nach einigen hundert Metern hatte ich das Burgtor erreicht, das mir damals Vlad geöffnet hatte. Ich zog an der Klingel und wartete. Einen kurzen Moment später öffnete mir ein junges Dienstmädchen das Tor und ließ mich ein. Ich ging an ihr vorbei in die Halle und blieb stehen. Auf einmal sah ich, dass ein Mann rechts von der Treppe herunter eilte und auf mich zulief. Erst jetzt erkannte ich, dass es Vlad war, und er umarmte mich auch schon herzlich. Ich war so überrascht, dass ich seine Umarmung zuerst gar nicht erwiderte, doch dann schlang auch ich meine Arme um ihn und, als er mich ansah, verlor ich mich in seinen Augen und wir küssten uns. Er sagte mir, dass er sich sehr freue, dass ich hergekommen bin, denn er hätte mich sonst geholt. Wir trennten uns und Vlad wies einen jungen Mann, der in unserer Nähe stand, an, meinen Koffer hinauf ins Zimmer zu bringen. Der junge Mann nickte, nahm den Koffer und ging damit die Treppe hinauf, die damals auch in das Zimmer geführt hatte, das ich bewohnt hatte. Ich schaute mich um und da sah ich ein bekanntes Gesicht – Mary. Sie starrte mich an und verschwand augenblicklich. Ich hatte sie nie wieder gesehen. Ich schüttelte den Kopf und sah Vlad wieder an. Dieser nahm meine Hand und wir gingen zusammen in das Wohnzimmer. Dort setzten wir uns und unterhielten uns. Wir hatten uns eine Weile unterhalten, als Gloria den Raum betrat. Mir wurde mulmig und ich begann, leicht zu zittern. Vlad bemerkte meine Unruhe, nahm meine Hand und schaute mich zärtlich an. Sein Blick hatte so etwas Beruhigendes, dass ich mich fasste und Gloria direkt ansah, als sie zu uns kam. Wir begrüßten uns. Sie sah Vlad lächelnd an, gab ihm einen Kuss und ging dann weiter zur Bibliothek. Als sie die Türe hinter sich geschlossen hatte, redeten Vlad und ich noch eine Weile, bis mich Vlad schließlich in mein Zimmer brachte. Dort angekommen nahm er mich in den Arm und küsste mich leidenschaftlich. Als wir uns wieder voneinander lösten, sagte mir Vlad noch, dass mir zu Ehren heute ein Ball stattfinden würde. Ich schaute ihn groß an und sagte ihm, dass ich aber nichts zum Anziehen hätte, woraufhin er nur lächelte und ging. Ich schaute ihm verdutzt hinterher, als er die Türe schloss, und dachte über den heutigen Tag nach. Es wunderte mich, dass keine meiner drei Optionen, die ich mir ausgemalt hatte, eingetroffen war. Aber was hatte Vlad mit mir gemacht, wie konnte ich nur so zärtlich zu ihm sein und mich auch noch von ihm küssen lassen? Schließlich hatte er unser Kind vor meinen Augen getötet und ich nahm es einfach so hin und erwähnte es heute nicht einmal in seiner Gegenwart. Aber irgendwie hatte Vlad auch kein Wort darüber verloren und ich dachte nur, dass er sehr kaltherzig in dieser Beziehung sein musste, wenn man sich nicht einmal dafür entschuldigt. Es war wie verhext, ich hatte weder einen Hass noch einen Groll gegen ihn, im Gegenteil, ich liebte ihn noch mehr. Aber war das wirklich Liebe oder wollte ich einfach nur nicht allein sein? Ich packte meine Sachen aus und stellte das Bild von Patrick auf mein Nachtkästchen. Dann zog ich mich aus und ging unter die Dusche.

Als ich wieder aus dem Badezimmer herauskam, staunte ich nicht schlecht, was da auf dem Bett lag. Es war ein wunderschönes schwarzes Kleid, wie ich es nur aus Filmen kannte, die in der viktorianischen Zeit spielten. Konnte mir das wirklich passen und wer hatte das hier hereingelegt, während ich duschen war? Auf einmal ging die Türe auf und Luise, die Wirtschafterin, kam herein und begrüßte mich. Ich konnte mich noch gut an sie und an ihre großartigen Speisen erinnern. Ich begrüßte sie ebenfalls und sie sagte mir, dass sie sich freue, dass ich wieder hier bin. Außerdem sagte sie mir, dass sie mir beim Anziehen und mit der Frisur helfe. Ich dankte ihr und zog meine Unterwäsche an und sie half mir dann in das Kleid. Ich merkte schon, als ich das Kleid anzog, dass es wie für mich gemacht war. Es passte sofort und saß wie angegossen. Danach setzte ich mich zum Kosmetiktisch und Luise begann, meine Haare zu frisieren. Ich schaute ihr dabei zu und sagte ihr, dass ich sehr nervös sei, weil ich doch niemanden außer Vlad, Victoria Fleming und Gloria – seine Frau – kannte. Sie beruhigte mich und erwiderte, dass ich sicher viel Spaß haben werde und ich mich einfach normal verhalten solle. Ich nickte nur und hoffte, dass es wirklich so einfach werden würde, wie Luise sagte. Nach einiger Zeit war sie fertig – und ich war begeistert, was sie aus meinen Haaren gezaubert hatte. Ich fühlte mich wie eine Prinzessin, als ich mich im großen Spiegel mit dem Kleid und der Frisur betrachtete. Ich drehte und wendete mich und konnte nicht glauben, dass ich so großartig aussah. Luise öffnete die Zimmertüre und wir gingen aus dem Zimmer hinunter in die Halle. Da hörte ich schon die Musik und wusste, dass der Ball schon angefangen hatte. Luise ging mit mir die große Treppe hinauf, zeigte auf eine Türe gegenüber und wünschte mir viel Glück.

Ich bedankte mich bei ihr und ging auf diese Türe zu. Als ich näherkam, sah ich, dass es eine große Doppeltüre war, die eine goldene Umrandung hatte. Davor standen zwei Wachen, die, als ich direkt davorstand, die Türen öffneten. Ich atmete tief durch und ging hinein. Kaum hatte ich den Raum betreten, blieb ich auch schon vor Erstaunen stehen. Es war ein riesiger Saal mit vielen verzierten Ornamenten und Bildern. Er war durch dutzende von Kerzenleuchter erhellt, was dem Ganzen etwas Mystisches gab. Außerdem fiel mir auf, dass, seit ich den Raum betreten hatte, Stille und Schweigen herrschte. Jeder starrte mich an und ich wäre am liebsten wieder hinausgegangen, denn ich fühlte mich sehr unwohl. Aber da kam schon Victoria auf mich zu und begrüßte mich herzlich. Daraufhin setzte auch die Musik wieder ein und die Menge verteilte sich wieder. Ich ging mit Victoria mit und wir trafen Gloria, die mich auch herzlich begrüßte. Wir standen beieinander und unterhielten uns, als wären wir schon ewig Freundinnen.

Nach einer Weile stand auf einmal Vlad bei uns und schaute mich lächelnd an. Er nahm meine Hand und küsste sie. Ich erwiderte sein Lächeln und er forderte mich zum Tanz auf. Nachdem ich eingewilligt hatte, folgte ihm auf die Tanzfläche. Ich war erleichtert, dass ein Walzer anstand denn ich wollte mich auf keinen Fall blamieren. Vlad führte mich über die Tanzfläche, als würden wir schon ewig miteinander tanzen. Ich genoss es richtig und war enttäuscht, als der Walzer zu Ende war und wir wieder die Tanzfläche verließen. Er führte mich zurück zu seiner Frau und Victoria. Nachdem er sich vor mir verneigt hatte, ließ er uns allein. Ich amüsierte mich sehr und verlor dadurch immer mehr meine Unsicherheit. Es war schon sehr spät geworden, als ich mich von Victoria und Gloria verabschiedete. Ich wollte mich auch von Vlad verabschieden, aber da ich ihn nirgends entdecken konnte, ging ich aus dem Saal und auf mein Zimmer. Dort legte ich mich auf das Bett und lächelte glücklich, da dieser Abend sehr schön gewesen war. Dann stand ich auf, zog das Kleid aus und öffnete meine Haare. Dann ging ich unter die Dusche, schlüpfte in mein Nachthemd und legte mich ins Bett. Ich muss auf der Stelle eingeschlafen sein, denn als ich wieder erwachte, war es hell draußen. Ich streckte mich, stieg aus dem Bett, zog mich an und ging hinunter ins Wohnzimmer, das zugleich auch das Speisezimmer war. Es war sehr ruhig und ich genoss diese Stille. Als ich das Wohnzimmer betrat, war der Tisch schon gedeckt und ich setzte mich hin. Gleich darauf erschien ein Dienstmädchen. Es fiel mir auf, dass es dasselbe war, das mir gestern das Tor geöffnet hatte, und stellte verschiedene Speisen vor mir auf den Tisch. Auch wollte sie wissen, ob ich Kaffee oder Tee dazu haben möchte, und ich erwiderte ihr, dass ich gerne Kaffee zum Frühstück trinke. Sie nickte und kam kurz darauf mit der Kaffeekanne zurück und schenkte mir ein, woraufhin sie sich zurückzog. Ich genoss das Frühstück, das alles hatte, was das Herz begehrt, wie z. B. Omelett, Früchte, Brot und Gebäck, Butter, Marmelade und noch Wurst und Käse. Ich probierte von überall ein bisschen und es war so lecker, dass ich satt wurde.

Nachdem ich fertig war, stand ich auf und ging in die Halle zurück. Da sah ich wieder diese Treppe, die nach unten führte. Ich beschloss, diese wieder hinunterzugehen und noch einmal den Raum aufzusuchen, in dem ich Vlad im Sarg liegen gesehen hatte. Ich ging die Treppe hinunter, schaute in den Raum links gegenüber und da war der Sarg. Er stand noch immer in der Mitte des Raumes. Ich wollte gerade den Raum betreten, als ich von rechts Stimmengewirr hörte. So beschloss ich, dem auf den Grund zu gehen und drehte mich nach rechts. Ich konnte, da es ein wenig dunkel war, nur einen Gang sehen, aber ich wusste nicht, wie weit er ging. An der Wand war eine brennende Fackel, ich nahm sie und ging den Gang entlang. Was ich am Ende des Ganges sah, hätte ich nie erwartet.

Ich musste mich erst fassen, denn ich konnte nicht glauben, dass das die Wirklichkeit war. Da waren Menschen, eingesperrt, in Zellen, die eher so groß waren wie größere Käfige. Aber nicht nur ein paar von ihnen, sondern hunderte, eingepfercht ohne viel Platz. Und das Schlimmste war, dass es nicht nur Männer und Frauen waren, sondern da waren auch Kinder jeder Altersgruppe und sie alle schrien mich an, ihnen zu helfen und sie freizulassen. Außerdem hätten sie Hunger und Durst und wussten teilweise nicht einmal, wie lange sie schon da unten im Dunkeln waren, denn wenn ich einige mit der Fackel anleuchtete, hielten sie sich die Hand vor Augen. Ich sagte ihnen, dass sie leise sein sollten und dass ich versuchen würde, ihnen zu helfen. Damit drehte ich mich um und verließ sie so schnell ich konnte, denn das Elend, das ich da sah, hatte mich sehr mitgenommen. Ich rannte zurück zur Treppe, steckte die Fackel wieder in die Halterung und ging die Treppen hinauf zu meinem Zimmer. Dort setzte ich mich aufs Bett und schüttelte den Kopf. Ich musste erst einmal verarbeiten, was ich da gesehen hatte. Das konnte nicht wahr sein – wer macht so etwas Menschenunwürdiges?

Tagelang grübelte ich darüber nach, ob ich mit Vlad darüber reden sollte. Aber ich wusste auch, dass man mit solchen Entdeckungen nicht mit ihm sprechen sollte, da er sicher alles abstreiten würde. So stellte ich mir einen Plan zurecht, laut dem etwas geschehen musste – und zwar sofort. Und ich hatte auch schon eine Idee. Ich wollte gerade die Stufen hinauf zu Vlads Büro gehen, als er die Treppe herunterkam und vor mir stehen blieb. Ich fragte ihn, ob er kurz Zeit hätte, da es etwas zu bereden gab. Er fragte mich, was es denn sei, das ich mit ihm zu bereden hätte. Ich schaute ihn an, aber mir wollten nicht die richtigen Worte über die Lippen kommen. So entschuldigte ich mich, dass ich seine Zeit in Anspruch genommen hatte, und wollte gehen. Vlad hielt mich am Arm fest, schaute mich an und sagte mir, dass er auch mit mir zu sprechen hätte.

Er erklärte mir, dass ich nun einige Aufgaben zu übernehmen hätte. Ich schaute ihn an und er fuhr fort, dass ich mich darum zu kümmern hätte, in der Kühlkammer alles sauber zu halten. Ich schaute ihn an und fragte ihn, wo denn diese Kühlkammer sei. Wir entfernten uns von der Treppe und verließen die Burg durch das Burgtor. Dann wendete sich Vlad nach rechts und erst jetzt sah ich, dass da eine kleine Türe war, die man nach einigen Stufen, die hinunterführten, erreichte. Wir gingen die Stufen hinunter und Vlad öffnete die Tür. Ich trat hinter ihm ein und blieb abrupt stehen, denn das, was ich hier sah, war wie eine Leichenhalle. Der Raum sah aus wie ein Kellerraum, aber das Eigenartige daran waren die Stahlschränke, die lauter Fächer hatten, so wie man das in einem Krankenhaus sieht. In der Mitte des Raumes waren drei metallene Tische. Auf diesen lag je eine Person, die mit einem Tuch zugedeckt war. Man musste einige Stufen hinunter in den Raum gehen. Dies taten wir. Vlad hielt vor einem dieser Tische und nahm das Tuch ab. Mir stockte der Atem. Ich war froh, dass ich Medizin studiert hatte, denn sonst wäre ich jetzt wahrscheinlich in Ohnmacht gefallen. Aber diese Leiche war anders, als ich es kannte. Sie sah lebendig aus. Es war eine Frau, die zwar blasse Haut hatte, aber beim ersten Anblick kam es mir vor, als hätte jemand sie ausgesaugt, denn sie sah blutleer aus. Ich schaute Vlad an und fragte ihn, was mit der Frau passiert wäre. Er sagte, dass nichts Ungewöhnliches mit ihr passiert wäre, sondern, dass nur eine Transformation mit ihr geschehe. Ich schaute ihn fragend an, aber er redete schon weiter und meinte, meine Aufgabe bestünde darin, diese Personen zu waschen, einzukleiden und wieder in das Fach zurückzulegen.

Das konnte doch nicht sein, dass er so etwas von mir verlangte. Ich war doch nicht eine seiner Bediensteten. Ich verneinte und sagte ihm, dass ich das sicher nicht tun würde. Er schaute mich mit einem merkwürdigen Blick an, nahm mich zur Seite und sagte, dass er von mir keine Erwiderung erwarte, denn er wolle mir nicht wehtun, und bat mich, dies einfach zu akzeptieren. Plötzlich hatte ich große Angst vor ihm und nickte heftig, da mir schon der Arm wehtat, den er die ganze Zeit umklammert hatte. Er war mit meiner letzten Antwort zufrieden, ließ mich los und stürmte aus dem Raum.

Ich schaute ihm verdutzt hinterher und ging zu einer der Kühlkammern, öffnete sie und schob die Lade heraus. Auf der Bahre, die ich aus der Lade zog, lag ein Mann und ich hatte den Eindruck, dass er nicht tot aussah, sondern, wie wenn er schlief. Ich schaute ihn genauer an und bemerkte zwei kleine Einstiche auf der linken Seite des Halses. Was war das – oder besser gesagt: Hatte Vlad all diese Menschen, die hier tot in den Kammern lagen, verwandelt oder gebissen? Wenn ja, wer war dann Vlad wirklich? Ich schob die Lade zurück in die Kammer und schloss sie. Jetzt wollte ich auf jeden Fall Antworten und verließ den Kellerraum. Ich betrat wieder die Burg und ging geradewegs rechts die Treppe hinauf und klopfte an Vlads Büro.

Er antwortete mit „Herein!". Ich öffnete die Türe und betrat sein Büro. Als ich die Türe hinter mir schloss und mich umdrehte, musste ich mich erst einmal orientieren, da dieser Raum ziemlich dunkel war. Ich schaute mich um und sah in einiger Entfernung einen großen, wuchtigen Schreibtisch mit lauter Verzierungen darauf. Hinter dem Schreibtisch saß Vlad in einem Lederstuhl mit einer hohen Lehne und erhob sich gerade, um zu mir zu kommen. Während er um den Schreibtisch herumging, fragte er mich, was ich denn von ihm wolle. Ich erwiderte, dass wir miteinander reden müssten, da mir die Unterredung im Keller nicht ganz gefallen hatte. Schließlich gab ich ihm auch zu verstehen, dass ich nicht eine seiner Bediensteten wäre und er mich nicht so behandeln sollte. Als er genau vor mir stand und mich eindringlich anschaute, bereute ich es schon, überhaupt mit ihm so gesprochen zu haben, aber er legte nur seine Hände auf meine Schultern und sagte, dass er es schätze, wenn jemand sofort mit ihm spreche, sollte dieser Bedenken mit seiner Art haben. Ich schaute ihn an und fragte: „Mit deiner Art?" „Was meinst du?", wollte ich wissen. Er deutete mir, mich zu setzen. Erst jetzt sah ich, dass in diesem Raum auch eine kleine Sitzgruppe stand. Wir gingen darauf zu und setzten uns gegenüber. Dann fragte mich Vlad, was ich denn im Kellerraum gesehen hätte, und ich erzählte es ihm. Als ich geendet hatte, nickte er und erklärte mir, dass er sie nicht allein gebissen hätte und dass diese Personen da unten im Kellerraum alle, so wie die Frau, die er mir gezeigt hatte, eine Transformation durchmachen würden. Aber er sagte mir auch, dass ich keine Angst haben müsse, da diese neuen Vampire noch nicht so weit wären, um mich zu beißen. Aber er bat mich, trotzdem seinem Befehl nachzukommen und mich an die Arbeit zu machen. Ich würde die Kleidung in dem Schrank im Raum hinter dem ersten Kellerraum finden.

Damit stand er auf und auch ich erhob mich. Als er mich umarmte merkte ich, dass ich mutiger wurde, und ich spürte auch immer mehr, dass ich mich richtig entschieden hatte, zu ihm zu-

rückzukehren. Er gab mir einen Kuss auf die Wange und öffnete dann die Türe. Kaum hatte ich sein Büro verlassen und er die
Türe wieder geschlossen, fühlte ich eine Sehnsucht und wäre am
liebsten wieder zu ihm ins Büro gelaufen, aber ich musste ihm
auch beweisen, dass ich selbstbewusst war und kein Kindermädchen an meiner Seite brauchte.

Also ging ich wieder zurück in den Kellerraum und begann
mit meiner Arbeit. Es war, als würde man als Bestatter arbeiten,
nur dass ich wusste, dass diese Leichen einmal aufwachen würden. Denn als ich den zweiten Kellerraum betrat, um die Kleidung zu holen, sah ich, dass der Raum ziemlich weit nach hinten
führte und da mehrere Kammern in die Wand gehauen waren,
in denen noch weitere, schon angezogene Leichen lagen. Als ich
auf eine von ihnen zuging, sah ich, dass sie die gleichen Einstiche
hatte wie die Frau, die ich gerade angezogen hatte. Ich wollte
mich gerade umdrehen, als ich eine Bewegung wahrnahm. Ich
schaute auf die Stelle, aber da war nichts und so dachte ich, dass
ich mich verschaut haben musste und drehte mich wieder um.
Ich verließ den Raum, um in den ersten Kellerraum zurückzu-
gehen. Dort war ich gerade mit der zweiten Person beschäftigt –
es war ein Mann –, als ich ein Geräusch hinter mir hörte.

Zehntes Kapitel

Ich erstarrte in meiner Arbeit und drehte mich langsam um. Aber ich sah nichts. So legte ich die Hose, die ich dem Mann gerade anziehen wollte, auf die Bahre und ging zum Eingang des zweiten Kellerraumes. Ich drehte das Licht auf und sah in den Raum. Was ich da sah, ließ mir den Atem stocken, denn da standen auf einmal ein Dutzend Vampire und starrten mich mit ihrem starren Blick an. Ich ging ein paar Schritte zurück, aber sie folgten mir und gaben eigenartige Laute von sich, sodass ich wieder das Licht abdrehte, mich umdrehte und versuchte, so schnell wie möglich hier herauszukommen. Ich hatte schon die Stufen zur Kellertür erreicht, als mich jemand am Arm packte und mit sich schleifte. Ich schrie und versuchte mich loszureißen, aber es gelang mir nicht, und auf einmal waren da noch mehr, die mich festhielten und mich dann auf eine der drei Tische legten – und zwar auf den, wo noch vor Kurzem die Frau gelegen hatte. Sie drückten mich so fest nieder, dass ich mich nicht mehr wehren konnte und fiel in Ohnmacht.

Als ich wieder erwachte, spürte ich einen großen, unangenehmen Schmerz in meiner Magengegend und, als ich mit Mühe den Kopf hob, sah, dass sie mich dort mit einem Pfahl durchbohrt hatten. Die Vampire standen um mich herum und schauten mich an. Erst jetzt merkte ich, warum sie so mit Abstand dastanden, denn da war Vlad. Er nahm mir den Pfahl raus und schaute alle sehr verärgert an. Nachdem er mir den Pfahl herausgezogen hatte, wurde mir erst jetzt klar, dass ich tot sein müsste, denn kein normaler Mensch überlebt so etwas. Vlad ergriff meinen Kopf und fragte mich, ob es mir gut gehe. Ich hatte noch Schmerzen und konnte ihm deshalb nur zunicken. Er schaute die Vampire an und befahl ihnen, uns allein zu lassen. Die Vampire gingen einer nach dem anderen wieder zurück in den zweiten Kellerraum. Vlad hob mich hoch und brachte mich in mein Zimmer.

Dort legte er mich aufs Bett, deckte mich zu und ging wieder. Ich musste einige Stunden geschlafen haben, denn als ich aufwachte, musste ich mich erst orientieren, wo ich war. Als der Schmerz wieder einsetzte, kamen die Gedanken, was im Kellerraum passiert war, und ich konnte es immer noch nicht glauben, dass ich am Leben war. Wer war ich oder – besser gesagt – wer bin ich, dass ich so etwas überlebt habe? Ich versuchte mich aufzusetzen, als es an der Türe klopfte. Ich brachte durch den Schmerz nur ein gepresstes „Herein" heraus, da ging auch schon die Türe auf und Vlad trat ein. Schnell war er bei mir und half mir in eine sitzende Position. Dann fragte er mich, wie es mir gehe, und ich sagte ihm, dass ich noch Schmerzen hätte und nicht ganz verstand, was da wirklich passiert war, denn eigentlich müsste ich tot sein. Vlad schaute mich eine Weile an und sagte mir, dass ich wegen so einer Verletzung nicht sterben würde. Ich fragte ihn, warum. Er fing an zu erzählen und sagte mir, dass ich unsterblich wäre und mehr Macht hätte als er. Ich schaute ihn verwundert an und konnte ihm diese Worte nicht glauben. Ich begann zu lachen und schüttelte nur den Kopf, denn ich konnte auf keinen Fall glauben, was er da sagte. Ich schaute ihn an und sagte, dass er nicht mit mir scherzen soll. Vlad schaute mich traurig an und sagte, dass er mich nie anlügen würde. Ich konnte in seinen Augen sehen, dass er die Wahrheit sagte und fragte ihn, wer ich denn nun wirklich sei.

Er erwiderte mir, dass ich eine der Töchter Satans wäre, also eine Dämonenprinzessin, und mein Vater mich hierhergebracht hätte, um meine Erinnerung wieder zu erwecken. Mir wurde schwindlig, denn ich wollte das nicht glauben. Eine Tochter Satans, das war zu viel. Aber ich sollte heute Nacht noch erfahren, dass mir Vlad die Wahrheit gesagt hatte.

Als der Schwindel nachgelassen hatte, versuchte ich, aus dem Bett aufzustehen, und Vlad half mir dabei. Als ich dann dastand, sagte ich ihm, dass ich ein bisschen spazieren gehen möchte, um auf andere Gedanken zu kommen. Er nickte und verließ mein Zimmer. Ich ging ins Badezimmer, duschte und sah mir meinen Körper unter der Dusche an. Ich war erstaunt und nun ganz sicher, dass mir Vlad die Wahrheit gesagt hatte, denn zu meinem Erstaunen sah ich keine Wunde. Mein Körper war makellos. Ich zog mich an und ging hinunter in die Halle. Ich durchquerte sie und ging durch das Tor ins Freie. Dort ging ich den Weg hinunter zum Parkplatz und sah mein Auto noch immer auf dem Parkplatz stehen. Ich ging zum Wagen und sah, dass er in Ordnung war und beschloss, wieder nach oben zu gehen. Als ich wieder vor dem Burgtor stand, schaute ich nach links. Mir rann sofort ein kalter Schauer über den Rücken. Ich öffnete das Tor und ging hinein in die Halle. Ich wollte gerade wieder in mein Zimmer gehen, als die Wohnzimmertür aufsprang und Victoria – und danach Gloria – herausrannten. Victoria lief auf mich zu und sagte mir, dass ich das Wohnzimmer momentan nicht betreten solle, da Vlad nicht zu bändigen und es besser sei, wenn man sich nicht in seine Nähe wage. Ich schaute sie an und fragte sie, was ihn denn so aufgebracht habe. Aber sie antwortete mir nicht und ging einfach weiter. Ich ging auf die geöffnete Wohnzimmertür zu und schlüpfte hinein in den Raum. Es war dunkel darin und ich hatte Schwierigkeiten, etwas zu sehen. Das Einzige, was ich sah, waren zwei helle Punkte, die mich fixierten und auf mich zukamen. Nachdem sich meine Augen an die Dunkelheit gewöhnt hatten, sah ich auch die Gestalt dahinter und jetzt kam immer mehr die Erinnerung an meine Person zurück, denn ich wusste, dass ich jetzt schnell handeln musste, um zu überleben. Denn die Gestalt, die mir entgegenkam, hatte mit Vlad nichts mehr gemeinsam. Sie war etwa zwei Meter groß und behaart. Auch das Gesicht hatte sich verändert und glich eher einem Wolfsgesicht.

Ich ging auf Vlad zu und blieb vor ihm stehen, legte meine flache rechte Hand auf seine rechte Wange und sagte ruhig und mit fester Stimme seinen Namen. Denn, sollte er auf meine Stimme reagieren, so hatte ich noch eine Chance, ihn aufzuhalten – so, wie das bei Dämonen war. Ich hatte etwa dreimal seinen Namen gesagt, als ich merkte, dass er sich mir zuwandte und mich ansah. Als ich das bemerkte, sagte ich ihm, er solle dort auf dem Stuhl Platz nehmen, und er tat es. Dann stellte ich mich vor ihn hin und sagte ihm, dass ich in einer Stunde wieder zurückkomme und von ihm möchte, dass er dann in der Gestalt auf diesem Stuhl sitzen soll, so wie ich ihn kennengelernt hatte. Damit drehte ich mich um und verließ den Raum, schloss die Türe hinter mir und ging auf mein Zimmer.

Nach einer Stunde verließ ich mein Zimmer und ging die Treppe hinunter in die Halle und öffnete die Türe zum Wohnzimmer. Als ich es betreten hatte, konnte ich ein triumphierendes Lächeln nicht unterdrücken, denn Vlad saß noch immer dort auf dem Stuhl, auf dem ich ihn zurückgelassen hatte, und schaute mich an. Außerdem war ich sehr mit mir zufrieden, denn er hatte sich wieder in den Mann verwandelt, den ich von Anfang an kennengelernt hatte. Ich ging die Stufen hinunter in den Raum und direkt auf Vlad zu. Er stand auf und kam mir ein Stück entgegen, nahm mich in den Arm und küsste mich. Als wir uns wieder voneinander lösten, sagte ich ihm, dass ich stolz auf ihn wäre, und umarmte ihn noch einmal. Dann gingen wir zusammen aus dem Wohnzimmer in die Halle und trennten uns, indem Vlad in sein Büro ging und ich mit einem mulmigen Gefühl in den Kellerraum. Dort angekommen sah ich, dass sich einiges verändert hatte. Denn der Schrank mit den Kleidungsstücken war nun auch im ersten Kellerraum untergebracht und ich musste nicht mehr in den zweiten Kellerraum gehen, denn vor diesem waren nun auch Wachen postiert, was mich sehr beruhigte. Auch musste ich innerlich lächeln und liebte Vlad immer mehr, da er sich dieses Problems wirklich angenommen hatte.

Ich verrichtete meine Arbeit und ging dann wieder in mein Zimmer, da an diesem Abend ein Ball stattfinden sollte. Und ich wusste auch, dass ich heute nach dem Ball, Vlad vor eine Entscheidung stellen würde, denn ich fand, dass nun der richtige Zeitpunkt gekommen war. Ich legte mich aufs Bett und wollte mich noch ein bisschen ausruhen und meine Gedanken sammeln.

Ich musste eingeschlafen sein, denn als ich erwachte, war es draußen schon dunkel. Ich zog mich aus und ging duschen. Als ich wieder aus dem Badezimmer kam, klopfte jemand an die Türe. Ich sagte: „Einen Moment!", und zog mir schnell meinen Bademantel an, dann öffnete ich die Türe. Vor der Türe stand Luise, die inzwischen eine gute Freundin geworden war, und hatte ein Kleid auf ihren Armen. Ich ließ sie herein und sie legte das Kleid aufs Bett. Ich zog mich an und Luise machte mir wieder die Frisur, denn ich fand, dass sie das besser konnte als ich. Als sie fertig war, betrachtete ich mich im Spiegel und dankte ihr. Danach drehte ich mich zur Türe und verließ den Raum. Als ich auf dem Weg zum Ballsaal war, dachte ich über Luise nach und musste feststellen, dass sie und die anderen Dienstboten die einzigen Menschen hier waren. Also wurden die Menschen nur für die Arbeit und als ihre Nahrung gehalten. Das musste sich auch ändern und mein Ziel rückte mit jedem Schritt, mit dem ich dem Ballsaal näherkam, in Griffweite.

Ich hatte fast den Ballsaal erreicht, als ich links von mir eine Bewegung wahrnahm. Ich drehte langsam den Kopf und sah, dass Victoria auf mich zukam. Ich blieb abrupt stehen und schaute sie an. Sie lächelte und sagte, dass sie heute sehr beeindruckt von mir war, denn noch niemand hatte es gewagt, so mit Vlad zu reden. Ich bedankte mich bei ihr und fragte sie, warum sie nichts getan hatte, denn schließlich war sie viel älter als Vlad und auch noch die Vorsitzende des Ältestenrates der Vampire. Sie erwiderte, dass man Vlad nicht so leicht bändigen könnte, und sie hatte auch den Verdacht, dass er mich sehr lieben musste, wenn er das für mich getan hat. Denn ich musste wissen, dass die älteren Vampire sich nicht einfach nur durch Befehle besänftigen ließen. Ich gab ihr zu verstehen, dass ich ihr folgen konnte, und sagte ihr auch noch, dass ich heute eine Überraschung für Vlad hätte. Victoria schaute mich erstaunt und erwartungsvoll an, aber ich behielt mein Geheimnis für mich und wir gingen gemeinsam in den Ballsaal. Dort warteten schon Gloria und Vlad auf uns. Sie kamen uns entgegen und wir begrüßten uns. Dann nahm Vlad meine Hand, gab mir einen Handkuss und sagte mir, dass er mir seine Eltern vorstellen möchte. Ich schaute ihn groß an und wir gingen zusammen zu ihnen. Sein Vater begrüßte mich mit einem Handkuss und seine Mutter mit einer kühlen Miene. Dann sagte sein Vater, dass er sich freue, mich kennenzulernen und er mir alles Gute wünsche. Ich ahnte zu diesem Zeitpunkt noch nicht, dass diese Worte nicht ernst gemeint waren, denn ich sollte ihn noch anders kennenlernen. Vlad und ich verabschiedeten uns von ihnen. Vlad führte mich auf die Tanzfläche und wir tanzten einige Zeit miteinander. Dann brachte er mich wieder zu seiner Frau und Victoria zurück, verbeugte sich und verließ uns. Ich merkte, dass sich Vlad zu der Ballsaaltür hinbewegte, und ich ging ihm hinterher, denn die Türen wurden geöffnet und Vlad wollte gerade hinausgehen. Um nicht mein Vorhaben aus den Augen zu verlieren, eilte ich Vlad hinterher und erreichte ihn gerade noch, als er schon auf dem Weg zu Treppe war.

Ich blieb in der Türe stehen und rief seinen Namen. Daraufhin drehte er sich um und kam zu mir zurück. Er blieb vor mir stehen und sah mich an. Auf einmal wollte mich all mein Mut verlassen, denn es war so ruhig, die Musik hatte aufgehört zu spielen und ich konnte auch spüren, dass alle Blicke auf mich gerichtet waren. Aber ich durfte mir jetzt keine Blöße geben und musste Vlad zeigen, dass ich ihn aufrichtig liebe. Deshalb begann ich:

„Vlad, ich liebe dich und wenn du mich auch liebst, dann möchte ich, dass du hier vor mir auf die Knie gehst und mir schwörst, dass dieses ganze blutrünstige Leben aufhört und du die Menschen freilässt, die ihr da unten im Kerker eingesperrt wie Tiere haltet."

Er schaute mich eine Weile mit seinen starren Augen an und ich merkte, dass es wieder ein Fehler von mir gewesen war, etwas so Mächtiges von ihm zu verlangen. Dann schweifte sein Blick über die Menge hinter mir. Plötzlich passierte es und ich hatte nicht damit gerechnet, dass er es tun würde.

Vlad ging vor meinen Augen auf die Knie. Er gestand mir seine Liebe und schwor mir, dass es ab morgen so sein sollte, wie ich es mir wünsche. Dann stand er auf, nahm meine Hände und sagte mir, dass er schon gespannt darauf warte, was ich als Gegenleistung zu tun gedenke. Ich lächelte ihn freudig an, gab ihm einen Kuss und versprach ihm, dass das sehr bald geschehen werde.

Daraufhin ließ er meine Hände los, drehte sich um und ging. Ich wollte auch gerade zur Treppe gehen, als ich im rechten Augenwinkel eine Bewegung wahrnahm, und drehte den Kopf. Ich sah erstaunt zu dem Mann, der mich zu sich winkte. Es war mein Vater. Aber ich konnte mir nicht erklären, warum er hier war. Ich ging zu ihm und umarmte ihn freudig. Dann fragte ich meinen Vater, warum er hier sei, und er antwortete mir, dass es gut war, denn er wurde auf einmal zornig und sagte, dass er nicht verstehe, was ich hier getan hatte, denn ich konnte doch nicht einfach einem Vampir seine Natur nehmen. Ich sagte ihm, dass ich das auch gar nicht vorhatte, aber ich liebte ihn nun mal von ganzem Herzen und er werde auch der einzige Mann sein, den ich je so lieben werde und dem ich mich je so hingeben werde. Mein Vater schaute mich traurig an und erwiderte, ob ich wüsste, wem ich verschrieben war, und ich nickte, aber erwiderte auch, dass ich doch nichts für meine Gefühle konnte.

Mein Vater erklärte mir auch, dass Vlad verheiratet war und einen Sohn hatte. Ich sagte ihm, dass ich das wüsste. Mein Vater gab sich geschlagen und sagte mir, dass er mit Vlad reden werde, ich mir aber nicht allzu große Hoffnungen machen sollte, denn wenn er verneine, dann möchte er, dass ich mit ihm komme und meinen Platz dort einnehme, wozu ich geboren wurde. Ich umarmte ihn voller Freude und versprach ihm, dies zu tun, obwohl ich insgeheim wusste, dass mich Vlad sehr liebte und mich sicher nicht mehr gehen lassen würde. Damit umarmte ich meinen Vater noch einmal und wir verabschiedeten uns. Ich ging die Treppe hinunter, um in mein Zimmer zu gehen.

Ich hatte gerade die Halle durchquert, als mir Vlads Vater entgegenkam. Er stellte sich mir in den Weg und schaute mich herausfordernd an. Ich blickte ihm in die Augen und er sagte zu mir, dass er mit mir reden wolle. Er nahm meinen Arm und zerrte mich mit sich. Ich versuchte mich loszureißen, aber es war vergeblich, denn er hatte mich fest im Griff. Gemeinsam gingen wir – ich eher unfreiwillig – durch die Türe ins Wohnzimmer, durchquerten dieses und standen dann vor der Türe zur Bibliothek. Ich versuchte mich immer wieder von ihm loszureißen, aber, wenn ich es schaffte und davonrannte, holte er mich wieder ein, zerrte mich zur Türe der Bibliothek und öffnete sie. Er gab mir einen Schubs und ich stolperte in den Raum. Was als nächstes geschah, war wie ein Alptraum für mich, denn er schloss die Türe und nahm wieder meinen Arm, um mich zu dem kleinen Tisch links von der Türe zu zerren. Dann drehte er mich zu sich herum und schaute mich lüstern an. Ich war fast einer Ohnmacht nahe, da ich diesem Blick nicht lange standhalten konnte, und zitterte am ganzen Körper. Was hatte er vor? Was wollte er von mir? Da begann er auf einmal zu sprechen und sagte mir, dass, wenn ich gut genug für seinen Sohn war, ich auch gut genug für ihn wäre. Damit drehte er mich um und zwang meinen Oberkörper auf den Tisch. Er legte seinen linken Arm auf meinen Rücken, sodass ich mich nicht mehr bewegen konnte. Ich schrie ihn an, dass er mich loslassen soll, und wehrte mich heftig, aber es nutzte nichts, er war zu stark. Dann spürte ich, dass er mein Kleid hochschob und meine Unterhose hinunterzog. Ich erstarrte und spürte schon im nächsten Augenblick, wie er in mich eindrang – brutal und rücksichtslos. Ich wehrte mich mit allen Kräften und schrie laut auf, aber er machte einfach weiter und lachte dabei heiser. Er genoss es richtig, mir wehzutun. Als er fertig war, ließ er von mir ab und ging. Ich zog mich wieder an und verließ die Bibliothek, um in mein Zimmer zu gehen. Dort angekommen, zog ich mich aus und stellte mich unter die Dusche, wo ich zusammenbrach und weinte. Ich hatte gedacht, dass ich das alles hinter mir gelassen hätte. Nach einer Weile drehte ich das Wasser der Dusche ab und stieg heraus, trocknete mich ab und zog mein Nachthemd an. Ich wollte nur mehr ins Bett und ging zurück ins Schlafzimmer, um mich aufs Bett zu legen. Dort kuschelte ich mich zusammen und weinte mich in den Schlaf.

Elftes Kapitel

Als ich am nächsten Morgen erwachte, wunderte ich mich, dass ich zugedeckt war. War Vlad etwa hier gewesen und hatte das getan? Ich stand auf und ging ins Badezimmer, um mich zu waschen und zog mich dann an. Danach verließ ich mein Zimmer und ging die Treppe hinunter in die Halle. Auf dem Weg zum Wohnzimmer, in dem ich mein Frühstück einnahm, kam mir Vlads Vater entgegen. Alles in mir verkrampfte sich und ich wollte ihm auf keinen Fall in die Augen schauen. So beschleunigte ich meine Schritte und eilte an ihm vorbei, bevor er mich aufhalten konnte. Als ich mit ihm auf gleicher Höhe war, spürte ich auf einmal seine Hand auf meinem Hintern, wie er mir einen Klaps gab. Ich hielt inne, drehte mich zu ihm um und schaute ihn verärgert an. Ich wollte ihm gerade etwas sagen, als ich Vlad entdeckte, der auf uns zukam. Sein Vater raunte mir noch zu, dass ich meinen Mund halten und seinem Sohn nichts von gestern erzählen solle. Vlad schaute seinen Vater mit einem merkwürdigen Blick an und sagte ihm, dass er ihn in seinem Büro sprechen wolle. Dann schaute er zu mir und gab mir einen Kuss auf die Wange und fragte mich, ob alles in Ordnung sei. Ich schaute ihn lange an und nickte. Vlad gab sich damit zufrieden und er und sein Vater gingen zur großen Treppe, um in Vlads Büro zu gehen.

Ich setzte meinen Weg zum Wohnzimmer fort und betrat es. Der Tisch war für das Frühstück gedeckt. Ich setzte mich und aß. Als ich damit fertig war, stand ich auf und wollte gerade wieder das Wohnzimmer verlassen, um meiner Arbeit nachzugehen – besser gesagt, um die neuen Regeln zu verfassen –, da ich Vlad versprochen hatte, Taten zu setzen. Da fiel mein Blick auf die Bibliothekstür. Ich starrte sie einen kurzen Moment an, drehte mich um und verließ das Wohnzimmer.

Als ich wieder in meinem Zimmer war, setzte ich mich an den Schreibtisch und legte mir Papier und Bleistift zurecht, als es an der Türe klopfte. Ich stand auf und öffnete sie. Luise stand da und sagte mir, dass mich Mr. Tepes sprechen möchte, und ich folgte ihr zu seinem Büro. Dort angekommen klopfte sie an die Türe und öffnete sie, nachdem ein „Herein!" zu hören war. Sie ging hinein, kündigte mich an und stellte sich auf die Seite, sodass ich eintreten konnte. Ich trat ein. Luise verließ den Raum und schloss die Türe hinter sich.

Ich ging zu Vlad, der aufstand, um mich zu begrüßen, sich dann aber wieder setzte, als ich gegenüber von ihm Platz nahm. Ich sagte Vlad, dass ich noch nicht mit meiner Ausarbeitung fertig war, und er winkte nur ab und meinte, dass dies doch einige Zeit in Anspruch nehmen werde. Außerdem sagte er noch, dass er eine Überraschung für mich hätte und erzählte mir, dass mein Vater mit ihm gesprochen hätte und er eingestimmt hatte, dass er mit mir zusammen sein wolle. Ich sprang auf, lief um den Schreibtisch herum und fiel in seine Arme, wobei ich ihn leidenschaftlich küsste. Ich war überglücklich und wollte Vlad nie wieder loslassen. Nach einiger Zeit ließ ich ihn dann doch los und sah ihn strahlend an. Er lächelte mich an und sagte, dass er mich auch als Vorsitzende in seinem Komitee haben möchte. Ich nahm sofort an, da ich darin eine Chance sah, nicht mehr diese Arbeit unten im Kellerraum weiter verrichten zu müssen. Dann schauten wir uns lange in die Augen und Vlad küsste mich leidenschaftlich. Ich merkte, dass er mehr wollte, aber ich sagte ihm, dass die Arbeit vorgehe und ich unbedingt mein Versprechen einhalten wollte. Vlad nickte und verließ mit mir sein Büro, um mir die Mitglieder des Komitees vorzustellen.

Wir gingen also die Treppe hinunter, durchquerten die Halle und betraten das Wohnzimmer, in dem nun beim großen Tisch auf jedem Stuhl ein Mann saß. Sie erhoben sich, als wir eintraten. Ich ging zum Tisch, reichte jedem von ihnen die Hand und nahm dann am hinteren Ende, rechts neben Vlad, Platz. Vlad blieb stehen und verkündete, dass ich, Elizabeth Baker, auf seinem Wunsch hin den Vorsitz des Komitees einnehme. Er fragte dann in die Runde, ob jemand etwas dagegen hätte, aber niemand antwortete und ich hatte das Gefühl, dass alles schon abgesprochen wurde und dies hier nur eine formelle Sache war. Eigenartig, denn was wäre gewesen, wenn ich verweigert hätte? Ich dachte nicht weiter darüber nach und stand auf, um ein paar Worte zu sagen:

„Ich danke Ihnen für Ihr Vertrauen und hoffe auf eine gute Zusammenarbeit. Auch möchte ich Sie wissen lassen, dass ich in geraumer Zeit die Absicht habe, einiges zu verändern und ich auf Ihre Unterstützung hoffe."

Ich schaute in die Runde und jeder nickte mir mit einem freundlichen Gesicht zu. Damit setzte ich mich wieder und Vlad stand wieder auf und verabschiedete sich. Als er gegangen war, begann ich, meine Pläne zu offenbaren und wieder nickten alle zustimmend. Wir fingen an, einiges auszuarbeiten, und die Stunden vergingen. Als ich für den Anfang zufrieden war, sagte ich den anderen, dass alles, was hier besprochen wird, nicht den Raum verlassen sollte. Sie waren alle damit einverstanden und wir verabschiedeten uns.

Als ich wieder in meinem Zimmer war, setzte ich mich an den Schreibtisch und begann, mein Konzept niederzuschreiben. Als ich gerade damit geendet hatte, hörte ich aufgeregte Stimmen, die von der Halle kommen mussten. Ich war neugierig, was da los war, verließ mein Zimmer und näherte mich der Treppe. Von oben konnte ich sehen, dass die Halle voll von Menschen war, und ich erkannte, dass es die Gefangenen waren, die ich vor ein paar Tagen unten in den Kerkern gesehen hatte.

Ich lief vor Freude die Treppe hinunter und war erstaunt, dass sie alle wohlauf und neu eingekleidet waren. Als ich in die Mitte der Halle trat, sah ich Vlad und er lächelte mir zu. Ich ging zu ihm, umarmte ihn sofort und strahlte ihn an. Ich sagte ihm, dass ich stolz auf ihn sei, und dankte ihm dafür, dass er dies für mich getan hatte. Er erwiderte meine Umarmung und wies dann seine Söldner an, die Menschen ins Dorf zu bringen.

Als das Burgtor geöffnet wurde, konnte die Menschenmasse nicht mehr gebannt werden und sie liefen alle hinaus in die Freiheit, die sie so lange schon herbeigesehnt hatten. Als der Letzte von ihnen durch das Tor lief, schlossen die Söldner es wieder und ich schaute Vlad an. Ich sagte zu ihm, dass ich mein Konzept schon ausgearbeitet hätte und es gerne vorbringen möchte. Vlad strahlte, dass ich es so schnell geschafft hatte und gab den Befehl, dass sich alle im Ballsaal einzufinden hätten.

Erst jetzt bemerkte ich Victoria und ging zu ihr. Da ich wusste, dass sie die Vorsitzende des Ältestenrates war, fragte ich sie, ob sie und der Ältestenrat auch dabei sein könnten. Sie bejahte und freute sich schon auf meine Rede. Damit verabschiedete ich mich von ihr und ging wieder in mein Zimmer. Dort übte ich für meine Rede und, als es dann so weit war, wurde ich sehr nervös und nahm die Mappe, in die ich meine vorbereitete Rede hineingelegt hatte. Dann ging ich aus meinem Zimmer und begab mich auf den Weg zum Ballsaal.

Dort angekommen atmete ich noch einmal tief durch, bevor ich den Saal betrat. Als ich eintrat, war ich erstaunt, wie viele Vampire da waren. Da war auf der einen Seite der Adel und deren Familien und auf der anderen Seite die gewöhnlichen Vampire. Ich schaute kurz in die Runde und ging nach links zum Ende des Saals, wo das Podium stand. Dort angekommen sah ich, als ich das Podium betreten hatte, genau vor mir, im Halbkreis sitzend, den Ältestenrat. Ich begrüßte sie, indem ich ihnen zunickte und legte meine Mappe auf das Podium, schlug sie auf und begann mit meiner Rede:

„Als erstes möchte ich mich vorstellen. Ich bin Elizabeth Baker und ab heute die Vorsitzende des Komitees. Nach einigen Vorkommnissen habe ich beschlossen, dass hier eine massive Änderung vorgenommen werden muss. Denn es kann nicht sein, dass ein ganzes Volk ohne Regeln, Gesetze und Vorschriften lebt und nicht an die Konsequenzen denkt, die diese mit sich bringen könnten, wenn man nicht versucht, sich zu zivilisieren und zu integrieren. Daher habe ich es mir zur Aufgabe gemacht, einige Regeln zu bestimmen. Und diese möchte ich hiermit bekannt geben:

1. *Goldene Regel: Es wird kein Menschenblut mehr getrunken.*
2. *Es wird gegenüber jedem anderen in diesem Volk Respekt entgegengebracht.*

3. *Jeder Vampir hat ein Recht auf eine Kampfausbildung, um sich und andere im Volk zu schützen.*
4. *Jeder Vampir hat die gleichen Rechte, ob Mann oder Frau.*

Als Abschluss möchte ich noch hinzufügen – denn es soll ja auch Früchte tragen –, dass ich jedem von euch – und ich meine wirklich jeden –, drei Tage Zeit gebe, diese Regeln zu lernen und auch durchzuführen. Sollte es jemanden unter euch geben, der meint, dass ich hier nur leere Worte spreche, so werdet ihr in drei Tagen eines Besseren belehrt. Daher möchte ich jeden bitten, sich beim Verlassen des Saales von meinen Komiteemitgliedern einen Ausdruck geben zu lassen, diesen zu lesen und zu verinnerlichen. Danke für die Aufmerksamkeit.“

Nachdem ich geendet hatte, sah ich schweigend in die Runde. Dann begannen Vlad und der Ältestenrat zu applaudieren. Der Vampiradel schaute mich grimmig an. Victoria stand auf, kam zu mir auf das Podium und gratulierte mir. Ich dankte ihr und machte ihr Platz, da sie auch eine Rede halten wollte. Als ich einige Schritte zurücktrat, spürte ich Vlads Hände, die sich von hinten auf meine Schultern legten, und er raunte mir ins Ohr, dass er sehr stolz auf mich sei. Ich lächelte ihn an und wir beide schauten dann zu Victoria, um ihren Worten zu lauschen. Sie sagte:

„Der Ältestenrat und ich als seine Vorsitzende sind zur Übereinstimmung gekommen, dass diese Regeln sinnvoll sind und uns davor bewahren, dass wir, wenn wir uns daran halten, weiterhin überleben können. Außerdem würde ich jedem und insbesondere dem Adel, ans Herz legen, diese Regeln auswendig zu lernen. Denn ich werde auf jeden Fall dafür sorgen, dass es keine Ausnahmen gibt und jeder, der glaubt, nicht mitspielen zu müssen, von dieser Gemeinschaft ausgeschlossen wird. Elizabeth, der Ältestenrat und ich danken dir, dass du uns die Augen geöffnet hast, und freuen uns schon auf eine weitere Zusammenarbeit.“

Damit schloss sie ihre Rede, nickte mir zu und verließ das Podium.

Nach einer Weile hatte sich der Saal geleert und die Komiteemitglieder kamen zu mir, um mir zu berichten, dass sich jeder einen Auszug meiner Regeln geholt hätte – manche freiwillig, anderen mussten sie die Regeln aufzwingen. Ich dankte ihnen für ihre Auskunft und hatte Bedenken wegen des Adels. Aber ich wollte nicht weiter darüber nachdenken und nickte nur. Daraufhin gingen die Komiteemitglieder und der Ältestenrat schloss sich ihnen an. Erst jetzt fiel mir auf, dass Gloria und Vlads Eltern gar nicht anwesend gewesen waren, und ich fragte Vlad danach. Er erklärte mir, dass seine Eltern, nachdem er mit seinem Vater gesprochen hatte, die Burg verlassen hatten – und Gloria fühlte sich nicht wohl und konnte deshalb nicht erscheinen. Er sagte mir, dass er ihr die Regeln später vorbeibringen würde. Dabei schaute er mich lüstern an und ich wusste sofort, was er wollte. Ich gab ihm einen Kuss und wir gingen gemeinsam in mein Zimmer.

Zwölftes Kapitel

Am nächsten Morgen traf ich, als ich auf dem Weg zum Wohnzimmer war, um zu frühstücken, Gloria. Ich begrüßte sie herzlich
und sie erwiderte meinen Gruß. Ich fragte sie, ob es ihr schon
besser gehe, und sie schaute mich fragend an. Da erzählte ich ihr
von gestern Abend, woraufhin sie verstand und mir sagte, dass
wieder alles in Ordnung sei. Wir gingen gemeinsam ins Wohnzimmer und Gloria setzte sich zu mir, während ich frühstück-
te. Als ich fertig war, schaute sie mich an und sagte, dass ich nie
wieder gehen dürfe, denn seit ich hier war, könne sie mit Vlad
viel besser sprechen und er sei auch viel ruhiger geworden und
verlor auch nicht mehr so schnell die Beherrschung. Ich schaute sie an und erklärte ihr, dass ich Vlad noch nie so erlebt hätte und ich erschrocken wäre über ihre Aussage. Aber ich dankte ihr für das Kompliment und versicherte ihr, dass ich Vlad nie
wieder verlassen würde. Erst jetzt merkte ich, als ich in Glorias
Augen schaute, dass ich einen Fehler gemacht hatte, denn sie
wirkte traurig, und ich sagte schnell, dass ich das nur in Bezug
auf ihre Aussage gesagt hatte, denn wenn sie es natürlich einmal
wünschen würde, dass ich gehe, dann würde ich gehen, denn
ich wollte auf jeden Fall nicht die Ehe zerstören. Gloria nickte
und gab mir zu verstehen, dass sie verstand, stand auf und verließ den Raum. Ich trank noch eine Tasse Tee, ehe auch ich den
Raum verließ, um einen kleinen Sparziergang zu unternehmen.

So vergingen die drei Tage wie im Flug und ich veranlass-
te meine Komiteemitglieder dazu, eine Versammlung im Ballsaal für heute Abend zu organisieren. Danach ging ich zu Victoria und sagte ihr Bescheid, dass heute Abend der Stichtag sei,
und bat sie, mit dem Ältestenrat im Ballsaal zu erscheinen. Sie
nickte. Ich ging zu Vlads Büro und klopfte an die Türe. Aber
es meldete sich niemand und ich ging in mein Zimmer, um die
Rede vorzubereiten.

Ich hatte einige Stunden damit verbracht, die Rede vorzubereiten und legte das endgültige Skript in die Mappe. Ich wollte mich gerade duschen gehen, als es an der Türe klopfte. Ich ging zur Türe und öffnete sie. Es war Vlad und ich fragte ihn, wo er gewesen war, denn ich hatte vor Stunden an seine Bürotür geklopft, weil ich ihm sagen wollte, dass es heute, da der Stichtag war, im Ballsaal eine Versammlung geben würde. Er schaute mich an und sagte, dass ihm Victoria schon Bescheid gesagt hätte, und fragte, ob er eintreten dürfe. Ich ging zur Seite und er betrat mein Zimmer. Ich schloss hinter ihm die Türe und er nahm mich sofort in seine Arme. Wir liebten uns ausgiebig, danach ging ich duschen und, als ich in meiner Unterwäsche aus dem Badezimmer kam, saß Vlad auf dem Bettrand und lächelte. Ich schaute in schelmisch an und deutete ihm mit dem Zeigefinger, dass er ja dort sitzen blieben soll. Er gehorchte und verfolgte jede meiner Handbewegungen und Schritte. Als ich fertig angezogen war, stand er auf und wir verließen gemeinsam mein Zimmer.

Wir gingen zum Ballsaal und traten ein. Wie ich beim Eintreten bemerkte, waren schon alle versammelt und ich ging mit meiner Mappe unterm Arm zum Podium. Dort legte ich die Mappe ab und sah in die Runde. Ich merkte wieder dieses distanzierte Verhalten des Adels, aber kümmerte mich nicht weiter darum. Ich freute mich, auch Gloria zu sehen, die jetzt neben Vlad stand, und ich war zufrieden, lächelte ihr zu und begrüßte dann auch noch den Ältestenrat, der wie beim letzten Mal wieder ganz vorne einen Halbkreis gebildet hat. Dann begann ich mit meiner Rede:

„Ich möchte alle ganz herzlich begrüßen und freue mich, dass ihr alle wieder vollzählig erschienen seid. Wie ihr alle wisst, haben wir uns genau hier vor drei Tagen versammelt, als ich euch meine Regeln bekanntgegeben habe. Nun ist es an der Zeit, festzustellen, wie weit ihr diese Regeln verinnerlicht habt. Ich möchte daher von euch hören, wer sie gelernt hat und wer nicht. Alle, die diese Maßnahme nicht ernst genommen haben, möchte ich

bitten, im Saal zu bleiben. Alle anderen, die mit den Regeln vertraut sind und diese auch akzeptieren, können vorläufig den Saal verlassen. Außerdem möchte ich auch den Ältestenrat bitten, noch zu bleiben."

Ich hatte gerade den letzten Satz beendet, als Bewegung in den Saal kam und doch eine große Menge den Saal verließ. Ich wies meine Komiteemitglieder an, die Menge zu verfolgen und, als die Türen wieder geschlossen waren, widmete ich mich der kleinen Menge, die noch anwesend war. Es war keine Überraschung für mich, dass die meisten davon dem Adel angehörten. Ich bat sie alle – da nun Platz genug war –, in die Mitte des Raumes zu treten und sie taten es auch. Daraufhin stieg ich vom Podium herunter und ging langsam auf sie zu. Dabei sagte ich ihnen, dass ich es nicht schätzte, wenn ich nicht ernst genommen werde, aber es auch bei jedem Einzelnen lag, wie lange er noch leben möchte. Außerdem betonte ich, dass ich Konsequenzen setzte, die nicht mehr rückgängig zu machen wären. Als ich bei den wenigen Vampiren – es mussten so um die dreißig Vampire sein – ankam, drehte ich mich um und sah, dass sich der Ältestenrat erhoben hatte, Vlad sich ihnen anschloss und sie gemeinsam auf die kleine Gruppe zugingen. Als sie alle hinter mir Aufstellung genommen hatten, drehte ich mich wieder zu der Gruppe und sah nur grimmige Gesichter. Trotzdem fragte ich noch einmal, ob es sich nicht doch noch einige überlegt hätten, meine Regeln zu befolgen. Sie schauten mich nur alle starr an und mein Entschluss stand fest: Ich musste diese Gruppe eliminieren. Ich spürte auf einmal eine Macht in mir, die immer mehr wuchs. Ich ging zu dem ersten Vampir – es war ein junger Mann – hin und hob meine Hand. Im nächsten Augenblick flog sein Kopf durch die Luft und er sackte zu Boden. Es wurde noch stiller im Saal und ich sah, wie die restlichen Vampire zurückwichen. Aber keiner wollte sich beugen und so führte ich das Schauspiel fort, bis keiner dieser dreißig Vampire mehr am Leben war. Ich blieb keuchend stehen, drehte mich um und sah direkt in Victorias Augen. Sie kam zu mir und sagte, dass sie nicht gewusst hatte, welche Kräfte ich besaß und sie die anderen Vampire holen würde, um ihnen zur Abschreckung zu zeigen, dass sie das auch jederzeit treffen könnte, sollten sie je eine der Regeln nicht beachten. Ich konnte ihr nur zunicken, denn ich war so außer Atem, dass ich nur noch auf mein Zimmer wollte. Vlad musste dies bemerkt haben, denn er kam zu mir, legte seinen Arm von hinten um meine Schultern und ging mit mir aus dem Ballsaal und dann in mein Zimmer.

Dort angekommen zog ich mich aus und stellte mich unter die Dusche. Ich stand nur da und ließ das Wasser auf mich herunterrieseln. Was war da im Ballsaal mit mir geschehen? Das konnte doch nicht sein, dass ich mit einem Schlag einfach den Kopf abschlagen konnte. Ich hatte mich noch nie so stark und mächtig gefühlt. Ich nahm mir auch vor, meine Kräfte mehr unter Kontrolle zu bringen, denn das durfte sich nicht noch einmal wiederholen, schließlich wollte ich dieses Volk ja retten und nicht ausrotten. Zu diesem Zeitpunkt wusste ich noch nicht, dass es viel mehr Vampire gab als in dieser Burg. Andererseits waren sie selbst schuld, denn ich hatte ihnen genug Zeit gegeben zu begreifen, dass ich es ernst meinte, als ich die Regeln verkündete. Einem uneinsichtigen Teil dieses Volkes muss man halt richtig die Augen öffnen. Ich drehte die Dusche ab, stieg aus der Duschkabine und trocknete mich ab. Als ich mich im Spiegel betrachtete, merkte ich, dass sich auch meine Augen verändert hatten. Sie wirkten auf mich dunkler. Ich ging wieder ins Schlafzimmer, wo Vlad es sich auf einem der Stühle bequem gemacht hatte und mich anschaute. Ich ging zu ihm hin und setzte mich auf seinen Schoß. Wir küssten uns und er fragte mich, ob alles in Ordnung wäre, und ich sagte ihm, dass ich mich besser fühle und nun wisse, wo ich mich noch beherrschen müsse. Ich sagte ihm auch, dass es mir leidtue, was da im Ballsaal passiert war, und er meinte nur, dass ich nur getan habe, was ich zu tun hatte. Wir küssten uns noch einmal und ich stand von seinem Schoß auf. Ich zog mein Nachthemd an und legte mich ins Bett. Ich war sehr müde und schlief sofort ein.

So vergingen die Monate – und Victoria, Gloria und ich wurden richtig gute Freundinnen und hielten auch zusammen. Gloria und ich sprachen kein einziges Mal mehr über unser Verhältnis zu Vlad. Auch bemerkte ich, dass Gloria kein einziges böses Wort zu mir sagte, obwohl sie wusste, dass Vlad und ich uns liebten. Aber es kam mir auch irgendwie so vor, dass sie das nicht durfte, dass sie in dieser Sache keinen eigenen Willen aufbauen durfte. Ich war zwar froh darüber, denn so gefährdete es nicht unsere Freundschaft, aber ich wollte nicht, dass sie wegen mir keine Meinungsfreiheit mehr hatte. Aber einerseits bewunderte ich Gloria auch, denn sie war die Anmut in Person, wenn es einen Ball gab, und, wenn sie den Raum betrat, dann waren alle Blicke auf sie gerichtet und sie durchschritt den Ballsaal, als würde sie schweben. Ich wollte auch so sein – so bewundert werden und auch so anmutig den Ballsaal durchschreiten. Denn wenn ich den Ballsaal betrat, wurde es still und jeder schaute mich grimmig an. Na ja, was hatte ich erwartet, schließlich war ich nur die Mätresse, also nichts Besonderes in deren Augen. Und sie fanden es wahrscheinlich abartig, dass ich mich mit ihnen auf dem Ball vergnügen durfte. Tja, Eifersucht, eine Todsünde, ist immer in jedem Raum, den man mit anderen teilt. Ich genoss es jedenfalls, wenn ich mit Vlad tanzte und alle Augen auf uns gerichtet waren.

Was mir auch auffiel, war, dass Vlad sich veränderte. Er begann, meinem Rat Folge zu leisten und kultivierte sich immer mehr. Außerdem integrierte er sich mehr und unterhielt sich auch mehr mit anderen. Es gefiel mir und ich hoffte, dass es nicht nur in meiner Anwesenheit passierte, sondern dass er es auch tat, wenn ich abwesend war. Wenn Victoria, Gloria und ich ausgingen, dann hatten wir immer viel Spaß miteinander. Wir tanzten, ließen uns auf Getränke einladen und genossen die Aufmerksamkeit, die man uns entgegenbrachte. Eines Abends, als wir drei wieder einmal im Club waren, meinte Victoria, dass wir doch auf einen kurzen Trip zu ihr fliegen konnten. Ich fragte, wo sie denn wohne, weil sie fliegen erwähnt hatte. Sie sagte, dass sie und der Ältestenrat in einem Orden – so nannte man Zusammenkünfte von Vampiren –, wo es fast in ganz Europa in jedem Land einen gab, wohnten. Aber sie erzählte uns, dass sie auch noch eine eigene Villa besäße, in die sie uns gerne einladen möchte. Ich schaute Gloria an und merkte, dass sie schon einmal dort gewesen war; und ich stimmte zu. Also beschlossen wir, dass wir am nächsten Tag unsere Sachen packen und nach London fliegen würden. Gloria fragte, ob es mir etwas ausmachen würde, mit Vlad zu reden. Ich sagte ihr, dass ich mit ihm reden werde, und so verließen wir den Club und gingen nach Hause. In der Burg angekommen kam uns Vlad entgegen und begrüßte uns. Danach ging er mit Gloria die große Treppe hinauf. Victoria und ich verabschiedeten uns voneinander und gingen in unsere Zimmer.

In meinem Zimmer angekommen zog ich mich aus und ging unter die Dusche. Als ich fertig geduscht hatte, zog ich mir den Bademantel an und ging zurück ins Schlafzimmer. Ich legte mich aufs Bett und dachte über die bevorstehende Reise nach: „Wie es wohl in so einem Orden aussieht, ob es dort auch so düster ist wie hier? Und Victorias Villa?" Ich war schon sehr gespannt darauf. Ich musste wohl eingeschlafen sein, denn auf einmal spürte ich, dass mich jemand küsste. Ich öffnete erschrocken meine Augen und blickte direkt in Vlads dunkle Augen. Ich beruhigte mich sofort und umarmte ihn. Er zog mir dabei den Bademantel aus und wir liebten uns innig. Danach setzte ich mich im Bett auf und schaute ihn an. Dann begann ich ihm zu erzählen, was wir drei, Victoria, Gloria und ich, vorhatten. Er schaute mich lange an, aber er sagte nichts Negatives, nur dass er uns eine gute Reise wünsche, und er sich freue, dass wir uns so gut verstehen. Damit war ich zufrieden. Ich küsste ihn und versprach, dass wir in ein paar Tagen wieder zurück sein würden.

Dreizehntes Kapitel

Am nächsten Tag, nachdem ich gerade mit dem Frühstück fertig war und zu Vlad ins Büro gehen wollte, kamen mir Victoria und Gloria entgegen und sagten mir, dass wir in einer Stunde zum Flughafen fahren würden. Ich nickte und setzte meinen Weg zu Vlads Büro fort. Als ich an die Türe klopfte und er „Herein!" sagte, öffnete ich diese und betrat sein Büro. Er erhob sich, kam mir entgegen und fragte, ob es schon so weit wäre, und ich bejahte. Er küsste mich und wir verabschiedeten uns voneinander. Dann ging ich in mein Zimmer und holte meinen Koffer, den ich schon vor dem Frühstück gepackt hatte, und ging hinunter in die Halle. Dort wartete ich auf die beiden. Nach circa zehn Minuten erschienen sie und wir verließen – gemeinsam mit unserem Gepäck – die Burg und setzten uns in die Stretchlimousine. Der Chauffeur verstaute das Gepäck im Kofferraum, setzte sich hinters Steuer, startete den Motor und fuhr uns zum Flughafen. Dort angekommen merkte ich, dass er nicht vor der Flughafenhalle parkte, sondern daran vorbeifuhr und dann rechts auf das Rollfeld zusteuerte. Dort bemerkte ich einen kleinen Jet stehen und auf diesen fuhr der Chauffeur zu, blieb parallel davon stehen und stellte den Motor ab, stieg aus und öffnete uns die Wagentür. Dann ging er zum Kofferraum und holte unser Gepäck heraus. Ich schaute erstaunt auf den Jet, denn Vlad hatte ihn nie erwähnt. Da stieg ein Steward die Gangway herunter und kam auf uns zu. Er begrüßte uns und nahm unser Gepäck. Wir folgten dem Steward zum Jet und er deutete uns einzusteigen, denn er müsse noch das Gepäck verstauen. Wir gingen, eine nach der anderen, die Gangway hinauf und betraten den Jet. Dort wurden wir von einer Stewardess begrüßt und sie fragte Gloria, ob ihr Mann auch mitflieg; Gloria verneinte, die Stewardess nickte und wies auf die Sitzplätze. Innen war der Jet viel größer, als er von draußen wirkte. Da waren je fünf Reihen mit je zwei Sitzen links und rechts. Natürlich war alles wieder sehr dunkel gehalten, aber ich hatte mich inzwischen daran gewöhnt und es störte mich nicht mehr im Geringsten. Wir suchten uns unsere Plätze aus und setzten uns. Ich schnallte mich an und nach einer Weile merkte ich, dass der Jet gestartet wurde und sich in Bewegung setzte. Als wir abhoben und dann die richtige Höhe erreicht hatten, machte ich es mir in meinem Sitz bequemer. Die Stewardess kam mit Getränken und reichte jedem ein Glas. Ich nahm einen Schluck, stellte das Glas dann auf das kleine Tischen vor mir und lehnte mich zurück. Ich schloss meine Augen und genoss den Flug. Ich war schon sehr nervös, welche Eindrücke mich erwarten würden. Ich musste durch meine Gedanken eingeschlafen sein, denn als ich wieder aufwachte, sah ich gerade noch, wie der Jet über London kreiste, und ich sah aus dem Fenster. Ich hätte so gerne Vlad an meiner Seite gehabt, denn ich vermisste ihn schon jetzt– aber es war ja nur für ein paar Tage und dann konnte ich ihn wieder in meine Arme schließen.

Der Jet landete am Flughafen und als wir ausstiegen, wartete schon eine Stretchlimousine auf uns. Wir gingen auf sie zu. Der Chauffeur öffnete uns die Wagentür und wir stiegen ein. Victoria erklärte uns, dass der Chauffeur zum Orden gehöre. Als dann auch unser Gepäck im Kofferraum verstaut war, fuhr der Chauffeur los und wir hielten als nächstes vor Victorias Villa. Als die Limousine durch das schmiedeeiserne Tor und weiter entlang eines Waldweges fuhr, fand ich das sehr beeindruckend, denn wie oft passierte es einem schon im Leben, dass man so etwas erlebte. Und dann sah ich die Villa, sie sah aus, wie man sie in Horrorfilmen sah. Ein uraltes, riesiges, zweistöckiges Haus mit vielen Fenstern und irgendwie hatte es etwas Magisches, als würde man in eine andere Epoche gleiten, denn auf den ersten Blick erinnerte es mich an die viktorianische Zeit, in der die Häuser reichlich verziert und mächtig aussahen, so wie in Amerika in den Südstaaten. Auch konnte ich spüren, dass es unheimlich war. Denn als die Limousine vor der Eingangstür hielt und uns der Fahrer die Wagentür öffnete, konnte ich schon beim Aussteigen wahrnehmen, dass da irgendetwas war, das mir Angst machte.

Plötzlich hörte ich Glorias Stimme, die mich fragte, ob alles in Ordnung sei, und ich nickte ihr nur zu, da ich den Blick nicht von diesem Haus lassen konnte. Victoria ging voraus und winkte uns zu, dass wir ihr folgen sollten. Ich riss meinen Blick von der Fassade los und folgte ihr – direkt hinter Gloria – ins Haus.

Als ich eintrat, war ich wie gebannt, denn die Villa hatte alles, wovon man nur träumen konnte. Da war in der Mitte eine große Treppe, die sich weiter oben, am Ende in eine linke und rechte Treppe teilte. Die Stufen waren aus Marmor und darauf war ein roter Teppich ausgelegt. Wenn man den Blick nach oben wandte, dann konnte man einen großen, dunklen Kristallluster sehen, der von der ganz oberen Decke herunterhing. Links und rechts von der Treppe gab es je zwei Türen, die in andere Räume führten. Und dann gab es noch eine Türe, die man aber erst sah, wenn man die große Treppe umrundete und dahinterstand. Diese Türe, erklärte mir Victoria, führe in den Keller. Victoria ging mit uns die große, dann die linke Treppe hinauf und wir standen in einem Flur mit einigen Türen. Sie öffnete die zweite Türe von links und sagte mir, dass das mein Zimmer war. Ich betrat den Raum und schaute mich um. Ich merkte, dass es genau so eingerichtet war wie bei Vlad, und ich lächelte Victoria zu. Sie merkte, dass es mir gefiel und sagte mir noch, dass die Türe links ins Badezimmer führt. Sie sagte außerdem, dass wir uns in einer Stunde wieder unten in der Halle treffen. Ich nickte ihr zu. Sie verließ den Raum und schloss die Türe hinter sich.

Nun war ich in Victorias Villa und es war beeindruckend. Nicht im Traum hätte ich gedacht, dass ihr Haus so herrschaftlich war. Ich war begeistert, denn ich mochte diese Epoche und diesen Stil schon immer. Erst jetzt bemerkte ich, dass jemand schon meinen Koffer ausgepackt und meine Kleidung ordnungsgemäß im Schrank verstaut hatte. Ich ging zu der Türe, hinter der das Badezimmer sein sollte, und öffnete sie. Ich schaltete das Licht ein und sah, dass es alles hatte, was man brauchte. Sogar eine Toilette war darin und auch bemerkte ich, dass man meine Badeutensilien auch schon im Badezimmer untergebracht hatte. Ich zog mich aus und ging unter die Dusche. Es dauerte eine

Weile, bis das Wasser die richtige Temperatur hatte, aber als es dann so weit war, genoss ich die Dusche nach dieser langen Reise. Danach trocknete ich mich ab und zog frische Kleidung an. Ich merkte, dass ich noch Zeit hatte, und setzte mich an den Schreibtisch. Ich wollte Vlad einen Brief schreiben, doch ich fand nicht die richtigen Worte und ließ von diesem Vorhaben wieder ab.

Als es dann Zeit war, verließ ich mein Zimmer und ging hinunter in die Halle. Dort warteten die beiden schon auf mich und wir gingen dann gemeinsam ins Esszimmer. Dort hatte Victoria eine kleine Mahlzeit für mich zusammenstellen lassen und während ich aß, diskutierten wir, was wir als nächstes tun wollten.

Wir beschlossen, dass wir nun zum Orden fahren würden. Wir standen auf, gingen hinaus und stiegen wieder in die Stretchlimousine, in der uns der Chauffeur zum Orden brachte. Da es schon später Nachmittag geworden war, als wir aufbrachen, war es bereits dunkel, als wir durch das große Tor auf das Gelände des Ordens fuhren. Dort hielt die Limousine vor dem Eingangstor und wir stiegen aus.

Das Haus des Ordens war riesig. Es hatte von außen etwas Düsteres, denn es war, obwohl es schon dunkel war, nicht sonderlich beleuchtet. Man musste den Kopf schon sehr weit in den Nacken legen, um das Dach zu sehen. Es hatte sicher vier Stockwerke, wenn man nach den Fensterreihen ging. Als ich wieder geradeaus schaute, sah ich gerade noch, wie Gloria und Victoria im Gebäude verschwanden. Ich beeilte mich und betrat kurz nach ihnen das Gebäude. Es war von innen genauso düster wie von außen. Aber das war ich ja mittlerweile gewohnt. Da war eine Treppe, die nach oben führte und bei einer Galerie endete. Es waren große Bilder, von denen ich kein einziges Gesicht kannte. Es mussten Bilder aus vergangenen Epochen sein. Ich merkte, dass Gloria sich hier schon auskannte und gerade dabei war, in einen der Räume neben der Treppe zu verschwinden. Erst jetzt fiel mir auf, dass wir nicht allein in der Halle waren, sondern dass mich mehrere bleiche Gesichter anstarrten. Ich schaute in die Runde und sah, dass es zum Teil jüngere und ältere Männer und Frauen waren. Sie musterten mich neugierig und kamen auf mich zu. Ich wollte gerade zurückweichen, als Victoria auf einmal neben mir auftauchte und mich vorstellte. Sie riet allen, mir keinen Schaden zuzufügen. Ich dankte ihr im Stillen. Wir gingen die Treppe hinauf, dann nach links an den Bildern vorbei und einen langen Gang entlang. Ich schaute immer wieder zurück, ob uns niemand folgte oder mich vielleicht angriff. Aber wir blieben im Gang allein.

Als wir das Ende des Ganges erreicht hatten, kamen wir in eine Art offenen Raum, der nach oben hin in einer Kuppel endete. Vor uns saßen im Halbkreis die Mitglieder des Ältestenrates und sahen mich freundlich an. Dann erhoben sie sich und begrüßten mich, indem sie mir die Hand schüttelten, einzeln. Als ich alle begrüßt hatte, nahmen sie wieder Platz und mir wurde ebenfalls ein Stuhl bereitgestellt, auf den ich mich setzte. Wir unterhielten uns eine Weile, die Zeit verging wie im Flug und ich sagte, dass ich ziemlich müde von den ganzen Eindrücken sei und mich gerne zurückziehen wolle. Die Mitglieder nickten verständnisvoll und ich verabschiedete mich von ihnen. Victoria erhob sich ebenfalls und zeigte mir mein Zimmer. Als sie gegangen war, zog ich mich aus, duschte, legte mich aufs Bett und schlief sofort ein. Auf einmal erwachte ich und musste mich erst orientieren, wo ich war. Ich zog meinen Morgenmantel an und verließ das Zimmer, da ich Durst hatte, und ging hinunter, um die Küche zu suchen. Als ich die Treppe hinunterging, hoffte ich, dass ich niemandem begegnete, denn ich wollte auf keinen Fall zum Vampir werden. Unten in der Halle angekommen wandte ich mich nach links und öffnete die erste Türe. Ich schaute in den Raum. Ich sah, dass es eine Art Wohnzimmer war, und schloss die Türe wieder. Ich wollte mich gerade auf die andere Seite der Treppe begeben, als ich sah, dass links von mir ein Gang in die Dunkelheit führte. Ich wollte unbedingt wissen, was sich am Ende des Ganges befand, nahm den Kerzenleuchter, der mir am nächsten stand – die Kerzen brannten zum Glück –, und ging in den Gang hinein. Als ich das Ende erreicht hatte, sah ich eine Türe. Ich atmete tief durch und öffnete diese. Ich hielt den Kerzenleuchter vor mir in den Raum und sah zur

Erleichterung, dass es die Küche war. Ich betrat den Raum und stellte den Kerzenleuchter auf den Küchentisch vor mir. Es war eine sehr große und alte Küche mit vielen Holzschränken, einer Spüle und viele Töpfen, die von der Decke hingen. Ich fragte mich, ob das notwendig war, so viel Kochgeschirr zu haben, wo ich doch wusste, dass sich Vampire nur von Blut ernähren. Ich machte mir nicht weiter Gedanken darüber und entdeckte in einer Ecke den Kühlschrank. Ich ging dorthin und öffnete ihn. Das, was ich darin sah, hatte ich nicht erwartet. Er war voll von Blutkonserven und ich war enttäuscht, denn ich wollte unbedingt etwas trinken. Ich schloss den Kühlschrank also wieder und suchte nach einem Glas. Als ich den Schrank mit den Gläsern gefunden hatte, fiel mir eine Getränkekiste auf, die unter dem Küchentisch stand. Ich stellte das Glas auf den Küchentisch und beugte mich zu der Kiste hinunter, um sie hervorzuschieben. Als die Kiste vollständig vor mir stand, nahm ich eine Flasche heraus und begann, das Etikett zu lesen. Ich freute mich, denn es war Orangensaft; ich öffnete die Flasche und schenkte mir ein. Ich schloss die Flasche wieder und stellte sie in die Kiste zurück. Mit dem Fuß schob ich die Kiste wieder unter den Küchentisch, nahm das Glas und machte einen vorsichtigen Schluck. Der Geschmack war fantastisch und ich leerte den Rest des Glases in einem Zug. Dann stellte ich das Glas in die Spüle, schaute mich noch einmal in der Küche um, nahm den Kerzenständer und verließ die Küche wieder. Ich ging den Gang zurück und wollte gerade die Treppe wieder hinauf gehen, als ich eine Stimme aus dem Wohnzimmer hörte. Ich ging zur Türe und lauschte. Die Stimme, die ich hörte, kannte ich. Es war Gloria und sie musste telefonieren, denn ich hörte nur ihre Stimme. Ich wollte nun nicht lauschen, mit wem sie sich da unterhielt, und ging so schnell wie möglich in mein Zimmer. Dort legte ich mich wieder hin und schlief sofort ein.

Am nächsten Morgen ging ich hinunter in die Halle und die Türe zum Wohnzimmer stand offen. Ich ging hinein und sah, dass der Esstisch für das Frühstück gedeckt war. Ich setzte mich. Das Dienstmädchen, das mir den Kaffee brachte, sagte mir, dass ich schon anfangen könne, da sich meine Begleiterinnen erst am Nachmittag zu mir gesellen würden. Ich nickte und begann zu essen. Als ich fertig war, wunderte ich mich, dass das Haus wie ausgestorben war, da ich gestern noch so viele Personen gesehen hatte. Dann fiel mir ein, dass wahrscheinlich noch alle schlafen würden, und verließ das Haus, um im Garten spazieren zu gehen. Bevor ich das Haus verließ, fragte ich noch das Dienstmädchen, ob es hier eine Bibliothek gebe, und sie zeigte mir die Türe. Ich ging zur Türe und öffnete sie, betrat den Raum und blieb erstaunt stehen. Es war eine sehr große Bibliothek mit unendlichen Bücherschränken, die zum Bersten mit Lesestoff gefüllt waren. Ich konnte mich gar nicht entscheiden, wo ich anfangen sollte zu stöbern, als mir ein kleiner Schrank auffiel, der mit eigenartigen Ornamenten verziert war. Als ich mich dem Schrank näherte und die Ornamente eingehender betrachtete, traf es mich wie ein Schlag, denn ich kannte diese Ornamente. Ich hatte sie schon einmal in meiner Kindheit gesehen, aber wo war das gewesen? Ich dachte nach und dann kam die Erinnerung wie ein Blitzschlag. Natürlich: Es war in der Hölle – und diese Ornamente waren nichts anderes als Siegel. Ich konnte sie zwar noch niemandem zuordnen, aber ich wusste, dass es Siegel der Dämonen waren. Ich hoffte, dass ich mich bald mehr an meine Kindheit erinnern könnte, denn ich wollte endlich Antworten über meine Herkunft und meine Bestimmung. Ich beschloss, wenn wir wieder in Rumänien auf der Burg zurück wären, mich mit Vlad ausgiebig zu unterhalten, denn ich hatte das Gefühl, dass er mehr über mich wusste als ich. Ich öffnete den kleinen Schrank – er war zum Glück nicht verschlossen –, fand ein Buch über Dämonen, nahm es heraus, schloss den Schrank wieder und verließ die Bibliothek. Auf dem Weg in den Garten fiel mir auf, als ich das Haus betrachtete, dass es eiserne Rollläden hatte, die an allen Fenstern heruntergelassen waren. Ich setzte meinen Weg fort und fand zwischen zwei Bäumen eine Bank, auf die ich mich setzte, und begann zu lesen. Ich musste schon eine Weile gelesen haben, als sich auf dem Buch ein Schatten bildete. Ich hob meinen Kopf und schaute direkt in die Augen eines jungen Mannes. Er fragte mich, ob er sich setzten dürfe, und ich bejahte. Dann schaute er auf mein Buch und meinte, dass ich mir nicht gerade eine leichte Lektüre ausgesucht hätte. Ich schaute ihn an und er verstand meinen Blick. Er entschuldigte sich, dass er so unhöflich gewesen war, und stellte sich mir als Answard Brester vor. Ich nannte ihm meinen Namen und sagte ihm, dass ich mit Gloria Tepes und Victoria Fleming hier wäre.

Zu diesem Zeitpunkt wusste ich noch nicht, dass dies keine zufällige Bekanntschaft war.

Mr. Brester fragte mich, ob ich Lust hätte, spazieren zu gehen. Ich nickte, schlug mein Buch zu und wir erhoben uns. Dann gingen wir den Weg weiter in den Park hinein und unterhielten uns anregend. Als wir schon ein gutes Stück gegangen waren, hielten wir vor einem steinernen Springbrunnen. Dieser bestand aus zwei Becken übereinander und ganz oben stand eine Statue, aus der das Wasser in Fontänen herausrann und dann im oberen Becken aufgefangen wurde und aus vier Auslässen in das untere Becken rann. Das Plätschern war so friedlich und man konnte sich seinen Gedanken hingeben. Rund um den Springbrunnen waren vier steinerne Bänke platziert, die dem Ganzen einen romantischen Anblick verliehen. Mr. Brester deutete auf eine der Bänke und wir setzten uns. Als ich mich umschaute und dann nach oben blickte, bemerkte ich, dass es schon dunkel wurde, und teilte Mr. Brester mit, dass ich wieder zurück gehen möchte. Er schaute mich an und zwang mich, indem er meinen Arm nahm, als ich mich erheben wollte, mich wieder zu setzen. Ich schaute ihn überrascht an und sagte zu ihm, dass er meinen Arm loslassen soll. Er ließ aber nicht locker und kam mit seinem Gesicht immer näher.

Ich versuchte, ihn mit aller Kraft von mir fernzuhalten, aber er hatte schon seinen rechten Arm um mich geschlungen und mich an sich gepresst. Dann gab er mir auch schon einen harten Kuss auf meinen Mund und als er mich wieder losließ, stand ich auf und rannte so schnell ich konnte zum Haus zurück, betrat dies und rannte die Treppe hinauf in mein Zimmer. Dort angekommen ging ich sofort ins Badezimmer und spülte meinen Mund aus.

Ich konnte es nicht glauben. Wollten denn alle Männer nur das Eine? Warum war Vlad nicht da, er hätte das sicher nicht zugelassen und hätte Mr. Brester zur Rede gestellt. Aber er war nun mal nicht da und ich wollte zwar Vlad davon erzählen, wenn wir wieder zurück waren, aber andererseits war ich mit Vlad nicht verheiratet und ich wusste überhaupt nicht, ob er sich dieser Sache, wenn ich es ihm erzählte, überhaupt annehmen würde. Vlad und ich waren erst am Anfang unserer Beziehung. Moment mal – Beziehung? Welche Beziehung? Ich war seine Mätresse. Auch wenn er mir seine Liebe gestanden hatte, so war er doch in Wirklichkeit mit Gloria verheiratet und hatte mit ihr einen Sohn. Das durfte ich nie vergessen, denn Gloria war wie eine sehr gute Freundin von mir geworden, die mich noch nie dafür belangt hatte, dass ich mit Vlad schlief und Zeit verbrachte. Sie war immer nett und freundlich zu mir, was mir natürlich komisch vorkam, denn ich hatte den Eindruck, dass sie das mir gegenüber sein musste. Ich hoffte nur, dass das nicht von Vlad ausging, denn sonst musste ich mich näher mit ihm darüber unterhalten.

So hing ich meinen Gedanken nach, nachdem ich mich auf das Bett gelegt hatte, als es an der Türe klopfte. Ich erstarrte und hoffte, dass mir Mr. Brester nicht gefolgt war, und stand langsam vom Bett auf, als es ein zweites Mal klopfte. Ich ging zur Türe, nahm den Türgriff in die Hand und öffnete die Türe einen Spalt. Dann sah ich durch den Spalt hinaus und da stand – zu meiner Erleichterung – Victoria. Sie lächelte mich an und ich öffnete die Türe ein Stück weiter, sodass wir uns gegenüberstanden. Sie schaute mich besorgt an und ich gab ihr zu verstehen, dass alles in Ordnung war. Sie nickte und sagte, dass sie zu mir gekommen wäre, um mir mitzuteilen, dass wir morgen zeitig in der Früh zum Flughafen fahren würden. Ich lächelte sie an und sagte ihr, dass ich morgen in der Früh unten in der Halle warten werde. Sie nickte, drehte sich um und ging. Ich schloss die Türe wieder und ging unter die Dusche. Als ich aus dem Badezimmer herauskam, packte ich meinen Koffer und legte mich ins Bett. Ich schlief sofort ein und erwachte munter am nächsten Morgen.

Ich zog mich an, nahm meinen Koffer und verließ das Zimmer. Als ich die Treppe hinunterging, sah ich, dass Victoria und Gloria noch nicht hier waren und wollte mich gerade ins Wohnzimmer begeben, als der Chauffeur, den ich als diesen von der Stretchlimousine erkannte, mir entgegenkam und mich bat, mit ihm mitzukommen, da Mrs. Fleming und Mrs. Tepes in der Villa auf mich warteten. Ich schaute ihn zwar erstaunt an, da mir Victoria gestern davon nichts erzählt hatte, gab ihm jedoch meinen Koffer und folgte ihm zum Wagen.

Dort angekommen öffnete er mir die Wagentür und ich stieg ein. Als ich Platz genommen hatte, schloss er die Wagentür und nahm vorne an der Fahrerseite Platz. Dann startete er die Limousine und wir fuhren zu Victorias Villa.

Nach einer geraumen Zeit kamen wir dort an und der Chauffeur öffnete die Wagentür und ich stieg aus. Danach ging ich in das Haus und konnte niemanden sehen. Ich rief Victoria, aber sie antwortete nicht. Da fiel mir die Treppe ein, die in die Gruft führte. Diese befand sich hinter der großen Treppe. Ich umrundete die große Treppe und ging langsam die Treppe vor mir hinunter. Ich verfluchte mich, dass ich weder eine Taschenlampe noch eine Kerze mitgenommen hatte, und so musste ich im Dunkeln hinuntersteigen. Ich hatte schon ein paar Stufen hinter mir, als ich aus dem Dunkeln unter mir Schritte hörte, die sich die Treppe hinaufbewegten. Ich blieb abrupt stehen und überlegte, was ich tun sollte. Da sah ich links von mir eine Wand und ich versuchte, sie zu erreichen. Ich ging langsam den Treppenabsatz rückwärts zur Wand und als ich sie an meinem Rücken spürte, zitterte ich am ganzen Körper und die Schritte kamen näher und näher – auch das Rascheln eines Stoffes war zu hören. Ich erstarrte und versuchte, so wenig wie möglich zu atmen. Ich starrte in die Finsternis unter mir. Plötzlich nahm etwas auf der Treppe Gestalt an und als ich näher hinsah – meine Augen hatten sich mittlerweile an die Dunkelheit angepasst –, erschrak ich so, dass ich laut schrie und so schnell wie möglich wieder die Treppe hinablief. Oben angekommen hörte ich eine Stimme meinen Namen rufen. Es war Victoria. Nein, die Gestalt, die ich da unten gesehen hatte, konnte auf keinen Fall Victoria sein. Diese Gestalt sah furchterregend aus, hatte nichts mit ihr gemeinsam. Diese leuchtenden Augen und diese fahle Haut. Dieser stechende Blick. Ich wusste, dass Victoria auch ein Vampir war, aber, dass sie so furchteinflößend war, hatte ich nicht gewusst.

Jetzt hörte ich die Stimme, die meinen Namen rief, schon nahe hinter mir, aber ich wollte mich nicht umdrehen, denn ich zitterte noch immer am ganzen Körper. Da legte sich auf einmal eine Hand auf meine Schulter und ich zuckte heftig zusammen und drehte mich mit geschlossenen Augen um. Victoria sagte, dass ich ruhig meine Augen öffnen könne, und fragte mich, was mich so erschreckt hatte, dass ich schreiend davongelaufen war. Ich öffnete vorsichtig meine Augen und blickte ihr direkt in die Augen. Ich wich einen Schritt zurück. Ich begann stotternd zu erzählen, was ich gerade erlebt hatte. Dann fragte ich sie, ob das ihre Vampirgestalt sei, und sie bejahte.

Außerdem wollte Victoria wissen, warum ich dort hinunter gegangen war, und ich sagte ihr, dass ich hier oben niemanden angetroffen habe und da kam mir die Idee mit der Gruft. So war es bei Vlad auch gewesen. Sie fing an zu lachen und wir gingen gemeinsam zum Wagen.

Dort stiegen wir in die Limousine. Als ich mich setzte, bemerkte ich, dass Gloria schon darin saß und uns beide begrüßte. Ich brauchte einen Moment, denn ich konnte mich nicht erinnern, dass ich sie irgendwo gesehen hätte. Ich nickte ihr zu und schon fuhren wir zum Flughafen. Dort angekommen fuhr der Chauffeur weiter auf das Rollfeld und hielt neben dem Jet, der uns vor zwei Tagen hierher geflogen hatte.

Wir verließen die Limousine und stiegen die Gangway hinauf und betraten den Jet. Als der Jet abhob, dachte ich an Vlad und konnte es nicht mehr erwarten, ihn endlich in meine Arme zu schließen. Ich war so in Gedanken versunken, dass ich gar nicht merkte, dass mir jemand ein Glas Wasser hingestellt hatte. Aber das Merkwürdige war, dass ich nicht gemerkt hatte, wer. Denn hätte ich nur einmal kurz den Blick vom Fenster gelöst und in die andere Richtung gesehen, wäre mir das Ge-

sicht aufgefallen, das mir das Glas Wasser hingestellt hatte –
Answard Brester.

Ich musste nach einer Weile eingeschlafen sein, denn jemand
versuchte, mich mit seiner Hand auf meiner Schulter zu wecken.
Ich fuhr hoch und sah, dass Gloria mich geweckt hatte und mir
erklärte, nachdem ich mich wieder beruhigt hatte, dass wir in
zehn Minuten landen würden. Ich schaute sie noch etwas verwirrt an und nickte ihr zu, dass ich sie verstanden habe. Als wir
gelandet waren, stiegen wir aus dem Jet und ich sah, dass auch
hier eine Stretchlimousine auf uns wartete. Dann erkannte ich
auch den Chauffeur – es war Stefan, Vlads persönlicher Chauffeur. Als wir die Gangway herunterstiegen, bemerkte ich, dass
Gloria und Victoria nicht mit mir zu dieser Limousine gingen,
und ich fragte sie, warum. Gloria sagte, dass sie beide mit dem
anderen Wagen fahren würden. Ich schaute in die Richtung, in
welche Gloria zeigte, und sah erst jetzt den anderen Wagen, der
etwas abseitsstand. Ich schaute sie traurig an und wir verabschiedeten uns voneinander. Ich sah den beiden hinterher, ehe ich zu
der Limousine ging. Auf dem Weg dorthin dachte ich nur darüber nach, warum ich jetzt allein zur Burg fahren musste. Stefan der Chauffeur, hatte schon die rechte, hintere Wagentür für
mich geöffnet und ich stieg ein. Als ich saß, schloss er die Wagentür und nahm hinter dem Steuer Platz. Als er den Motor einschaltete und die Zwischenwand hochstellte, fragte ich mich, was
das sollte. Ich wollte dem Fahrer gerade etwas sagen, als ich links
von mir eine Bewegung wahrnahm. Ich brauchte einige Zeit,
bis sich meine Augen an die Dunkelheit gewöhnt hatten, und
dann sah ich, wer da noch mit mir im Wagen saß – Vlad. Ich
drehte mich zu ihm hin, nahm in die Arme und küsste ihn stürmisch. Er erwiderte meinen Kuss und lachte, denn damit hatte
er nicht gerechnet. Ich schaute ihn lange an, sagte ihm, wie sehr
ich ihn vermisst hatte, beugte mich zu ihm und knöpfte dabei
meine Bluse auf. Vlads Augen blitzten auf und er verstand sofort, was ich wollte. Wir liebten uns so innig, dass ich ihn nie
wieder loslassen wollte. Nachdem wir uns wieder voneinander
lösten, schaute ich Vlad lange in die Augen und er küsste mich

zärtlich. Die Stimme des Chauffeurs erklang aus der Box über uns und er teilte uns mit, dass wir bald ankämen. Vlad bedankte sich und wir zogen uns schnell an. Ich richtete noch meine Frisur und sah Vlad danach lächelnd an.

Der Chauffeur lenkte die Limousine auf den Parkplatz unter der Burg und öffnete Vlad die Wagentür. Vlad stieg aus und ging hinten um die Limousine herum, um mir aus dem Wagen zu helfen. Während wir Hand in Hand zur Burg hinaufgingen, blieb ich auf einmal stehen und schaute Vlad von der Seite an. Er drehte sich zu mir und wollte wissen, was los sei. Ich erwiderte ihm, dass ich es nicht in Ordnung gefunden habe, dass er Gloria nicht begrüßt hatte, als wir aus dem Jet gestiegen sind. Er sagte mir, dass er mit ihr telefoniert hätte, und betonte außerdem noch, dass ich mir keine Gedanken über seine Ehe machen sollte. Er hatte recht, denn schließlich war ich nicht mit ihm verheiratet und er brauchte sich auch nicht vor mir rechtfertigen, aber wenn ich draufkommen sollte, dass er Gloria nicht achtete und liebte, dann würde er mich kennenlernen. Ich schaute ihn noch einmal eindringlich an und beschloss, fürs Erste meine Gedanken für mich zu behalten und zu beobachten.

Als wir am Burgtor ankamen, klingelte Vlad und ein Dienstmädchen öffnete uns. Wir traten in die Halle. Dort warteten schon Victoria und Gloria auf uns. Vlad küsste meine Hand und ging zu Gloria, gab ihr einen Kuss und sie gingen zusammen die große Treppe hinauf.

Da ich sehr müde von der Reise war, ging ich sofort in mein Zimmer, zog mich aus, duschte und legte mich ins Bett.

Vierzehntes Kapitel

Am nächsten Morgen, als ich auf dem Weg ins Wohnzimmer war, traf ich in der Halle auf Victoria, die mir mitteilte, dass sie mich in einer Stunde in Vlads Büro erwarte. Ich nickte ihr zu und sie ging wieder. Beim Frühstück dachte ich darüber nach, was es wohl zu bereden gab. Ich wollte nicht weiter darüber nachdenken und genoss mein Frühstück weiter in vollen Zügen. Als ich damit fertig war, stand ich auf und ging zum Kamin, um mich davor auf einen der Stühle zu setzen. Ich streckte die Beine aus und schaute den Flammen zu, wie sie um das Holz züngelten. Es war gemütlich, das Knistern des Holzes, wenn es von den Flammen verbrannt wurde. Diese wohlige Wärme, die meine Beine emporkroch, machte mich schläfrig und so schloss ich meine Augen und schlief ein.

Als ich wieder erwachte, fiel mir das Gespräch mit Victoria, das ich vor dem Frühstück hatte, ein und was sie zu mir in der Halle gesagt hatte. Ich setzte mich abrupt auf. Dann sah ich auf die Standuhr am Kamin und merkte, dass ich viel zu lange geschlafen hatte und es schon mehr als eine Stunde her war, seit ich in Vlads Büro sein sollte.

Ich stand auf und wollte mich gerade auf den Weg machen, als ich jemanden aus dem Augenwinkel auf dem zweiten Stuhl sitzen sah. Als ich genauer hinsah, war es Vlad. Er schaute ins Feuer und sagte, dass er mich im Büro vermisst hätte und mich suchen gegangen wäre. Er fand mich dann schlafend hier und hätte sich zu mir gesetzt. Er riss den Blick vom Feuer los und schaute mir direkt in die Augen. Dabei stand er langsam auf. Ich bekam Angst, denn der Blick von ihm war so starr und irgendetwas blitzte in seinen Augen auf, das ich nicht richtig deuten konnte.

Ich schaute zur Seite, denn es war mir unmöglich, diesem Blick standzuhalten. Dann drehte ich mich um und wollte nur so schnell wie möglich diesen Raum verlassen. Nach ein paar Schritten – ich war bei der Hälfte des Raumes angekommen – spürte ich, wie mich von hinten zwei Hände packten und mich daran hinderten, weiterzugehen. Dann raunte mir eine tiefe, dunkle Stimme ins Ohr und fragte mich, wo ich den hinmöchte. Ich atmete tief durch und versuchte, mich aus diesem Griff zu befreien. Als es mir gelungen war, setzte ich meinen Weg fort, ohne weiter auf die Stimme zu achten. Doch dann blieb ich bei den Stufen abrupt stehen, denn die Stimme hinter mir, die meinen Namen rief, war so bedrohlich und tief, dass ich es nicht wagte, weiterzugehen. Ich drehte mich langsam um und da stand Vlad und schaute mich an.

Was war nur los mit mir? Warum setzte ich nicht meine Macht und meine Fähigkeiten ein?

Gerade als ich dies zu Ende gedacht hatte, passierte es. Mir wurde auf einmal warm und ich spürte, wie meine Macht in mir emporkroch und meinen ganzen Körper damit einhüllte. Vlad musste es auch bemerkt haben, denn sein Blick hatte sich verändert und er schaute mich überrascht an.

Dann ging ich langsam auf ihn zu und sagte ihm, dass er vorsichtig sein sollte, wenn er glaubte, meinen Namen so aussprechen zu müssen. Er schaute mich weiterhin an und ging in eine Art Abwehrstellung. Ich blieb knapp vor ihm stehen und, als ich an mir heruntersah, waren meine Hände von Feuer umzingelt, aber es tat nicht weh und ich streckte die rechte Hand aus und zielte auf Vlad. Er duckte sich und die Flamme schoss knapp über ihm vorbei.

Vlad kam wieder in die Höhe und schaute mir direkt in die Augen. Dann legte er seine Hände auf meine Schultern und sprach sanft auf mich ein, dass ich mich beruhigen solle und damit aufhören solle, ihn weiter zu bekämpfen. Plötzlich merkte ich, dass meine Macht durch seine Stimme immer kleiner wurde und merklich aus meinem Körper wich. Lediglich ein kleiner Funken blieb davon über. Ich schüttelte meinen Kopf und sah Vlad an. Dann schaute ich auf meine Hände und das Feuer war nicht mehr da. Es war verschwunden. Ich umarmte Vlad und entschuldigte mich bei ihm. Er lächelte mich an und meinte, dass er ab jetzt noch besser darauf achten müsse, wie er mit mir umging, denn ich hatte ihm gerade bewiesen, dass ich ihm sehr gefährlich werden kann.

Wir setzten uns an den Tisch und redeten darüber, was gerade passiert war. Ich sagte zu Vlad, dass ich mich erst an meine Macht gewöhnen müsse, da ich nicht mehr wusste, welche Fähigkeiten und Stärken ich besaß. Außerdem müsste ich meinen Vater anrufen und mit ihm sprechen, damit mir so etwas nicht wieder passiert und ich Vlad grundlos angreife. Vlad sagte mir, dass er sich wehren kann und mich trotzdem liebt, weil ich ihm bewies, dass ich mich auch allein verteidigen konnte. Wir standen auf, umarmten uns und Vlad gab mir einen zärtlichen Kuss. Wieder spürte ich, dass er mehr wollte, aber ich war momentan nicht in der Stimmung und zeigte es ihm auch, indem ich ihn von mir schob. Er schaute mich enttäuscht an, aber ich sagte ihm mit einem Zwinkern und einem Lächeln auf den Lippen, dass er mich ja in einer Stunde besuchen könnte, wenn er es bis dahin aushielt. Damit drehte ich mich um und verließ das Wohnzimmer. Ich ging in mein Zimmer. Dort angekommen nahm ich mein Telefon und wählte die Nummer meines Vaters. Nachdem es dreimal geklingelt hatte, hob er ab und meldete sich. Ich meldete mich ebenfalls und er freute sich, meine Stimme zu hören. Ich erzählte ihm, was heute im Wohnzimmer passiert war, und er brauchte eine Weile, bis er mir antwortete, dass er heute keine Zeit hätte, aber morgen vorbeikommen könne, um mit mir persönlich zu reden. Ich freute mich, endlich meinen Vater wiederzusehen, und sagte ihm das auch. Damit legte ich wieder auf und ging ins Badezimmer. Als ich wieder herauskam, saß Vlad auf dem Bett und starrte auf das Bild, das auf dem Nachtkästchen stand. Ich beobachtete ihn eine Weile und begann dann zu sprechen. Ich fragte Vlad, ob er sich daran erinnern könne, wer das auf dem Foto war. Er blickte mich an und nickte. „Gut", dachte ich, „dann hatte er es doch nicht vergessen." Mit dem Bild wollte ich ihn immer wieder daran erinnern, was er mir angetan hatte. Aber ich hatte auch das Gefühl, dass er sich zwar erinnerte, aber keinerlei Gefühl zeigte. Ich resignierte und verstand, dass ich mich nicht hineinsteigern durfte, denn am Ende bliebe ich dann über, weil ich vielleicht zu sentimental werden würde und er dann das Interesse an mir verlieren könnte.

Daher beschloss ich, das Thema abzuhaken, obwohl ich als Mutter wusste, dass ich, solange ich lebte, nie vergessen würde, was er mir angetan hat. Ich ging zu ihm hin und setzte mich auf seinen Schoß. Er schlang die Arme um mich und wir küssten uns. Nachdem wir uns geliebt hatten, lagen wir nebeneinander und hielten uns an der Hand. Ich sagte Vlad, dass morgen mein Vater vorbeikommen würde, um mit mir zu reden. Er fragte, worüber, und ich antwortete ihm, dass ich ihm erzählt habe, was heute im Wohnzimmer vorgefallen war. Vlad nickte und wir schauten uns lange an, dann küssten und liebten wir uns noch einmal. Danach stand Vlad auf und zog sich an.

Nachdem Vlad schon eine Weile fort war, stand auch ich auf und zog mich an. Ich verließ mein Zimmer und ging hinunter in die Halle. Diese durchquerte ich und ging ins Wohnzimmer. Dort hatten schon die anderen Komiteemitglieder Platz genommen. Ich begrüßte sie und setzte mich auf meinen Stuhl. Wir waren gerade die Tagesthemen durchgegangen, als die Türe geöffnet wurde und Vlad hereinkam. Er kam auf uns zu und blieb neben meinem Stuhl stehen. Wir schauten ihn alle voller Erwartung an. Ich stand auf und fragte ihn, ob er uns etwas zu sagen hätte. Sein Blick schweifte durch die Runde und er begann zu erzählen, dass der Ältestenrat hier wäre, da es Wichtiges zu besprechen gebe, das den Orden und das Imperium betraf. Ich schaute Vlad an und fragte ihn, was das Imperium sei, und er antwortete, dass es an der Zeit war, dass ich es kennenlernte, da ich ja jetzt die Vorsitzende des Komitees war. Ich nickte und als ich mich wieder setzte, flog auf einmal die Wohnzimmertür auf und der gesamte Ältestenrat kam mit schnellen Schritten in den Raum geeilt.

Was war geschehen? Ich schaute alle der Reihe nach an und mein Blick blieb bei Victoria hängen. Sie schaute mich ebenfalls an und sagte, dass wir keine Zeit verlieren dürften und sofort aufbrechen müssten. Ich fragte sie, wo denn das Imperium sei, und sie antwortete mir, dass es in London sei. Also standen wir alle auf und machten uns auf den Weg nach London. Victoria, Gloria, Vlad und ich flogen mit Vlads Jet und die Anderen mit einem anderen Jet. Vlad hatte neben seiner Frau Platz genommen und ich war froh, dass er sich um sie kümmerte und ich ein wenig Zeit für mich hatte. Ich dachte gerade daran, wie dieses Imperium wohl aussah und warum Victoria es mir nicht schon bei unserem Kurztrip gezeigt hatte. Ich war schon sehr gespannt, ob es wohl einer dieser Glaspaläste sein würde oder nur ein einfaches, unscheinbares Gebäude.

Wir landeten nach ein paar Stunden und als wir den Jet verließen, standen schon einige Stretchlimousinen bereit. Ich sagte zu Vlad, dass ich meinen Vater anrufen müsse, da er mich ja morgen besuchen wollte und er ja nicht wusste, dass ich jetzt in London war. Er beruhigte mich, indem er mir sagte, dass er dies schon erledigt hat und ich ruhig meinen Aufenthalt genießen soll. Ich schaute ihn kurz an und ging dann zu einer der Limousinen, um einzusteigen.

Nachdem wir eine Weile gefahren waren, hielten wir vor einem eindrucksvollen, hohen Gebäude. Der Fahrer lenkte die Limousine vor den Eingang und wir stiegen alle aus. Es war beeindruckend und als ich meine Kopf nach oben streckte, um zu sehen, wie hoch es war, konnte ich das obere Ende fast nicht sehen. Es mussten einige Stockwerke sein. Das Seltsame war, dass die Glasfront, die das ganze Gebäude einhüllte, dunkel war, sodass man von draußen keinen Blick hineinwerfen konnte. Auch der Eingangsbereich, auf den wir zugingen, war von außen mit einer Drehtür zu betreten. Wir gingen durch diese Drehtür und der Anblick im Inneren war gigantisch. Wenn man den Blick hob, sah man, dass es etliche Stockwerke gab, die man entweder über Treppen oder Aufzüge erreichen konnte. Wir gingen zum Empfang, wo man uns schon erwartete, und ich bekam einen Besucherausweis, den ich an meinem Blazer anbrachte. Danach gingen wir alle zu den Aufzügen und fuhren in das oberste Stockwerk. Dort angekommen verabschiedeten Vlad und ich uns von den Komiteemitgliedern, da mir Vlad die oberste Etage zeigen wollte.

Vlad nahm meine Hand und wir gingen vom Aufzug geradeaus zu einem Gang, der nach rechts führte. Wir bogen in den
Gang ein und da saß eine Frau, die mir Vlad als seine Sekretärin
vorstellte. Ich hielt ihr meine Hand hin. Sie erwiderte die Geste
und wir lächelten uns an. Dann gingen Vlad und ich den Gang
weiter, dann nach links und Vlad klopfte an die Türe und öffnete sie. Wir traten ein und Victoria kam uns entgegen. Auch
sah ich, dass sich noch jemand im Raum befand, den ich noch
nicht kannte. Es war ein Mann, der lächelnd auf mich zukam
und mir die Hand gab. Er stellte sich mir vor und sagte, dass er
der Ehemann von Victoria sei und Mike Fleming heiße. Ich lächelte ihn an und sagte ihm meinen Namen. Wir unterhielten
uns noch eine Weile und dann verabschiedeten wir uns voneinander, da wir uns ja bald im Besprechungsraum in einer Stunde alle sehen würden.

Vlad und ich verließen die beiden. Vlad schloss die Türe. Wir
gingen den Gang wieder zurück, dann nach links und auf eine
große, schwarze Doppeltüre zu, die sich, nachdem wir den Raum
dahinter betraten, als Vlads Büro herausstellte. Es war beeindruckend – ein großer Raum, der fast im Dunkeln lag, aber doch
etwas Mystisches hatte. Da war vor uns ein länglicher Couchtisch mit links und rechts je einer Sitzbank. Geradeaus blickend
war da ein wuchtiger schwarzer Schreibtisch mit etlichen Verzierungen und dahinter ein großer, bequemer Bürostuhl aus Leder.
Hinter diesem Bürostuhl war die Glasfassade, die verdunkelt war;
aber wenn man genauer hinsah, konnte man die eindrucksvolle
Aussicht auf London genießen. In der rechten Ecke des Raumes
war eine Sitzgruppe mit einem kleinen Tisch. Rechts neben dem
Schreibtisch, in der Ecke, war ein Bücherregal, das bis zur Decke
reichte und voll mit Büchern ausgestattet war. Neben dem Bücherregal war eine Türe. Ich ging auf diese Türe zu und, wenn
ich in Vlads Augen gesehen hätte, dann hätte ich sie nicht einmal öffnen müssen, denn sein Blick hätte mir alles gesagt. Aber
da ich ihn nicht beachtete, ging ich zur Türe und öffnete sie. Ich
war sprachlos. Ich hatte noch nie ein Büro gesehen, das nebenan
ein voll ausgestattetes Schlafzimmer hatte.

Ich schloss die Türe wieder und drehte mich zu Vlad. Dieser hatte bereits an seinem Schreibtisch Platz genommen und deutete mir mit der Hand, ihm gegenüber auf dem Stuhl Platz zu nehmen. Ich ging zu dem mir angewiesenen Stuhl und setzte mich. Dann begann Vlad, mir die Firmenphilosophie zu erklären.

Er sagte mir, dass dieses Imperium nun schon seit zweihundert Jahren bestand und sich stetig erweiterte. Er erklärte mir auch, dass dieses Imperium für die ganzen Orden, die auf der ganzen Welt verteilt sind, zuständig war und hier auch von jedem Orden Vertreter präsent waren. „Victoria und Mike sind die beiden Geschäftsführer, wobei du ja weißt, dass Victoria auch noch die Vorsitzende des Ältestenrates ist. Bernadette, meine Sekretärin, hast du vorhin schon kennengelernt. Das Gebäude besteht aus vier Stockwerken und in jeder Etage sind je vier Orden vertreten. Diese Orden haben je zwanzig Mitarbeiter in diesem Imperium. In der Etage, wo wir uns befinden, ist die Chefetage, beziehungsweise. befinden sich dort auch die Räume des Ältestenrates und des Komitees", damit stand Vlad auf und ich erhob mich ebenfalls. Er sagte mir, dass er mir nun den Raum des Komitees zeigen möchte, da ich die Vorsitzende war. Wir verließen Vlads Büro und gingen den Gang zurück zum Hauptgang, an seiner Sekretärin vorbei. Vlad hielt bei ihr und erklärte ihr, dass er für den Rest der Woche keine Termine wahrnehmen konnte und er erst nächste Woche wieder hier sein würde. Sie notierte sich seine Aussage und nickte ihm zu. Bernadette wünschte uns noch einen schönen Tag und wir verabschiedeten uns von ihr. Dann gingen wir, als wir den Hauptgang erreicht hatten, nach rechts und wir hielten nach ein paar Metern an einer reich verzierten, dunklen Tür, die Vlad öffnete. Er ließ mich zuerst eintreten. Als ich den Raum betrat, sah ich in der Mitte des Raumes einen großen, dunklen und massiven Tisch, den acht Stühle umgaben. Auf den Stühlen saßen die Komiteemitglieder, die aufstanden, als ich den Raum betrat. Vlad trat hinter mir ein und schloss die Türe. Sobald Vlad die Türe ganz geschlossen hatte, wurde der Raum auch schon dunkler, da die Beleuchtung zum großen Teil nur aus Kerzenständer bestand. Vlad ging zur rechten Seite von der Türe und erst jetzt sah ich, dass sich dort ein Lichtschalter befand, den er betätigte und schon war der Raum nicht mehr so düster und wurde richtig freundlich und warm. Ich lächelte Vlad an und dankte ihm. Vlad kam zu mir, gab mir einen Kuss auf die Stirn und wir gingen gemeinsam zu den Komiteemitgliedern. Dort setzte ich mich auf den Stuhl, den mir Vlad angewiesen hatte, und als die Mitglieder saßen, begrüßte ich sie und Vlad nahm mir gegenüber am anderen Ende des Tisches Platz.

Wir unterhielten uns eine Weile über die letzten Geschehnisse und als wir fertig waren, standen Vlad und ich wieder auf und verabschiedeten uns von den Mitgliedern. Wir verließen den Raum und als wir wieder im Hauptgang standen, zeigte Vlad noch auf eine weitere Türe und erklärte mir, dass dies der Besprechungsraum war. Ich ließ meinen Blick über das Innere des Gebäudes schweifen und als ich nach oben blickte, sah ich, dass da noch einige Etagen waren. Ich schaute Vlad fragend an und er sagte mir, dass sich in den oberen Etagen die privaten Räume der Ordensmitglieder befanden.

Vlad nahm meine Hand, führte mich zur Türe des Besprechungsraums und öffnete die Türe. Er trat zur Seite und ließ mich zuerst eintreten.

Der Raum erstreckte sich von der Türe nach links und war für die Verhältnisse sehr groß. Wenn man nach links blickte, sah man am Ende des Raumes vier Tische und in der Mitte dieser Tische befand sich ein Podium. Dann sah man links und rechts des Raumes mehrere Tische, die aneinandergereiht waren. In der Mitte dieser Tische befand sich ein größerer Tisch mit allerhand Technik darauf. Außerdem sah man an der rechten Wand, von der Türe aus, einen sehr großen Monitor, auf dem man die Präsentationen zeigen konnte. Die Tische links am Ende des Raumes waren etwas erhöht und jeder Platz hatte ein Mikrofon. Ich sah, dass der Ältestenrat an diesen Tischen schon Platz genommen hatte, und ging zu ihnen, um sie zu begrüßen.

Auch die Komiteemitglieder hatten an den Tischen, die dem Ältestenrat am nächsten waren, Platz genommen und ich setzte mich zu ihnen. Dann kamen nach und nach auch die höheren Ordensmitglieder und nahmen ebenfalls ihre Plätze ein.

Als alle saßen, schloss sich die Türe und die Sitzung konnte beginnen.

Victoria stand auf und ging zum Podium. Sie wartete, bis alle aufgehört hatten zu reden und begann mit ihrer Rede:

„Ich begrüße alle hier Anwesenden und danke Ihnen, dass sie so kurzfristig an dieser Sitzung teilnehmen können. Ich möchte bei dieser Gelegenheit jemanden vorstellen, der seit Kurzem unser Komitee leitet."

Victoria deutete auf mich und ich erhob mich von meinem Stuhl. Ich ging zum Podium, wo Victoria mir schon Platz gemacht hatte, und sagte:

„Sehr geehrte Damen und Herren, ich freue mich, hier bei Ihnen das erste Mal dabei sein zu dürfen, und möchte mich Ihnen kurz vorstellen. Mein Name ist Elizabeth Baker und ich bin auf Wunsch von Vlad Tepes und dem Ältestenrat seit einiger Zeit die Vorsitzende des Komitees. Ich freue mich schon auf die gemeinsame Zusammenarbeit."

Als ich das Podium wieder verließ, klatschten alle und ich nahm wieder meinen Platz ein.

Damit stellte sich Victoria wieder zum Podium und fuhr mit ihrer Rede fort.

Ich notierte mir einiges während der Reden und wollte mir das dann in Ruhe noch einmal durchlesen.

Nach circa zwei Stunden war die Sitzung am Ende angekommen. Wir erhoben uns und verabschiedeten uns voneinander. Ich ging zu Vlad und fragte ihn, ob es möglich wäre, in diesem einen Büro, das ich gegenüber seiner Sekretärin gesehen hatte, Platz zu nehmen, da ich einiges allein auszuarbeiten hätte. Er nahm mich bei der Hand und wir verließen gemeinsam den Besprechungsraum und gingen zurück zu seiner Sekretärin, die uns verwundert anschaute, da ihr Vlad vorhin gesagt hatte, dass er erst wieder in ein paar Tagen hier sein werde. Er schaute sie an und fragte sie, ob sie den Schlüssel für dieses Büro – er deutete mit der Hand hinter sich – hätte.

Sie bejahte, öffnete eine ihrer Schubladen und nahm den Schlüssel heraus. Sie übergab ihn Vlad und er sagte ihr, dass sie für heute Feierabend machen könnte. Damit drehte er sich um, ging zur Türe des besagten Büros und schloss es auf. Dann drehte er sich noch einmal zu seiner Sekretärin um und erklärte ihr, dass er den Schlüssel bei sich aufbewahren werde. Sie nickte und verabschiedete sich von uns.

Als die Sekretärin gegangen war, schaute mich Vlad an und öffnete die Türe. Als ich das Büro hinter Vlad betrat, spürte ich eine Kühle in diesem Raum, die mich momentan erschaudern ließ. Ich dachte gerade daran, wie lange dieses Büro wohl schon leer stand, als Vlad sagte, dass dieser Raum sehr wenig genutzt wurde und schon einige Zeit leer stand. Aber wenn mir dieser Raum gefiel, könnte ich ihn als mein Büro nutzen. Damit schaltete er das Licht ein und ich sah mich erstaunt um. Es war nicht sehr groß, aber es hatte alles, was man brauchte. Da war ein großer Schreibtisch mit einem Bürosessel aus Leder dahinter und davor standen zwei Stühle. Auf dem Schreibtisch befand sich ein Computer, eine Schreibunterlage und ein Telefon. Ich war so damit beschäftigt gewesen, diesen kleinen Raum anzuschauen, dass ich gar nicht bemerkt hatte, dass Vlad inzwischen die Türe geschlossen hatte und hinter mir stand. Erst als er seine Hände auf meine Schultern legte, zuckte ich dabei leicht zusammen, drehte mich zu ihm um und schaute in seine Augen. Er nahm mir meine Notizen aus der Hand und warf sie auf den Schreibtisch, dann nahm er mich zärtlich in den Arm und küsste mich, sodass mir ganz heiß wurde. Nach dem Kuss schaute er mich zärtlich an und schob mich immer weiter Richtung Schreibtisch. Dort schob er einiges zur Seite und hob mich hoch, um mich auf der Tischkante abzusetzen. Dann küsste er mich noch mal und ich legte mich zurück und genoss seine Zärtlichkeiten, nachdem er mir die Hose ausgezogen hatte. Wir liebten uns sehr innig und als wir fertig waren, half mir Vlad von der Tischkante herunter und ich zog mich wieder an. Wir küssten uns noch einmal und dann sagte Vlad, dass die Einweihung genug war und er mich nun allein lassen würde, damit ich meine Notizen ausarbeiten konnte. Ich seufzte und schaute ihn traurig an, woraufhin er mir noch einen flüchtigen Kuss gab und dann den Raum verließ.

Ich schaute noch eine Weile die geschlossene Türe an und drehte mich mit einem Seufzer um. Ich ging zum Bürosessel und setzte mich, ordnete meine Notizen und begann mit meiner Ausarbeitung. Nach einer Stunde hatte ich das meiste abgearbeitet und wollte gerade das Büro verlassen, als das Telefon läutete. Ich nahm den Hörer ab und meldete mich, als sich am anderen Ende Vlad meldete und mich fragte, wie weit ich mit meiner Arbeit wäre. Ich erklärte ihm, dass ich fast fertig war, und er sagte, dass ich in sein Büro kommen solle. Ich sagte ihm, dass ich gleich da sei, und legte auf. Ich verstaute meine Arbeit in der obersten Schublade und verließ das Büro. Dann ging ich nach links und den Gang entlang zu Vlads Büro. Ich klopfte an und als er „Herein!" sagte, öffnete ich die Türe und betrat es. Er saß an seinem Schreibtisch und ich ging zu ihm hin.

Er fragte mich, ob ich hungrig wäre, denn er hätte ein paar Snacks in sein Büro liefern lassen. Erst jetzt sah ich, dass auf dem Couchtisch einige Speisen und Getränke standen. Ich setze mich auf eine der Sofas und fing an zu essen. Vlad kam zu mir und setzte sich mir gegenüber. Wir sprachen, während ich aß, über Belangloses und als ich mit dem Essen fertig war, lehnte ich mich zurück und wir sahen uns eine Weile schweigend an. Dann begann Vlad zu Reden und fragte mich, ob ich damit einverstanden bin, wenn wir die heutige Nacht in seinem Büroschlafzimmer verbringen. Ich schaute ihn eine Weile an, bevor ich ihm mit einem Lächeln antwortete, dass ich schon gespannt bin, wie es sich in einem Büroschlafzimmer wohl anfühlt, wenn man da übernachtet. Er lachte und kam zu mir und setzte sich, nahm mich in den Arm und küsste mich. Wir saßen eine Weile so eng umschlungen da, als es draußen schon dunkel wurde, soweit man das bei den dunklen Fenstern erkennen konnte. Die einzigen Merkmale, die das ermöglichten, waren, die Lichter der Stadt. Nach einer geraumen Zeit erhoben wir uns und gingen ins Schlafzimmer.

Am nächsten Morgen erwachte ich und musste mich erst orientieren, wo ich war. Es fiel mir sofort wieder ein und als ich

mich umdrehte, sah ich in Vlads Augen und er lächelte mich an.
Er nahm mich in den Arm und wir liebten uns zärtlich. Danach
stand ich auf und ging mich duschen. Als ich aus dem Badezimmer wieder herauskam, war Vlad schon angezogen und sagte mir,
dass er draußen warten würde. Ich nickte ihm zu und ließ meinen
Bademantel fallen. Er schaute mich noch schelmisch an, aber ich
zeigte auf die Türe und sagte, dass er verschwinden soll. Er lachte und verschwand augenblicklich durch die Türe. Ich schaute in
die Kleiderschränke und sah voller Erstaunen, dass sich auch Bekleidung von mir darunter befand. Ich suchte mir die Kleidungsstücke, die ich anziehen wollte, heraus und zog mich an. Als ich
fertig war, frisierte ich noch mein Haar und verließ ebenfalls das
Schlafzimmer. Vlad saß in seinem Büro beim Schreibtisch und
stand auf, als ich das Büro betrat. Zusammen verließen wir sein
Büro; Vlad hatte noch den Schlüssel von meinem Büro mitgenommen und als wir dort ankamen, holte ich meine Ausarbeitung aus der Schublade. Danach schloss Vlad die Türe ab und gab
mir den Schlüssel. Wir gingen dann gemeinsam zum Hauptgang
und zu den Liften. Dort fuhren wir hinunter zur Eingangshalle. Vlad nahm mich beim Arm und führte mich zur Rezeption.
Dort saß ein Mann, der sich sofort erhob, als wir näherkamen.
Er begrüßte uns und fragte, was er für uns tun könne. Vlad erklärte ihm, wer ich war und dass er wünsche, dass ich so schnell
wie möglich eine Zutrittskarte erhalte. Diese sollte mir – wenn
möglich – schon in den nächsten Tagen zugeschickt werden. Der
Mann nickte und sagte, dass er dies sofort erledigen wird, und
fragte nach der Adresse. Vlad nannte ihm die Adresse in Rumänien und er notierte sie sich. Dann gab ich ihm meine Besucherkarte zurück und unterschrieb dafür. Als alles gesagt war, verabschiedeten wir uns von dem Mann und verließen das Gebäude.

Wir gingen zur Limousine, die beim Eingang auf uns wartete, und der Fahrer fuhr uns zu Victorias Villa. Dort angekommen öffnete uns der Fahrer und wir stiegen aus, um in die Villa zu gehen. Es war angenehm kühl drinnen und ich sagte Vlad,
dass ich mich noch in meinem Zimmer etwas ausruhen möchte,
und wir verabschiedeten uns voneinander. Als ich fast die Treppe

hinaufgestiegen war, kam mir Gloria entgegen. Wir begrüßten uns und ich sagte ihr, dass Vlad unten in der Halle ist. Sie nickte mir zu und ging weiter die Treppe hinunter. Mein Blick blieb noch an ihr hängen; und so nahm ich wahr, wie Vlad sie in den Arm nahm und küsste. Ich lächelte, drehte mich um – denn ich wollte auf keinen Fall, dass die beiden sahen, dass ich sie beobachtete – und ging in mein Zimmer. Dort dachte ich noch einmal über diese Szene nach und obwohl ich sagen muss, dass ich froh war, dass Vlad sich auch um seine Frau kümmerte und sie berührte, gab es mir doch auch einen Stich ins Herz. Denn ich hatte in der Zeit, in der ich jetzt mit Vlad zusammen war, festgestellt, dass es mit Abstand wirklich keinen anderen Mann für mich gab, dem ich mein Herz so schenken würde, wie Vlad Tepes.

Wie ist Vlad Tepes eigentlich?

Wenn ich so nachdachte, waren die Meinungen sehr different. Denn einige sagten, dass Vlad sehr gefährlich war und man schon aufpassen musste, wie man mit ihm umging oder wie man ihm antwortete. Andere wiederum sagten, dass man mit ihm gut kommunizieren konnte und er sich auch manchmal Meinungen anhörte.

Was konnte ich dazu sagen?

Das eine Jahr, das ich Vlad nun kannte, hat mir gezeigt, dass man sehr schnell lernen musste, mit Vlads Emotionen und seinen Fragen umzugehen. Auch wenn ich Vlad noch nie verstimmt oder verärgert mir gegenübergesehen habe, so gab es doch Momente, in denen ich bei ihm auf Unverständnis stieß. Dies war dann der Fall, wenn ich auf seine Fragen keine Antwort wusste. Er ließ mich spüren, wie sehr es ihn störte, indem er die Frage soweit wiederholte, bis er eine Antwort erhielt. Vlad war ein Mann, den man nicht so ohne Weiteres erobern oder sich einfach anbieten konnte – in der Hoffnung, vielleicht eine Affäre oder mehr mit ihm zu haben. Denn das mochte er auf keinen Fall. Wenn, dann möchte er die Beziehung oder Bekanntschaft erobern. Denn nichts war für Vlad schlimmer, als ihn auf irgendeine billige Weise anzusprechen – denn das übergeht er grundsätzlich. Er war aber auch ein Gentleman – so wie ich es erfahren durfte –, denn er hatte in kurzer Zeit mein Herz erobert und versuchte mir, obwohl ich ja nur seine Mätresse war, jeden Wunsch zu erfüllen, sodass ich mich in seiner Nähe wohlfühlte. Trotz all dieser Äußerungen war im Umgang mit ihm Vorsicht geboten, denn ich durfte niemals vergessen, was er war – und natürlich auch seine Fähigkeiten. Er war einer der ältesten Vampire und ich durfte ihm nie seine Natur nehmen. Ich liebte Vlad über alles und wollte, dass er meine Liebe, solange es ging, erwiderte – obwohl ich auch oft an seine Familie dachte.

Nun lag ich hier auf dem Bett und dachte über den Mann nach, den ich nie wieder verlassen wollte. Obwohl er mir mit unserem Sohn so ein schreckliches Erlebnis bereitet hatte, konnte ich mir kein Leben ohne ihn vorstellen. Auch seine Frau Gloria ist mir eine sehr gute Freundin geworden, die nie ein böses Wort mir gegenüber ausgesprochen hat, obwohl sie wusste, dass ich mit ihrem Mann schlief und ihn liebte. Ach, was war ich doch selbstsüchtig, nicht an sie zu denken, als ich von Vlad diesen Schwur verlangte. Ich habe mich nicht einmal umgedreht und ihr in die Augen geblickt, als diese Szene vorbei war. Aber Gloria hat auch dies nie gegen mich verwendet, im Gegenteil, sie hat mich auch noch motiviert, bei ihnen zu bleiben, denn sie sagte mir, dass, seit ich wieder da war, Vlad ruhiger und ausgeglichener geworden ist und sie mit ihm auch bessere Gespräche führen konnte, ohne dass er wütend wurde oder sie in die Schranken wies. Konnte das sein, dass ich gegenüber einem so mächtigen Vampir so viel erreicht habe? Oder liebte mich Vlad wirklich so sehr? Ich war so in meine Gedanken vertieft, dass ich erst nach einer Weile merkte, dass es an meine Türe klopfte. Ich schrak auf, stand vom Bett auf und ging zur Türe. Ich öffnete sie einen Spalt und staunte nicht schlecht, als ich sah, wer da vor meiner Türe stand.

Es war mein Vater.

Nachdem ich die Türe voller Freude weiter aufgerissen hatte, fiel ich ihm sogleich um den Hals. Ich hatte meinen Vater schon so lange nicht gesehen und nun stand er ganz plötzlich da. Er lächelte mich an und erwiderte meine Umarmung. Als ich mich von ihm löste, bat ich ihn herein und er folgte mir ins Zimmer. Wir setzten uns zu dem kleinen Tisch in der Ecke und ich fragte ihn, ob er etwas trinken möchte, aber er verneinte und nahm Platz. Wir schauten uns eine Weile an, bevor ich zu sprechen begann und meinen Vater fragte, warum er hier sei. Er antwortete, dass ihn Vlad angerufen hatte und ihm erzählt hat, dass wir länger in London waren, und da sei er hierhergekommen und wollte mich überraschen. Die Überraschung war ihm gelungen, aber ich freute mich auch, meinen Vater wiederzusehen, denn ich hatte in der letzten Zeit oft an ihn gedacht. Seit dem letzten Telefonat, das eigentlich sehr kurz ausgefallen war, plagte mich ein schlechtes Gewissen, weil ich mich danach nicht mehr bei ihm gemeldet hatte. Dad freute sich so sehr, mich wiederzusehen, dass ich für mich beschloss, ihm momentan von keinen negativen Geschehnissen zu erzählen. Er schaute mich noch einmal eindringlich an und sagte dann:

„Elizabeth, ich werde dir nun etwas erzählen, da es an der Zeit ist, dass du die ganze Wahrheit erfährst. Ich weiß nicht, was dir Vlad schon alles erzählt hat, darum werde ich von ganz vorne beginnen. Ich möchte dich auch bitten, mich nicht zu unterbrechen und mir erst am Ende deine Fragen stellst.

Er nahm ein paar tiefe Atemzüge und sprach dann weiter.

„Ich bin Satan und du bist eine meiner Töchter. Das heißt, dass du eine Dämonenprinzessin bist. Ich weiß zwar nicht, wie weit du dich schon einmal für die dunkle Seite interessiert hast oder was du darüber gelesen hast, aber ich kann dir nur sagen, dass du das alles vergessen kannst und die ganzen Fakten, die hier auf der Erde dargestellt werden, nicht die Hölle ist, die wir bewohnen. Deine Mutter war eine Sterbliche und starb unverhofft bei deiner Geburt, was ich bis heute bedaure, weil sie keine Gelegenheit hatte, dich aufwachsen zu sehen. Außerdem sollst du noch wissen, dass die Seele deiner Schwester Lilith in dir drinnen ist und dich zu gegebener Zeit verlassen wird. Kannst du dich noch an die Zeit erinnern, als du klein warst? Ich weiß, dass du es nicht kannst, weil ich dir jegliche Erinnerung an deine Kindheit bis zum elften Lebensjahr genommen habe, da ich wollte, dass du unbekümmert aufwächst, und ich glaube, dass mir dies auch gelungen ist. Denn wenn ich dich so ansehe, bist du ja überglücklich mit deinem jetzigen Leben. Vlad dürfte dich wirklich lieben. Nun, um das Ganze abzuschließen – denn ich möchte dir momentan keine weiteren Einzelheiten erzählen –, musst du wissen, dass deine Fähigkeiten mächtiger sind als die der Vampire – und unsterblich bist du auch noch. Außerdem hast du immer genug Schutzdämonen um dich herum, die durch meinen Befehl zu handeln haben, wenn du angegriffen oder schwer verletzt wirst. Jetzt habe ich genug geredet und wenn du Fragen hast, dann kannst du mich nun fragen."

Ich musste meinen Vater verdutzt angeschaut haben, denn er lächelte mich an und ich schluckte schwer. Ich musste das Ganze erst einmal verdauen, denn ich konnte mir das alles nicht vorstellen. Sicher hatte ich mich schon einmal mit dem Thema Hölle, Dämonen und Teufel befasst – wer tut das nicht im Teenageralter? –, aber dass ich real dazugehörte und aus der Hölle stammte, das hätte ich mir nie in meinen wildesten Träumen gedacht. Lilith, meine Schwester? Das, was ich über Lilith gelesen hatte, konnte ich nicht mit mir vergleichen. Sie war eine der mächtigsten Dämonen und ich sollte ihre Schwester sein? Nein, momentan fehlte mir dazu der Glaube.

Ich schaute meinen Vater noch einmal eindringlich an, um irgendwelche Anzeichen zu erkennen. Aber da war nichts. Er sah für mich aus, wie er schon immer für mich ausgesehen hat – das Haar etwas graulich, die Haut war zwar glatt, aber man konnte trotzdem an einigen Stellen erkennen, dass er nicht mehr der Jüngste war. Sein Körper war schlank und er war ungemein attraktiv. Ich schaute ihm in die Augen und sagte, dass ich das alles erst einmal in mir komplett aufnehmen musste und es einige Zeit in Anspruch nehmen würde, bis ich das akzeptieren konnte, was ich war. Ich erzählte ihm außerdem von dem Vorkommnis zwischen Vlad und mir und dass ich mir dies bis heute nicht erklären konnte. Aber nachdem mir mein Vater nun dies erzählt hatte, sah ich den Zusammenhang.

Ich stand auf und ging im Zimmer auf und ab, bevor ich mich wieder setzte und meinen Vater fragte, ob ich denn auch mächtiger wäre als Vlad – denn er war einer der ältesten und mächtigsten Vampire.

Mein Vater schaute mich an und antwortete, dass ich, egal wie alt oder mächtig ein Vampir sein würde, noch mächtiger war und sie auch beherrschen konnte, wenn ich das wollte.

Das gab mir zu denken, denn ich hatte Angst, Vlad etwas anzutun, was ich dann bitter bereuen könnte. Ich seufzte und sagte meinen Vater, dass ich für heute genug gehört hatte und wenn ich Fragen hätte, würde ich mich bei ihm melden.

Wir standen auf und gingen hinunter in die Halle. Dort trafen wir auf Gloria und Vlad, die Hand in Hand auf uns zukamen. Ich stellte Gloria meinen Vater vor und dieser wandte sich an Vlad, da er noch kurz mit ihm allein sprechen wollte. Gloria und ich ließen die Männer allein und sie gingen ins Wohnzimmer. Wir beide beschlossen, eine Runde spazieren zu gehen und verließen das Haus, um in den Garten zu gehen. Wir gingen eine Weile auf den Wegen und setzten uns dann auf eine steinerne Bank. Vor uns befand sich eine Statue und ich fragte Gloria, wer das denn sei, worauf sie antwortete, dass das nur eine Skulptur eines Bildhauers war; aber sie wusste nicht, von welchem. Ich nickte und wir hingen wieder unseren Gedanken nach. Ich wusste nicht, was ich mit Gloria reden sollte, denn es war mir auch unangenehm. Obwohl wir sehr gute Freundinnen waren, hatte ich doch das Gefühl, dass sie sich in meiner Gegenwart auch nicht wohlfühlte, aber mir gegenüber nichts davon erwähnen durfte, wie wenn man jemanden verbietet, seine Gefühle und Gedanken zum Ausdruck zu bringen gegenüber der Person, die mit dem Mann eine Affäre hat, und dieser Mann auch noch liiert ist mit ihr. Aber würde Gloria nur ein einziges Wort mir gegenüber äußern, dass sie mit dieser Beziehung nicht einverstanden war, so würde ich auf der Stelle meine Sachen packen und verschwinden. Aber andererseits hat sie mir auch gesagt, dass ich nicht gehen sollte, weil Vlad viel umgänglicher geworden war.

Ich wusste nicht, was ich denken sollte, aber ich merkte auch, dass Gloria nicht glücklich war und mir gerne etwas sagen wollte. Darum drehte ich mich zu ihr und wir schauten uns an. Dann begann ich zu sprechen und fragte sie, was los sei. Sie antwortete mir, dass sie nicht wisse, ob sie mir das sagen dürfe, sie es aber trotzdem tun möchte. Sie schluckte schwer und erzählte mir, als ich oben mit meinem Vater gesprochen hatte, hatten sie und Vlad sich unten im Wohnzimmer unterhalten. Sie stockte eine Weile, bevor sie weitersprach, und ich hing gebannt an ihren Lippen. Denn ich hatte eine kleine Vorahnung, aber ich wollte sicher gehen und ließ Gloria weitersprechen. Sie sah mich an und ihr Blick war traurig. Mit fester Stimme sprach sie weiter und erzählte mir, dass Vlad ihr gesagt hatte, dass er sie zwar liebe, aber seine wirklichen Gefühle mir galten und er nicht mehr so weiter machen konnte. Er sagte ihr, dass er sie verlassen werde und die Scheidung wolle. Dann senkte sie den Blick und ich sah betroffen auf die Seite. Ich musste mich erst sammeln – zuerst mein Vater und jetzt diese Aussage von Gloria.

Was war nur los, warum tat Vlad so etwas Grausames mit seiner Frau, die ihn über alles liebte und nun keine Zukunft mehr sah. Ich war zwar ihre beste Freundin, aber auch ihre Kontrahentin. Ich packte Gloria bei den Schultern und zwang sie, mich anzuschauen. Sie hob ihren Blick und ich sah die Tränen in ihren Augen – und die Traurigkeit. Sie musste sehr leiden, denn ich hatte sie noch nie so resignierend gesehen. Ich sagte zu ihr, dass ich das auf jeden Fall regeln und mit Vlad sprechen würde. Denn auf diese Weise konnte man das nicht machen. Schließlich war ich nur die Mätresse und nicht seine Verlobte und er sollte weiterhin mit Gloria an seiner Seite glücklich sein. Wenn er das nicht konnte – das versprach ich Gloria –, dann würde ich die Konsequenzen ziehen und sie alle verlassen.

Gloria sah mich ängstlich an und erwiderte, dass sie mir das gar nicht hätte erzählen dürfen. Und wenn Vlad erfuhr, dass ich davon wusste, dann würde er sie bestrafen. Ich beruhigte sie und erklärte ihr, dass er nie erfahren würde, woher ich das wusste, und dann sah ich sie noch einmal eindringlicher an und fragte sie, seit wann sie für einiges bestraft wurde. Auf einmal änderte sich ihr Blick. Sie stand abrupt auf und sagte, dass es ein Fehler war, mir dies gesagt zu haben. Sie drehte sich um und lief zum Haus zurück.

Ich blieb noch eine Weile auf der Bank sitzen, denn ich musste jetzt wirklich einmal meine Gedanken sammeln. Ich war so darin versunken, dass ich gar nicht merkte, dass jemand neben mir Platz genommen hatte. Erst als ich angesprochen wurde, schrak ich aus meinen Gedanken hoch und sah die Person an, die da gesprochen hatte. Irgendwie kam mir das Gesicht des jungen Mannes neben mir bekannt vor. Ich überlegte eine Weile und dann konnte ich es einreihen. Es war der junge Mann, den ich, als wir den Orden besuchten, im angrenzenden Park kennengelernt hatte. Ich schaute ihn an, erwiderte den Gruß und fragte ihn, ob er Answard Brester sei. Er nickte und ich reichte ihm meine Hand. Er nahm sie, gab mir einen Kuss auf den Handrücken und ließ sie wieder los. Auf einmal schoss der nächste Gedanke durch meinen Kopf und ich sprang sofort auf und wollte nur noch weg. Denn das letzte Mal hatte dieser Mann versucht mich zu vergewaltigen. Ich war aber nicht schnell genug, denn er fasste mich an der Taille und ich fiel auf den Boden. Ich wollte gerade wieder aufstehen, als er mich schon auf den Boden drückte und mich an den Armen festhielt. Dann schob er meinen Rock hoch und sagte mir, wenn ich zu laut schrie oder irgendeinen anderen Laut von mir gab, würde er mich bewusstlos schlagen. Ich versuchte mich zu befreien, aber es gelang mir nicht, denn er hatte nun sein Knie auf meinen Oberkörper gedrückt. Dann öffnete er seine Hose und ich fing an, ihn anzuschreien, dass er mich loslassen soll. Da hob er seine Hand und schlug mir hart ins Gesicht. Ich verlor sofort das Bewusstsein.

Als ich wieder zu mir kam, war es schon dunkel. Ich wollte mich aufsetzten, aber hatte große Schmerzen und als ich an mir heruntersah, blieb mir vor Schreck der Atem weg, denn alles tat weh – die Beine, der Unterleib. Ich hörte, wie jemand meinen Namen rief, und erkannte, dass es Vlad war. Ich wollte ihm antworten, aber ich konnte meine Lippen nicht bewegen und als ich mir an den Mund griff, war er so geschwollen, dass ich zu weinen begann, denn die Erinnerung kam jetzt auch noch. Auf einmal hoben mich zwei starke Arme in die Höhe und trugen mich zu der steinernen Bank, auf der ich zuletzt mit Gloria gesessen hatte. Ich schaute hoch und sah in Vlads Augen, die mehr als Besorgnis zeigten. Er nahm mich in den Arm und ich weinte an seiner Schulter. Er fragte mich, ob ich aufstehen könne, und ich nickte ihm zu. Er hielt mich fest und ich erhob mich langsam von der Bank. Ich hatte es fast geschafft, als ich einen unglaublichen Schmerz im Unterleib spürte und zusammensackte. Vlads Arme hatten mich fest im Griff und ich lehnte mich an seine Schulter und wir gingen langsam zurück zum Haus.

Als wir das Haus betraten, war ich froh, dass uns niemand begegnete. Vlad half mir über die Treppe in mein Zimmer und legte mich sanft aufs Bett. Kaum spürte ich die weiche Matratze, als ich auch schon einschlief.

Fünfzehntes Kapitel

Als ich wieder erwachte, fühlte ich mich besser und merkte, dass ich lange geschlafen hatte. Ich streckte meine Glieder und der Schmerz im Unterleib meldete sich wieder. Vorsichtig zog ich meine Arme und Beine wieder zurück und setzte mich im Bett auf. Nach einer Weile wollte ich aufstehen, aber es gelang mir nicht, da mir sofort schwindlig wurde und ich wieder aufs Bett zurückfiel. Ich blieb eine Weile so liegen, bis es an der Türe klopfte. Langsam erhob ich mich vom Bett und ging zur Türe. Ich öffnete diese und da stand ein Hausmädchen und fragte mich, wie es mir ging. Ich antwortete ihr, dass es schon besser war, und sie fragte, ob sie mir etwas bringen solle. Ich verneinte und fragte sie, wo die anderen wären. Sie sagte mir, dass sie alle unten im Wohnzimmer waren. Ich bedankte mich und schloss wieder die Türe.

Danach ging ich ins Badezimmer, um mich frisch zu machen, und als ich in den Spiegel sah, war mein Mund nicht mehr geschwollen – und auch so sah ich einigermaßen gut aus. Ich verließ das Badezimmer, zog mich an und ging hinunter in die Halle. Auf dem Weg dorthin schaute ich mich einige Male um, da ich immer wieder das Gefühl hatte, beobachtet zu werden. Aber da war niemand – zumindest konnte ich keinen sehen. Als ich in der Halle stand, dachte ich eine Weile darüber nach, wie die anderen reagieren könnten, wenn ich nun das Wohnzimmer betreten würde. Ich strich meine Kleidung glatt und ging geradewegs auf die Türe des Wohnzimmers zu. Ich hatte sie fast erreicht, als ich hinter mir ein Geräusch wahrnahm. Ich blieb wie erstarrt stehen, hatte aber nicht den Mut, mich umzudrehen. Aber bewegen wollte ich mich auch nicht, da ich nicht die Aufmerksamkeit auf mich lenken wollte.

Was sollte ich jetzt tun?

Ich beschloss, weiter auf die Wohnzimmertür zuzugehen und als ich die Klinke in der Hand hatte, um sie zu öffnen, wurde sie gerade von innen geöffnet und ich schrak zurück. Vlad schaute mich für den ersten Moment erstaunt an und ich musste ziemlich ängstlich geblickt haben, denn er kam auf mich zu und nahm mich in den Arm. Er fragte mich, was los sei, und ich erwiderte ihm, dass ich hinter mir ein Geräusch gehört hatte. Er schaute hinter mich, konnte aber nichts entdecken und führte mich dann ins Wohnzimmer.

Als wir es betraten, sah ich, dass alle anwesend waren, und begrüßte sie. Als ich meinen Blick weiter durchs Zimmer schweifen ließ, fiel mir auch hier die Düsternis auf, die ich schon in Vlads Wohnzimmer kennengelernt hatte. Der Raum hatte auch eine gewisse Ähnlichkeit zu dem bei Vlad. Da war in der Mitte des Raumes ein großer, dunkler, massiver Holztisch mit einigen Stühlen, die alle Armlehnen hatten. Hinter dem Tisch befanden sich zwei große Fenster, die durch schwarze Samtvorhänge verdeckt waren. Links vom Tisch war an der Wand ein großer Kamin und davor gab es eine Couchlandschaft mit einem kleinen Couchtisch. Rechts vom Tisch waren an der Wand einige Regale, die mit ominösen Statuen und Kelchen gefüllt waren.

Vor den Regalen sah ich einen Servierwagen stehen, der Kaffee oder Tee und Kuchen darauf hatte. Dahinter stand ein Mann, der wahrscheinlich die Speisen servierte. Als ich den Mann genauer ansah, er meinen Blick erwiderte und dabei lächelte, wurde mir so schlecht, dass ich fast in Ohnmacht gefallen wäre. Alles kam wieder hoch, aber ich wollte keinem in diesem Raum sagen, was dieser Mann mit mir getan hatte. Ich ging auf ihn zu und blieb ganz dicht vor ihm stehen, sodass er mich, wenn er wollte, nur an sich heranziehen musste, aber er gab sich nicht die Blöße, sondern fragte mich höflich, ob ich Tee oder Kaffee mochte. Er grinste mich dabei unverschämt an und als ich antworten wollte, erklang Vlads Stimme dicht hinter mir und er sagte dem Kellner, dass ich gerne Kaffee trank. Plötzlich änderte sich die Stimmung des Mannes, denn er hörte vom einen auf den anderen Moment auf zu lächeln und schenkte mir eine Tasse Kaffee ein. Als er mir die Tasse reichte, lächelte ich ihn kokett an und nahm die Tasse Kaffee entgegen. Vlad schlang seinen Arm um mich. Wir drehten uns um und gingen zu den anderen, die am Tisch Platz genommen hatten. Vlad und ich setzten uns und unterhielten uns eine Weile über belanglose Dinge.

Die Zeit verging dabei schnell und ich merkte, dass ich wieder müde wurde, stand auf und verabschiedete mich von den anderen. Die Männer erhoben sich und Mike setzte sich wieder, während Vlad stehen blieb und sagte, dass er mich auf mein Zimmer begleiten würde. Ich nickte und wir verließen gemeinsam das Wohnzimmer.

Draußen in der Halle gab Vlad mir einen Kuss und wir gingen dann Hand in Hand hinauf zu meinem Zimmer. Dort angekommen nahm mich Vlad in den Arm und küsste mich leidenschaftlich. Danach fragte er mich, ob er heute Nacht bei mir bleiben solle. Ich sah ihn begeistert an und fiel ihm um den Hals. Ich war immer so glücklich, wenn er in meiner Nähe war, denn kein anderer Mann konnte mich so lieben und so leidenschaftlich sein wie Vlad. Er war der einzige Mann, der es schaffte, mich zu erregen, wenn er mich küsste oder auch nur berührte. Ich wusste nicht, was es war, aber bei Vlad fühlte ich mich mehr geborgen als bei jedem anderen Mann. Irgendwie stimmte es doch, dass wir uns gegenseitig brauchten.

Mit diesen Gedanken löste ich mich von Vlad und ging ins Badezimmer. Dort ließ ich Wasser in die Badewanne laufen und zog mich aus. Als die Wanne voll war, legte ich mich hinein, schloss meine Augen und dachte wieder über meine Beziehung zu Vlad nach.

Ich hoffte nur, dass diese Gefühle, die ich für Vlad empfand, noch lange so währten, denn ich wusste nicht, was ich sonst machen sollte, wenn Vlad nicht mehr da war. Eines wusste ich bestimmt: Weiterleben mochte ich auf keinen Fall, sollte Vlad sich von mir trennen. Ich weiß, dass es hart klingt, aber wenn man jemanden aufrichtig liebt und respektiert, kann man sich keine Zukunft mit einem Anderen vorstellen. Und so war es bei mir, ich würde niemals einem anderen Mann meine Gefühle so offenbaren wie Vlad.

Aber hatte ich auch das Recht, so zu denken oder zu handeln? Schließlich durfte ich nicht vergessen, dass Vlad eine Familie hatte. Eine Frau, die ihn liebte, und einen Sohn, der seine Familienlinie weiterführte. Da war ich nur das fünfte Rad am Wagen und die Letzte, die irgendwelche Ansprüche stellen sollte. Aber ich konnte nichts gegen meine Gefühle. Und Gloria, Vlads Frau, hat mich auch noch nie schlecht behandelt in dieser Hinsicht oder, was ich eher glaubte, dass sie es nicht durfte, wenn ich an die Situation im Park dachte. Wie sie meiner Frage ausgewichen ist und das Weite gesucht hat, hat mir gar nicht gefallen, denn ich wollte nicht der Grund dafür sein, dass sich Gloria an irgendwelche Prinzipien halten musste, während ich Redefreiheit bei Vlad hatte.

Ich musste das Gespräch mit Vlad suchen, um Klarheit zu gewinnen. „Aber Gloria hat auch gesagt, dass ich bleiben sollte, denn Vlad soll in ihren Augen viel zugänglicher geworden sein, seit ich mit ihm Zeit verbringe. Das finde ich wiederum ein starkes Lob von Gloria, denn das bestätigt mir, dass Vlad Fortschritte macht und meinen Rat, zu kultivieren und zu integrieren, wirklich ausführt und daran arbeitet – sogar seiner Frau gegenüber. Da bin ich wieder stolz auf mich, denn wenn ich weiß, dass Vlad versucht, sich zu ändern, dann kann ich auch mit ihm zusammenbleiben. Andernfalls würde es schwierig werden, aber ich habe Erfahrung mit solchen Dingen, dachte ich."

Da meine Erinnerung an meine Kindheit immer mehr zurückkehrte und ich feststellte, dass mir mein Vater schon im Vorfeld erzählt hat, wer ich bin, fügte sich schon einiges zusammen. Jetzt verstand ich auch, warum mich die Verwandlung von Vlad nicht so erschreckt hat.

Ich hatte in letzter Zeit einige seltsame Träume, die ich nun einordnen konnte. So, wie mein Vater sagte, bin ich in der Hölle geboren und eine seiner Töchter. Im Traum bin ich einen Pfad entlanggegangen und da waren eigenartige Kreaturen und so viele Menschen, die geschrien haben. Ich weiß nicht, ob sie wegen der Schmerzen oder wegen der Pein, die sie da unten erfahren haben, so geschrien haben. Ich bin jedenfalls als kleines Mädchen diesen Pfad entlanggegangen und habe mich immer rechtzeitig vor diesen grausamen Kreaturen versteckt, die mit der Peitsche auf diese Menschen geschlagen haben. Am Ende des Pfades war ein großes Tor, zu dem ich hinlief. Als ich dabei war, das Tor zu erreichen, stellte sich mir ein großer Hund mit drei Köpfen in den Weg, sah mich an und stupste mich mit seiner Nase auf die Seite zu seinem Liegeplatz. Dort schleckte er mir übers Gesicht und ich rieb mir die Augen und wurde sofort müde. Dann legte ich mich auf seine Pfote und schlief ein.

Ich öffnete die Augen und merkte, dass das Wasser schon kalt wurde; ich stieg aus der Wanne. Ich trocknete mich ab und hüllte mich in den Bademantel, der an der Türe auf einem Haken hing, und verließ das Badezimmer.

Vlad hatte sich inzwischen entkleidet und wartete im Bett auf mich. Ich ging zu ihm und ließ gekonnt – ohne Vlad aus den Augen zu lassen – den Bademantel fallen. Sofort fing er an, lüstern zu lächeln, und zog mich ins Bett. Dort liebten wir uns innig, bis wir vor Erschöpfung umarmt einschliefen.

Als ich am nächsten Morgen erwachte, stellte ich fest, dass Vlad noch immer neben mir im Bett lag, und ich lächelte ihn an, gab ihm einen Kuss und legte mich in seine Arme. Ich war überglücklich und sagte ihm dies auch. Vlad erwiderte, dass er dies auch sei, und gab mir einen Kuss auf die Stirn. Wir lagen noch eine Weile im Bett und standen dann auf, um uns anzuziehen.

Sechzehntes Kapitel

Wir verließen gemeinsam mein Zimmer und gingen hinunter in die Halle. Als wir die letzten Stufen der Treppe Hand in Hand hinunterschritten, kam uns Gloria entgegen und ich zog meine Hand zurück, da ich mich unwohl fühlte, wenn Gloria uns beide so innig sah. Sie blieb vor uns stehen und sagte mir, dass sie heute Nachmittag wieder nach Rumänien zurückreisen wird, da sie hier nichts mehr zu erledigen hatte. Vlad schaute mich an und gab mir zu verstehen, dass er kurz mit Gloria allein reden möchte. Ich nickte und ging weiter ins Wohnzimmer. Dort setzte ich mich an den Tisch und begann mit dem Frühstück. Als ich fertig war, beschloss ich, in die Bibliothek zu gehen und bei einem guten Buch zu entspannen.

Als ich das Wohnzimmer verließ, kam mir ein Dienstmädchen entgegen und ich fragte sie, wo denn die Bibliothek sei, und sie zeigte auf eine Türe vor uns. Ich dankte ihr und ging auf diese Türe zu, um sie zu öffnen.

Als ich den Raum betrat, blieb ich vor Erstaunen stehen und ließ den Raum auf mich wirken. Ich hatte schon Vlads Bibliothek beeindruckend gefunden, aber hier war es noch um einiges düsterer und man musste schon die Augen anstrengen, um sich zu orientieren. Als ich zwischen zwei Regalen, die bis zur Decke reichten, hindurchsah, konnte ich auf der anderen Seite Samtvorhänge sehen und ging darauf zu. Ich nahm einen der Samtvorhänge und zog ihn mit einem Ruck zur Seite. Mit einem Male erhellte sich der Raum und es war überwältigend; denn die Regale, die bis zur Decke reichten, waren mit lauter alten Büchern gefüllt, die wirklich jedes Bord in diesem Regal ausfüllten. Auch konnte man förmlich riechen, dass die Bücher sehr alt waren, und, wenn man genauer hinsah, alle eigenartigen Einbände hatten. Ehrfurchtsvoll ging ich zu einem der Regale, nahm vorsichtig ein Buch heraus und ging zu der Leseecke am anderen Ende des Raumes und setzte mich. Ich legte das Buch auf den Tisch und knipste die Lampe an. Dann betrachtete ich das Buch genauer. Es war ein Roman von einem Schriftsteller, den ich nicht kannte. Der Titel des Buches war mir auch nicht bekannt. Ich öffnete das Buch und es war in einer alten Schrift verfasst, die ich schon einmal bei Vlad gesehen hatte. Ich versuchte, die erste Seite zu lesen und war erstaunt, wie leicht es mir fiel. Aber es war auch schwer zu lesen und ich fand, dass man sich mit solchen Büchern lange befassen musste, um überhaupt den Inhalt der Geschichte zu verstehen. Nachdem ich einige Seiten gelesen hatte, klappte ich das Buch zu und ging wieder zum Regal, um es zurückzustellen.

Dann ging ich noch einmal zur Leseecke zurück, da ich vergessen hatte, die Lampe wieder auszuknipsen. Als ich auf dem Weg zur Türe der Bibliothek war, spürte ich auf einmal einen stechenden Schmerz in der Lunge. Ich bekam kaum Luft und setzte mich vor der Türe auf den Boden und wartete, bis der Schmerz aufhörte. Dann, als es ein wenig besser wurde, stemmte ich mich in die Höhe und verließ die Bibliothek.

Ich beschloss, etwas an der frischen Luft spazieren zu gehen, um wieder richtig atmen zu können. Ich verließ die Villa und ging in den Park. Ich hoffte, dass mir niemand folgte, denn ich wollte mich wirklich erholen. Aber die Angst verfolgte mich, denn ich wusste nicht, wo sich dieser Answard Brester aufhielt und ob er mich nicht schon verfolgte. Ich hoffte inständig, dass Vlad gedanklich bei mir war und mich beschützte. Aber auch mein Vater hatte mir gesagt, dass Schutzdämonen auf seinen Befehl hin auf mich aufpassten. Ich fragte mich nur, warum sie nicht da gewesen waren, als Answard Brester mich vergewaltigt und zusammengeschlagen hatte? Ich hatte die Vermutung, dass sie wahrscheinlich erst dann eingriffen, wenn ich fast tot war. Wenn ich mich weiterhin mit solchen Gedanken quälte, brauchte ich mich nicht wundern, wenn ich von meiner Umwelt nichts mitbekam, denn als ich den Weg entlangging, fiel mir nicht einmal der Mann auf, der mir entgegenkam. Erst im letzten Moment, als er vor mir stehen blieb, bemerkte ich ihn. Ich hob meinen

Blick und schaute ihn an. Ich erkannte ihn sofort und begrüßte ihn. Es war Mike Fleming, Victorias Ehemann. Er erwiderte meinen Gruß und schaute mich nachdenklich an. Dann fragte er, ob alles in Ordnung sei, und ich sagte ihm, dass ich mich in der Villa ein bisschen unwohl gefühlt habe und nun einige Zeit an der frischen Luft spazieren gehen mochte. Er nickte und fragte mich, ob er mich begleiten dürfe. Ich bejahte. Es tat gut, jemanden an der Seite zu haben, der nichts weiter wollte als zu reden. Wir gingen eine Weile schweigend nebeneinander her und kamen dann an eine Lichtung, auf der sich eine Holzbank befand. Wir setzten uns und vertieften uns in ein angeregtes Gespräch.

Ich hatte gar nicht gemerkt, wie schnell die Zeit vergangen war, und erklärte Mike, dass ich wieder zurück wollte. Wir erhoben uns und gingen gemeinsam den Weg zur Villa zurück. Auf dem letzten Stück des Weges zur Villa kam es mir vor, als hätte ich hinter einem der Büsche einen Schatten gesehen. Ich bekam Panik und bat Mike, mich bis ins Innere der Villa zu begleiten. Er schaute mich an und bejahte, da er den gleichen Weg hätte. So betraten wir gemeinsam die Villa. Mike verabschiedete sich dann von mir und ging die Stufen zur Gruft hinunter. Ich wollte ihm auf keinen Fall folgen, da mir noch immer das letzte Ereignis vor Augen war. Ich schaute mich in der Halle um und beschloss, mein Zimmer aufzusuchen. Ich hatte gerade die ersten Stufen hinter mir, als Victoria hinter mir meinen Namen rief. Ich blieb stehen und drehte mich zu ihr um. Sie kam zu mir und fragte mich, ob ich Mike gesehen hätte, und ich antwortete ihr, dass er hinunter in die Gruft gegangen war. Sie bedankte sich und verschwand wieder. Ich drehte mich um und setzte meinen Weg zu meinem Zimmer fort. Dort angekommen zog ich mich aus und stellte mich unter die Dusche. Als ich das Wasser abdrehte und aus der Dusche steigen wollte, überkam mich ein Schwindel. Ich brach in der Dusche zusammen und wurde ohnmächtig. Das Einzige, was ich noch mitbekam, bevor ich das Bewusstsein endgültig verlor, war, dass ich hörte, wie sich meine Zimmertür öffnete.

Siebzehntes Kapitel

Ich wusste nicht, wie lange ich in der Dusche gelegen hatte, aber als ich wieder zu mir kam, sah ich, dass ich an einem anderen Ort war. Es fiel mir schwer, mich zu orientieren, da ich starke Kopfschmerzen hatte. Das Einzige, was mir auffiel, war, dass der Raum, in dem ich lag, sehr hell war. Ich schaute mich weiter um und bemerkte, dass ich in einem Bett lag und um mich herum einige Geräte eingeschaltet waren, die von Zeit zu Zeit einen Ton von sich gaben.

Ich war im Krankenhaus und wusste nicht, wer mich hergebracht hatte und wie. Als ich mit Mühe meinen Blick nach links lenkte, sah ich verschwommen einen Mann auf einem Stuhl sitzen und als er merkte, dass ich mich bewegte kam er auf mich zu. Erst jetzt, da er näher war, erkannte ich, dass es Vlad war. Er lächelte mich an und sein Blick sagte mir, dass er besorgt war.

Er setzte sich auf die Bettkante und nahm meine Hand. In diesem Augenblick kam die Krankenschwester herein und checkte die Geräte. Sie kam an mein Bett und sah mich an. Ich erwiderte ihren Blick und sie fragte mich nach meinem Befinden. Ich erklärte ihr, dass ich starke Kopfschmerzen hätte, und sie sagte mir, dass der Arzt in ein paar Minuten hier sei, und ich sollte es ihm sagen. Sie kontrollierte noch meine Infusionsnadel und verließ dann wieder den Raum. Vlad beugte sich zu mir herunter und erzählte mir, dass er mich in der Dusche ohnmächtig vorgefunden und die Rettung angerufen hätte. Ich war noch etwas mitgenommen, nickte ihm nur zu und schloss wieder meine Augen.

Ich hatte etwas geschlafen, als der Arzt den Raum betrat und ans Bett kam. Er fragte mich, wie es mir gehe, und ich erzählte ihm das Gleiche, das ich vorhin auch schon der Krankenschwester erzählt hatte. Er sagte zum Assistenzarzt, dass er mir etwas gegen die Kopfschmerzen spritzen soll. Der Assistenzarzt verschwand und kam nach kurzer Zeit mit einer Injektionslösung zurück und spritzte mir diese in den Oberarm. Nach einer Weile ließ das starke Pochen in meinem Kopf nach und ich lächelte den Arzt an. Ich gab ihm zu verstehen, dass es mir schon ein wenig besser gehe. Er lächelte mich an, zog einen Stuhl an mein Bett heran und setzte sich auf diesen. Bevor er mit mir zu sprechen begann, teilte er dem Assistenzarzt mit, dass er den Raum verlassen könne, da er ihn im Moment nicht länger brauche.

Ich runzelte die Stirn und fragte den Arzt, was denn los sei, da er so geheimnisvoll tat. Vlad hielt weiterhin meine Hand. Der Arzt setzte sich in seinem Stuhl auf und schaute mich eine Weile an, bevor er zu sprechen begann.

„Miss Baker, wie Sie ja wissen, hat man sie in der Dusche ohnmächtig vorgefunden. Ich bin froh, dass man Sie so schnell gefunden hat. Was ich Ihnen nun sage, ist nicht leicht, aber als Sie hierhergebracht wurden, hatten wir einige Untersuchungen mit Ihnen vorgenommen und stellten dabei fest, dass sich auf Ihrer Lunge Metastasen gebildet haben. Nach weiteren Untersuchungen stellten wir dann auch noch fest, dass Sie an Lungenkrebs erkrankt sind.

Es klingt für den ersten Augenblick hart, aber ich kann Ihnen momentan keine erfreulicheren Nachrichten bringen. Ich werde Sie nun allein lassen mit diesen Aussagen und möchte Sie bitten, mir Bescheid zu geben, wenn Sie so weit sind, damit wir das weitere Vorgehen besprechen können. Ruhen Sie sich aus und denke Sie über meine Worte nach.“

Damit erhob sich der Arzt, schüttelte mir die Hand und verließ den Raum.

Ich schaute ihm verdutzt hinterher und danach drehte ich mich zu Vlad und fing an zu weinen. Sofort nahm er mich in den Arm und tröstete mich. Danach unterhielten wir uns über meine Krankheit, aber ich hatte nicht den Mut, Vlad zu fragen, ob ich weiterhin an seiner Seite bleiben dürfe, da ich ja vielleicht nicht mehr lange lebte. Ich weinte mich noch eine Weile an Vlads Schulter aus und legte mich dann wieder zurück und schlief ein.

Als ich wieder aufwachte, war ich allein. Sofort kam es mir wieder in den Sinn, was der Arzt gesagt hatte und mir standen die Tränen in den Augen. Aber wie konnte es sein, dass ich Krebs hatte? Denn mein Vater hatte mir erzählt, dass ich eine Dämonenprinzessin war – und unsterblich obendrein –; und dann das? Es passte für mich nicht zusammen. Am liebsten hätte ich jetzt sofort meinen Vater angerufen, um Klarheit zu bekommen. Aber als ich mich im Bett aufsetzte, wurde mir sofort schwindlig und ich fiel mit meinem Kopf zurück auf das Kissen. Ich schloss meine Augen und hoffte, dass dieser Schwächeanfall bald vorüber war. Als ich mich dann wieder etwas besser fühlte, versuchte ich es noch einmal, aber ich war zu schwach und schloss meine Augen.

Als ich sie wieder öffnete, setzte ich mich auf und schaute mich um. Ich versuchte, mich etwas mehr aufzusetzen, und nach einer geraumen Zeit gelang es mir. Dann schob ich die Decke von meinen Beinen und schwang diese langsam aus dem Bett. So blieb ich nun eine Weile sitzen und wartete, bis der Schwindel aufhörte. Als es besser wurde, stemmte ich meine Hände links und rechts von meinem Körper in die Bettkante und stand auf. Ich konnte mir ein Lächeln nicht verkneifen, da ich endlich wieder auf meinen eigenen Beinen stand, als die Türe aufging, ich mich ruckartig umdrehte, dabei das Gleichgewicht durch die schnelle Drehung verlor und mir schwarz vor Augen wurde. Meine Beine gaben nach und ich sackte zu Boden. Ich spürte, wie mich zwei starke Arme auffingen und auf das Bett zurücklegten. Ich konnte gerade noch einen schemenhaften Schatten wahrnehmen, der sich über mich beugte, als ich auch schon wieder das Bewusstsein verlor. Ich wachte auf und sah in die Augen des Arztes, der mich fragte, ob es mir wieder besser gehe. Ich nickte und lächelte dabei ein wenig. Er sagte mir, dass ich morgen einige Untersuchungen hätte und es besser wäre, wenn ich mich ausruhe. Ich nickte ihm erneut zu und schloss meine Augen.

Am nächsten Morgen kam die Krankenschwester herein, um mir meine Medizin und ein Tablett mit Kaffee und Gebäck zu bringen. Sie gab mir die Pillenbox und sagte mir, dass ich die Medikamente zu den angegebenen Zeiten auf der Box einnehmen sollte. Ich sagte ihr, dass ich dies tun werde, und fragte sie, ob sie mir einen Krug Wasser bringen könnte. Sie nickte und verließ das

Zimmer. Kurz darauf kam sie mit dem Wasser und einem Glas zurück. Sie stellte beides auf den Nachttisch und erwähnte noch, dass ich um neun Uhr zur ersten Untersuchung abgeholt werden würde. Damit verabschiedete sie sich und verließ das Zimmer. Ich schaute auf meine Uhr und sah, dass ich noch zwei Stunden Zeit hatte. Ich nahm einen Schluck Kaffee und aß das Gebäck dazu. Als ich mit dem Frühstück fertig war, stellte ich das Tablett auf die Seite und schenkte mir ein Glas Wasser ein, um meine Medikamente einzunehmen. Dazu öffnete ich die Pillenbox und nahm die Pillen heraus aus dem Fach, auf dem „Morgens" stand. Ich hatte drei Stück und nahm jede mit einem Schluck Wasser. Zum Schluss trank ich den Rest des Wassers aus, stellte das Glas auf den Nachttisch zurück und legte mich dann wieder auf das Kissen zurück und schloss meine Augen.

Plötzlich fuhr ich aus dem Schlaf hoch, denn es klopfte an meiner Türe. Ich setzte mich auf und antwortete „Herein!". Da ging auch schon die Türe auf und zwei Pfleger mit einem Rollstuhl betraten das Krankenzimmer. Hatte ich so lange geschlafen? Sie begrüßten mich. Einer der beiden kam mit dem Rollstuhl auf mich zu und stellte diesen vor meinem Bett ab. Er half mir aus dem Bett und setzte mich in den Rollstuhl. Dann verließen wir gemeinsam das Zimmer und sie brachten mich zu meiner Untersuchung. Sie stellten mich vor einem Behandlungsraum ab und erklärten mir, dass der Arzt mich gleich abholen werde. Ich bedankte mich bei Ihnen und sie gingen. Nach etwa zehn Minuten öffnete sich die Türe. Der Arzt begrüßte mich und schob mich in den Behandlungsraum. Es dauerte nicht lange und der Arzt war mit der Behandlung fertig. Er rief die Pfleger, um mich wieder auf mein Zimmer zu bringen. Als die Pfleger da waren, verabschiedete ich mich vom Arzt, der mir noch sagte, dass die Ergebnisse am Nachmittag fertig vorliegen würden und er mich dann aufsuchen werde. Damit verließ ich mit den Pflegern den Raum, die mich zurück in mein Zimmer brachten. Dort half mir der eine Pfleger wieder ins Bett, deckte mich zu, nahm den Rollstuhl und beide verabschiedeten sich von mir. Als sie das Zimmer verlassen hatten, lehnte ich mich zurück.

So vergingen die Tage und nun war ich schon zwei Wochen im Krankenhaus und hatte viele Untersuchungen hinter mir. Durch die Medikamente fühlte ich mich besser und bei der Visite fragte ich den Arzt, wann ich denn nach Hause gehen könne. Er schaute mich an und meinte, dass er mit den momentanen Ergebnissen zufrieden wäre und nichts dagegenspreche, wenn ich in häusliche Pflege entlassen werde. Sollten aber wieder einige Symptome auftreten, so solle ich mich bitte sofort bei ihm melden. Ich versprach ihm, dies zu tun; und so freute ich mich, dass ich am nächsten Tag nach Hause konnte. Als die Visite vorbei war und ich wieder allein im Zimmer lag, rief ich sofort Vlad an und teilte ihm die freudige Nachricht mit. Er war begeistert und sagte, dass er morgen zwar nicht persönlich kommen konnte, um mich abzuholen, er aber seinen Chauffeur Stefan schicken würde, damit er mich nach Hause fuhr. Ich sagte ihm, dass das in Ordnung war, aber innerlich war ich traurig, dass Vlad nicht kommen konnte, tröstete mich aber damit, ihn dann auf der Burg zu sehen. Ich konnte es gar nicht erwarten, bis es morgen war. Ich stieg aus dem Bett, ging mich duschen und packte meine Sachen zusammen. Ich war so glücklich, dieses Krankenhaus zu verlassen und wieder reine Luft zu atmen.

Achtzehntes Kapitel

Am nächsten Morgen bei der Visite gab mir der Arzt die Rezepte für meine Medikamente und den Abschlussbrief. Ich bedankte mich bei allen für die nette Behandlung und als sie gegangen waren, zog ich mich an. Bereits eine Stunde später holte mich auch schon der Chauffeur ab und wir fuhren zur Burg. Ich hatte gehofft, dass Vlad es doch geschafft hatte und in der Limousine saß, aber als ich einstieg, war sie leer. Nach einer längeren Fahrt näherten wir uns der Burg und ich bat den Fahrer, auf dem Parkplatz zu parken; denn ich wollte das kurze Stück bis zum Burgtor zu Fuß gehen. Er lenkte den Wagen auf den Parkplatz und stieg aus, kam zu meiner Seite, öffnete mir die Türe und ich stieg aus dem Wagen. Danach ging ich langsam in Richtung Burgtor. Ich genoss die frische Luft, atmete tief ein und aus. Ich hatte es fast bis zum Tor geschafft, als mir auf einmal die Sinne schwanden, ich mich an der Mauer anlehnte und mich auf den steinernen Boden setzen musste, da mir schwarz vor Augen wurde. Ich spürte noch, wie mich jemand hochhob, dann verlor ich das Bewusstsein.

Als ich wieder zu mir kam, lag ich in meinem Zimmer auf dem Bett und dann erkannte ich auch, dass mir jemand die Hand hielt. Es war Vlad, der mich besorgt ansah und ich lächelte ihn an, denn ich war glücklich, wieder bei ihm zu sein. Ich schaute ihn lange an und fragte ihn, was passiert war. Er brauchte eine Weile bis er antwortete und erklärte mir, dass mich der Chauffeur ohnmächtig an der Burgmauer gefunden hat und mich hierher ins Zimmer brachte. Aber ich konnte mir nicht erklären, wie das zustande kam, denn ich war doch langsam den Weg hinaufgegangen. Vlad musste meinen fragenden Blick gesehen haben, denn er meinte, dass ich mich wahrscheinlich doch noch mehr schonen sollte. Ich nickte und gab ihm mein Versprechen, mehr auf mich zu achten und vor allem auf meinen Körper. Vlad lächelte und war mit meiner Antwort einverstanden.

Er gab mir einen Kuss auf die Stirn und half mir beim Verlassen des Bettes. Als ich vor ihm stand, nahm er mich behutsam in seine Arme und wir verweilten für einen Augenblick in dieser Stellung. Dann lösten wir uns voneinander und ich hakte mich bei ihm ein und so verließen wir mein Zimmer und gingen hinunter in die Halle.

Unten angekommen gingen wir gemeinsam ins Wohnzimmer. Als Vlad die Türe öffnete, blieb ich vor Erstaunen stehen. Ich konnte nicht glauben, was ich da sah. Der Raum war voll von Personen, die ich kannte und liebte. Da war mein Vater, Victoria, Gloria, die Komiteemitglieder und der Ältestenrat. Sie alle sahen mich freundlich an und ich ging zu jedem und schüttelte ihnen die Hand. Dann setzte ich mich auf einen der Stühle beim Tisch und sah in die Runde. Ich konnte nicht glauben, dass ich so viel Aufmerksamkeit bekam. Ich dankte allen für den netten Empfang und als ich auf den Tisch sah, war dieser mit einigen Snacks gedeckt. Ich nahm mir eines der Sandwiches, die auf einem Tablett in der Nähe standen, und ein Glas, um mir Wasser einzuschenken. Während ich genüsslich aß, setzte sich Vlad zu mir. Ich lächelte ihn an und aß zu Ende.

Die anderen hatten es sich inzwischen auch bequem gemacht. Ich stand auf, stellte mich in die Mitte des Raumes und begann zu reden:

„Zuerst einmal möchte ich mich für den herzlichen Empfang bedanken. Ich habe nicht gewusst, dass ich hier so viele Freunde habe. Die letzte Zeit war für mich sehr traurig und mit vielen Untersuchungen verbunden. Ich weiß nicht, wie weit ihr es wisst, aber die Ärzte haben bei mir Lungenkrebs festgestellt. Ich hatte im Spital eine ruhige Zeit, um mich mit meiner Krankheit auseinandersetzen zu können. Der Arzt war sehr kompetent und konnte alle meine Fragen zu meiner Zufriedenheit beantworten.

Dad, mit dir muss ich dann noch einiges besprechen. Worum es geht, wirst du dir wahrscheinlich denken können.

So, nun möchte ich euch nicht länger langweilen und ich bitte euch auch, mich weiterhin so zu behandeln, wie ihr es auch vor meiner Krankheit getan habt. Danke noch mal und nun muss ich an die frische Luft."

Nach dem letzten Satz sah ich meinen Vater an, der auf mich zukam. Gemeinsam verließen wir das Wohnzimmer und gingen durch das Burgtor hinaus in den Vorhof.

Dort angekommen fragte mich mein Vater, nachdem er mich kurz in den Arm genommen hatte, was ich denn mit ihm zu besprechen hätte. Ich schaute ihn eine Weile an und fragte ihn, wie es denn möglich war, dass ich an Krebs erkrankt war, wenn ich doch unsterblich war.

Er erklärte mir, dass ich zwar unsterblich war, aber nur zur Hälfte eine Dämonin und zur anderen Hälfte ein Mensch. Daher war ich anfällig für Krankheiten. Er schaute mich traurig an, denn diese Nachricht hatte ihn sehr mitgenommen und er wollte mich auf keinen Fall verlieren. Ich versicherte ihm, dass ich alles Mögliche tun würde, um wieder gesund zu werden. Er lächelte mich an, nahm mich nochmals in den Arm und dann gingen wir wieder in die Burg hinein. Dort verabschiedete ich mich von ihm und ging wieder zu meinen Gästen ins Wohnzimmer. Dort angekommen, kam mir Victoria entgegen und fragte mich, ob alles in Ordnung ist und ich vielleicht Lust hätte ein wenig zu tanzen. Ich schaute sie an und deute ihr ein Nicken an und schon erklang eine fröhliche Musik und nachdem sich noch einige andere zu uns gesellten hatten, tanzten wir einen Song nach dem anderen. Ich merkte aber auch, dass ich noch nicht die Ausdauer hatte, die ich sonst gewohnt war und verließ die Tanzfläche und setzte mich auf einen der Stühle und rang nach Atem. Ich merkte nur, dass sich Vlad zu mir setzte und mir ein Glas Wasser einschenkte und es mir in die Hand gab. Ich nahm einen großen Schluck und fühlte mich gleich besser. Jetzt überkam mich auch noch eine Müdigkeit und ich verabschiedete mich von meinen Gästen, nachdem die Musik verklungen war und begab mich langsam in mein Zimmer. Dort angekommen wollte ich nur mehr in mein Bett.

Neunzehntes Kapitel

Als ich wieder erwachte, war es sehr dunkel in meinem Zimmer und ich drehte die Nachttischlampe auf, stieg aus dem Bett und begann, mich zu entkleiden. Plötzlich hörte ich einen Pfiff hinter mir, drehte mich ruckartig um und konnte mir ein Lächeln nicht verkneifen. Da lag Vlad in meinem Bett und schaute mich lüstern an. Als ich dann auch noch meine Unterwäsche fallen ließ, stand er auf und kam auf mich zu. Er nahm mich in den Arm und küsste mich leidenschaftlich; dabei konnte er seine Finger nicht stillhalten und schickte sie auf Entdeckungsreise. Ich schob ihn von mir und legte mich auf das Bett zurück. Er kam zu mir und wir liebten uns leidenschaftlich und innig. Dann schliefen wir vor Erschöpfung engumschlungen ein.

Als ich am nächsten Morgen erwachte, lag ich allein im Bett. Ich stand auf, ging mich duschen und zog mich an. Danach verließ ich mein Zimmer und ging hinunter in die Halle, die ich durchquerte, um ins Wohnzimmer zu gelangen. Als ich die Türe öffnete, sah ich, dass die Komiteemitglieder auf ihren Stühlen saßen – und am Ende des Tisches Vlad. Ich schaute alle erstaunt an und fragte mich, wie lange ich wohl geschlafen hatte. Ich begrüßte sie und nahm am anderen Ende des Tisches Platz. Dann erhob sich eines der Mitglieder und begann zu reden. Da ich nicht von Anfang an dabei war, musste ich mich erst orientieren, um welches Thema es sich handelte. Als der Mann geendet hatte und sich wieder setzte, fing Vlad an zu reden und erklärte, dass wir einige Punkte ein anderes Mal besprechen werden, und beendete die Sitzung. Ich schaute ihn an und deutete allen, sich nochmals zu setzen. Dann gab ich zu verstehen, dass ich die Vorsitzende des Komitees war und sehr wohl erfahren durfte, worum es nun gegangen ist. Die Mitglieder und insbesondere Vlad schauten mich eine Weile stirnrunzelnd an, da mein Einwand für sie momentan keinen Sinn ergab. Ich konnte es nicht glauben, dass diese Männer annahmen, dass ich alles so an mir vorbeiziehen ließ, nur weil ich nicht von Anfang an dabei war. Da hatten sie sich aber geirrt und ich sagte ihnen, dass ich im Laufe des Tages eine Abschrift von diesem Gespräch möchte und zwar alles im Detail, das besprochen wurde. Der Mann neben mir erhob sich und schaute mich an. Dann sagte er, dass er dies gerne für mich erledigen wird und mir bis am Abend das Gewünschte bringt. Ich nickte ihm zufrieden zu und entließ die Mitglieder.

Als alle Mitglieder den Raum verlassen hatten, standen Vlad und ich auf und gingen zum Kamin, um uns dort auf die zwei Stühle zu setzen. Wir schauten eine Weile schweigend ins Feuer. Ich hatte es mir auf dem Stuhl bequem gemacht und war fast eingeschlafen, als Vlad sich zu mir drehte und sagte, dass er auf jeden Fall, egal was passiert, oder wie schlecht es mir durch den Krebs geht, immer an meiner Seite sein und mich unterstützen wird, wo es nur geht. Ich drehte mich in seine Richtung und sah ihn müde und lächelnd an. Ich sagte ihm, dass ich dies zu schätzen weiß, er aber in erster Linie an seine Familie denken sollte. Ich versicherte ihm, dass ich alles im Griff habe und, wenn ich etwas brauchen würde, sein Angebot gerne entgegennehme. Er stand auf und kam zu mir, gab mir einen Kuss auf die Stirn und sagte, dass er noch etwas zu erledigen hätte und ich mich weiter hier ausruhen sollte. Damit drehte er sich um und verließ den Raum. Ich atmete tief durch, genoss die wohlige Wärme, die aus dem Kamin kam, und schloss meine Augen.

Ich musste sofort eingeschlafen sein und erwachte mit einem Lächeln auf meinen Lippen. Das Feuer im Kamin war schon ziemlich heruntergebrannt. Ich streckte meine Glieder und stand auf. Ich drehte mich um und erstarrte, denn vor mir standen drei junge Frauen, die mich anstarrten. Diese Frauen kamen auf mich zu und schauten mich lüstern an. Ich sagte ihnen, dass sie stehen bleiben sollen, und ging zu ihnen. Langsam bewegte ich mich auf sie zu, denn ich wollte auf keinen Fall eine falsche Bewegung machen und sie dadurch zu einem Angriff provozieren. Während ich auf sie zuging, versuchte ich, alle drei im Auge zu behalten. Ich hatte sie schon fast erreicht, als plötzlich die Türe aufflog und Vlad wutentbrannt hereinstürmte, zu den drei Frauen ging und irgendetwas auf Rumänisch zu ihnen sagte. Daraufhin eilten die drei fluchtartig aus dem Raum und ich schaute ihnen verdutzt hinterher, da ich momentan nicht verstand, was hier gerade passiert war. Als sich die Türe hinter den Frauen schloss, drehte ich meinen Kopf zu Vlad und sah ihn auffordernd an. Er schaute mich an und ich konnte in seinem Blick lesen, dass er am Überlegen war, ob er mir dies erklären sollte oder nicht. Da ich aber nicht gewillt war, nachzugeben, sah ich ihn weiterhin auffordernd an und nun sah ich, dass er nachgab, und wir setzten uns an den Tisch. Er nahm meine Hände und erklärte mir, wer diese drei Frauen waren:

„Als Erstes musst du wissen, dass ich schon sehr lange lebe. In diesen Jahrhunderten, die ich nun auf dieser Erde schon verbringe, habe ich natürlich auch viele Bekanntschaften gemacht und auch viel Unheil über so manche Familie gebracht.

Diese drei Frauen, die du gerade kennengelernt – oder besser gesagt –, die sich dir ohne mein Einverständnis genähert haben, sind Frauen aus verschiedenen, vergangenen Jahrhunderten. Ich halte sie mir, um an Nahrung heranzukommen – was sich nun aber durch deine Regeln geändert hat und sie dadurch eigentlich keinen Wert mehr für mich haben. Aber ich kann sie nicht einfach davonjagen, da sie mir immer gut gesinnt waren. Sie gehören genauso in diese Burg wie ein Teil der Bediensteten und meine Familie und meine Krieger, die mir auch noch immer zur Seite stehen und die ich dadurch unsterblich gemacht habe.

So, nun weißt du ungefähr, mit wem du es bei diesen drei Frauen zu tun hast. Und solltest du in irgendeiner Weise Probleme mit ihnen haben – was ich mir nicht vorstellen kann –, so kannst du jederzeit zu mir kommen und mit mir darüber reden."

Als Vlad geendet hatte, sah ich ihn zufrieden an und dankte ihm für diese Erklärung. Damit standen wir auf und gingen aus dem Wohnzimmer. Vlad begleitete mich, da ich ihm sagte, dass ich mich noch sehr müde fühlte, zu meinem Zimmer.

Dort angekommen wartete Vlad, bis ich mich entkleidet und ins Bett gelegt hatte. Dann kam er zu mir, richtete meine Bettdecke und gab mir einen leidenschaftlichen Kuss, lächelte mich an und verließ mein Zimmer. Ich rekelte mich unter der Decke, schloss meine Augen und schlief ein.

Zwanzigstes Kapitel

Als ich wieder aufwachte, war ich verwirrt, denn ich hatte einen eigenartigen Traum gehabt:

Ich war vier Jahre alt. Mein Vater nahm mich bei der Hand und führte mich in verschiedene Ebenen, wo ich eigenartige Kreaturen sah, die auf einem Thron saßen. Vater stellte mir diese als Dämonenfürsten vor und sagte jedem, dass er sie in einer Stunde in der Arena sehen möchte. Als wir alle Ebenen – es waren neun an der Zahl – besucht hatten, gingen wir durch einen langen Gang und kamen zu einem mächtigen Tor, das mit allerlei verschiedenen eigenartigen Zeichen versehen war. Davor standen zwei eindrucksvolle Wächter, die mit einigen Waffen und einer fremdartigen Rüstung ausgestattet waren. Außerdem hatten sie auf ihren nackten Armen und Beinen Symbole, die ich zwar schon einmal gesehen hatte, deren Bedeutung ich zu diesem Zeitpunkt aber noch nicht kannte. Als wir uns näherten, verneigten sich die Wachen und öffneten das Tor. Als es weit genug geöffnet war, schritten mein Vater und ich hindurch und gingen in die Mitte der Halle. Ich schaute mich erstaunt um und hielt die Hand meines Vaters noch fester, weil ich Angst bekam. Was ich sah, war eine riesige Arena mit mehreren Stockwerken und in der Mitte dieser Arena standen kreisförmig die Dämonenfürsten. Vater trat mit mir in den Kreis und ich drehte mich einmal um meine Achse, um alle ansehen zu können. Diese Gestalten, die da vor mir standen, waren furchteinflößend und riesig, denn sie waren sicher zwei bis drei Meter groß. Ich stand neben meinem Vater und schaute ihn von der Seite an, aber er beachtete mich nicht und blickte nur geradeaus. Dann begann er zu sprechen:

„Elizabeth, das hier sind die neun Dämonenfürsten, die einst heidnische Götter waren, aber von den Menschen durch eine neue Religion vergessen wurden und sich daher entschieden haben, ihr irdisches Dasein aufzugeben, um mir zu dienen. Außerdem möchte ich dir damit sagen, dass sich diese Dämonenfürsten – sobald sie in meine Dienste getreten waren – mit einem Ehrenkodex dazu verpflichtet haben, meine Nachkommen zu schützen und diesen in äußersten Notfällen zu helfen.

Ich möchte sie dir nun der Reihe nach vorstellen."

Ich schaute ihn an und nickte. Somit gingen wir zu dem ersten Fürsten hin. Vater erklärte mir, dass das BAAL ist und einer seiner ersten Dämonenfürsten. Ich musste meinen Kopf in den Nacken legen, um in das Gesicht des Dämons schauen zu können. Aber der Dämon rührte sich keinen Millimeter und starrte nur vor sich hin. Daraufhin gingen wir zum Nächsten und das war BELIAL. Auch er verhielt sich wie jeder andere Dämon in dieser Runde, denn keiner wollte mich direkt ansehen. Ich hatte ein eigenartiges Gefühl, war aber froh, dass Vater immer an meiner Seite war. So gingen wir von Einem zum Anderen und Vater sagte mir ihre Namen: BELPHEGOR, AZAZEL, ASMODEUS, ASRAEL, PEKAWIK, MAMMON, ASTAROTH.

Als wir wieder in die Mitte des Kreises traten, begannen die Dämonenfürsten einstimmig mit einem Gesang und die Worte, die sie sprachen, waren mir einerseits bekannt, aber der Gesang war so tief und eigenartig, dass ich mich an meinen Vater presste und hoffte, dass es bald zu Ende war.

Plötzlich verstummten sie, knieten sich hin und verbeugten sich einer nach dem anderen. Dann standen sie wieder auf und gingen hintereinander aus der Arena. Ich zitterte am ganzen Körper und schaute meinen Vater angsterfüllt an. Er lächelte mir zu, nahm meine Hand und wir verließen ebenfalls die Arena.

Ich wachte schweißgebadet auf und musste mich erst orientieren, da meine Gedanken noch mit dem Traum verbunden waren. Als ich alles wieder klarsehen konnte und merkte, wo ich war, stand ich auf und ging ins Badezimmer. Nach einer halben Stunde kam ich wieder heraus, zog mich an und schaute auf die Uhr. Es war sieben Uhr in der Früh und ich beschloss, hinunter ins Wohnzimmer zu gehen, um dort eine Kleinigkeit zu frühstücken.

Ich ging die Treppe hinunter und musste noch immer an diesen eigenartigen Traum denken. So merkte ich auch nicht, als ich

unten in der Halle ankam, dass Victoria meinen Namen rief –
erst als sie mich eingeholt hatte und meinen Arm berührte, worauf ich heftig erschrak und mich umdrehte. Sie schaute mich lächelnd an und fragte, ob alles in Ordnung wäre, und ich nickte
ihr geistesabwesend zu. Dann drehte ich mich wieder um und
setzte meinen Weg ins Wohnzimmer fort. Dort war Luise gerade dabei, den Frühstückstisch zu decken und als sie mich sah,
begrüßte sie mich und gab mir zu verstehen, dass bald alles auf-
getragen sein wird und ich mich doch ruhig schon setzen konnte. Ich dankte ihr und setzte mich auf einen der Stühle. Auch
Victoria war mir gefolgt und nahm neben mir Platz. Ich schaute sie eine Weile an und wusste nicht recht, ob ich ihr von meinem Traum erzählen sollte.

Victoria hatte nun einen besorgten Blick und drängte mich,
ihr zu sagen, was los sei. Ich wollte ihr gerade antworten, als die
Türe aufging und Luise mit dem Kaffee hereinkam. Sie stellte die
Kanne auf dem Tisch ab und ging wieder hinaus. Als Luise die
Türe geschlossen hatte, drehte ich mich wieder zu Victoria und
schaute sie lange an. Obwohl Victoria eine sehr gute Freundin
geworden war, wusste ich doch nicht, ob ich ihr dies erzählen
konnte. Denn immerhin war es nur ein Traum und man sagt ja,
dass Träume aus unserem Unterbewusstsein kommen und es oft
auch Wünsche sind, die wir uns nur in einer anderen Welt erfüllen können. Und dafür träumen wir. Aber war das wirklich
ein Wunsch gewesen, den ich mir erfüllen möchte, oder eine
neue Erinnerung an das Leben in meiner Kindheit? Ich konnte
es nun nicht genau deuten, aber ich wusste, dass ich es besser für
mich behalten sollte und vielleicht sogar notieren, sodass ich es
immer wieder lesen konnte und dann, wenn ich genug Träume
niedergeschrieben hatte, diese dann ordnen und so einen Licht-
blick bekommen konnte, den ich auf jeden Fall mit meinem Vater besprechen sollte.

Als ich fertig war mit meinen Gedanken und in Victorias Augen sah, sah mich diese ungeduldig an und ich sagte ihr, dass alles
in Ordnung ist und ich nur einen eigenartigen und beängstigten
Traum gehabt hatte, der mich noch immer fesselte. Sie lächelte

mich an und sagte mir, dass wir heute Abend mit Gloria ausgehen, damit ich auf andere Gedanken komme und wir uns wieder einmal amüsieren. Ich strahlte sie an und stimmte sofort zu. Auch fragte ich sie, ob sie Gloria gesehen hätte, da ich mit ihr sprechen wollte. Victoria setzte gerade zu einer Antwort an, als die Türe zur Bibliothek aufging und Gloria in den Raum trat. Ich stand auf, lief zu ihr hin und umarmte sie. Sie schaute mich, nachdem ich sie wieder losließ, verdutzt an und fragte mich zugleich nach meiner Euphorie.

Ich lächelte sie nur an und fragte sie, ob sie ein paar Minuten für mich Zeit hätte. Sie bejahte und wir gingen, nachdem wir uns von Victoria verabschiedet hatten, zum Kamin. Dort setzten wir uns jeder in einen der bequemen Sessel und schauten eine Weile in die Flammen. Dann schaute ich in Glorias Richtung und fragte sie, ob sie sich noch an die Situation im Park in London erinnern konnte. Sie dachte nach und nickte dann. „Gut", sagte ich, denn ich wollte nun ganz genau von ihr wissen, ob Vlad sie schlecht behandelte oder schlug. Ich merkte, dass sich sofort Tränen in Glorias Augen bildeten und sie schwer schluckte, ehe sie mir antwortete. Wieder wiederholte sie die Worte, die sie mir damals schon gesagt hatte, und sie betonte auch noch, dass sie wirklich Angst hatte, sollte Vlad von diesen Gesprächen erfahren. Ich versicherte ihr auch dieses Mal wieder, dass er von mir nichts erfuhr und es nur in meinem eigenen Interesse lag, zu erfahren, wie Vlad sie behandelte. „Denn sollte ich nur einmal erfahren, dass Vlad dich nicht gerecht behandelt, das heißt, wie es sich für einen gewissenhaften Ehemann gehört, dann bin ich weg."

Gloria schaute mich unter Tränen an und bat mich wieder, hier zu bleiben, da sich in der Zeit, die ich nun schon hier war, vieles für sie mit Vlad gebessert hat. Er ginge mehr auf ihre Probleme ein und versuchte auch ruhig zu bleiben, wenn sie ihm ihre Meinung sagte. Außerdem gefiel es ihr, dass sie mit ihm wieder schönere und längere Gespräche führen konnte. Sie versicherte mir auch, dass sie und Vlad in deren Gesprächen meinen Namen noch nie erwähnt hatten. Ich schaute sie, nachdem sie geendet hatte, eine Weile nachdenklich an und wusste, dass ich nie eine direkte Antwort auf meine Frage bekommen würde. Wir saßen noch lange schweigend da und starrten, in unsere eigenen Gedanken versunken, in das Feuer. Dann erhoben wir uns und gingen gemeinsam zur Türe. Als wir die Türe fast erreicht hatten, trat eine Gestalt aus dem Dunkel der rechten Ecke und kam auf uns zu.

Es war Vlad.

Wir blieben stehen und schauten ihn erwartungsvoll an. Meine Gedanken rasten, denn ich wusste nicht, wie lange er schon im Raum war und wie viel er von unserem Gespräch mitbekommen hatte. Ich schaute zu Gloria und sah, dass sie erschrockener schaute und schnell den Raum verließ. Vlad kam weiter auf mich zu, blieb dicht vor mir stehen und sah mich mit seinem stechenden, starren Blick an. Ich erwiderte diesen Blick, ohne mit der Wimper zu zucken und fragte ihn, was er wolle.

Er legte seine Hand auf meine Schulter und führte mich zu einem der Stühle am Tisch. Wir setzten uns und er fragte mich, was ich mit Gloria zu bereden gehabt hätte. Ich schaute ihn an und sagte ihm, dass es ein Gespräch zwischen zwei Frauen und der Inhalt nicht für ihn bestimmt sei. Er lächelte und meinte, dass ich aufpassen soll, mit wem ich mich unterhalte und worüber. Denn er wisse, dass er immer erfahren wird, worüber herinnen gesprochen wird. Ich nickte ihm zu und sagte, dass er mir drohen kann, mit was er will, ich mir aber auf keinen Fall mein Leben und schon gar nicht meine Gespräche und Gesprächspartner vorschreiben lasse. Damit erhob ich mich und ließ einen verdutzten Vlad Tepes zurück.

Wieder in meinem Zimmer, kam mir sofort ein schlimmer Gedanke. Ich hoffte nur, dass Vlad Gloria in Ruhe ließ und sie nicht zwang, ihr zu erzählen, worüber wir gesprochen hatten. Ich ging unruhig im Raum auf und ab und konnte mich nicht beruhigen, da mich dieses Gefühl nicht losließ. Daher beschloss ich, zu Gloria zu gehen und mit ihr zu reden. Ich hatte gerade die Halle zur großen Treppe, die in den obersten Stock führte, durchquert, als ich eine Bewegung von der Treppe, die in die Gruft führte, wahrnahm. Es waren die drei Grazien, die auf mich zukamen und sich vor mir aufstellten. Wir sahen uns eine Weile an und dann fragte ich sie, was sie von mir wollten. Da begann die eine zu sprechen und sagte, dass sie sich entschuldigen wollten für das Verhalten mir gegenüber und sie mich, wo es nur ging, unterstützen würden. Ich dankte ihnen und sie verschwanden so lautlos, wie sie erschienen waren. Ich setzte meinen Weg fort und ging die Treppe nach oben und dann nach links zu Glorias Zimmer. Ich wollte gerade an die Türe klopfen, als ich Stimmen vernahm. Es war Glorias Stimme und eine männliche Stimme, die ich zwar schon einmal gehört hatte, aber momentan nicht zuordnen konnte. Ich beschloss, Gloria nicht zu stören, und entfernte mich von der Türe, drehte mich um und schaute direkt in Vlads Augen. Dieser hob überrascht die Augenbrauen und schaute mich herausfordernd an, nachdem er mich mit zusammengepressten Lippen gefragt hatte, was ich hier suche. Ich wich einen Schritt zurück und erklärte ihm, dass ich noch mit Gloria sprechen wollte, sie aber nicht allein zu sein schien, und ich deshalb beschloss, wieder zu gehen. Er schaute mich von oben bis unten an und versuchte, meine Antwort einzuschätzen. Dann trat er zur Seite und ich entfernte mich und ging zurück auf mein Zimmer, innerlich hoffend, dass Gloria allein war, wenn Vlad den Raum betrat.

Auf meinem Zimmer machte ich mich für den Abend bereit und durchstöberte meinen Kleiderschrank, denn es waren noch zwei Stunden Zeit, bis wir aufbrechen würden. Einerseits war der Schrank mit vielen schönen Kleiderstücken gefüllt, sodass es nicht leicht war, etwas zu finden. Aber nach ein paar Outfits, hatte ich das Richtige gefunden: eine Hose und eine Bluse. Ich zog meine Sachen aus und wollte gerade die anderen Kleidungsstücke anziehen, als es an der Türe klopfte. Ich hoffte, dass es nicht Vlad war, denn ich wollte ihn momentan auf keinen Fall sehen. Seine Diskussionen und sein aufdringliches Verhalten von vorhin waren genug für den heutigen Tag. Ich brauchte Abstand und da war es ganz gut, dass wir für heute Abend ausgingen.

Ich ging zur Türe und öffnete sie einen Spalt – und wer stand da und lächelte mich an? Vlad. Ich konnte es nicht glauben. Was wollte er nun wieder? Ich hoffte nur, dass Gloria ihm nichts erzählt hatte und es auch geschickt vor ihm verbergen konnte. Er fragte, ob er eintreten dürfe, und ich erklärte ihm, dass ich gerade dabei war, mich für den Abend schick zu machen. Sein Grinsen wurde noch breiter und da ich seinem Blick nicht widerstehen konnte, öffnete ich die Türe weiter und ließ ihn eintreten. Er sah mich lüstern an, woraufhin ich den Finger hob und ihm erklärte, dass ich für das, woran er dachte, keine Zeit hatte und ich mich wirklich fertig machen musste. Kaum hatte ich meine Worte zu Ende gesprochen, war er blitzschnell hinter mir und küsste meinen Nacken. Dann hob er mich hoch und trug mich zum Bett. Dort legte er mich vorsichtig ab und zog sich aus. Ich schaute ihn an und als er zu mir kam und mich leidenschaftlich küsste, konnte ich nicht anders, als mich ihm hinzugeben. Wir liebten uns und dann zogen wir uns an und verließen Hand in Hand mein Zimmer. Bevor wir die Treppe hinunter in die Halle gingen, nahm mich Vlad noch einmal in den Arm und küsste mich. Danach betraten wir über die Treppe die Halle, wo schon Gloria und Victoria auf mich warteten. Bevor wir endgültig bei ihnen ankamen, blieb Vlad plötzlich stehen und sah mich an. Dann raunte er mir zu, dass er immer bekam, was er wollte, und das hatte sich vorhin auch bestätigt. Ich schaute ihm direkt in die Augen und sagte ihm, dass er mit seinen Aussagen aufpassen sollte und ich ihm jederzeit sagen konnte, dass dieser Körper zwar auf ihn reagierte – aber nur, solange ich das wollte. Denn ich bestimmte, wer wann wie und wo meinen Körper berührt. Mit diesen Worten drehte ich mich von ihm weg und ging zu meinen Freundinnen. Zu dritt verließen wir dann die Burg und fuhren mit der Stretchlimousine hinunter in die Stadt, um uns zu amüsieren.

Wir waren in der Nacht in verschiedenen Lokalen und Bars unterwegs und kamen erst in den frühen Morgenstunden wieder nach Hause. Wir betraten die Halle, verabschiedeten uns voneinander und gingen auf unsere Zimmer. Erst als ich im Bett lag, spürte ich auf einmal einen Stich in der Lunge und wurde damit wieder einmal an meine Krankheit erinnert. Ich setzte mich auf, nahm eine der Tabletten gegen die Schmerzen, legte mich wieder hin und schlief sofort ein.

Einundzwanzigstes Kapitel

Ich erwachte und sah, dass ich den ganzen Tag geschlafen haben musste, da von meinem Fenster aus der Sonnenuntergang schon begonnen hatte. Ich stand auf und ging zum Fenster, um zu beobachten, wie die letzten Sonnenstrahlen vom Himmel verschwanden. Es war beeindruckend und romantisch zugleich. Als der Himmel sich dann, nachdem die Sonne verschwunden war, zur Nacht bereitete und immer dunkler wurde, drehte ich mich um und ging zum Lichtschalter, betätigte diesen, um dem Raum eine Helligkeit zu geben. Dann erschrak ich, denn auf der Bettkante saß Vlad und lächelte mich an. Ich hatte ihn nicht gehört, geschweige denn bemerkt, als er mein Zimmer betreten hatte. Ich schaute ihn stirnrunzelnd an und schalt ihn dafür, dass er mich so erschreckt hatte. Aber in meinen Gedanken hatte ich mir gewünscht, dass er auf sich aufmerksam gemacht hätte, denn so wären wir beide beim Fenster gestanden und hätten die letzten Sonnenstrahlen beobachten können.

Ich löste mich von diesem Gedanken und widmete mich Vlad, der noch immer auf dem Bett saß. Ich schaute ihn an und fragte ihn, warum er bei mir war. Er sagte mir, dass er für morgen Abend einen Ball veranstaltet und er eine Überraschung für mich hat. Er schüttelte sofort den Kopf, da ich ihn voller Erwartung ansah und unbedingt von ihm wissen wollte, was es denn sei. Er lachte auf und bat mich, geduldig zu sein. Ich ging zu ihm hin und er stand auf, nahm mich in den Arm, schaute mir lange intensiv in die Augen und küsste mich dann leidenschaftlich.

Seit ich mit Vlad zusammen war, habe ich – bis auf ein paar Schicksale, die mir als Frau eigentlich sagen sollten, dass dieser Mann mir mehr schadet als gut für mich ist – eine glückliche Zeit gehabt. Schade nur, dass er verheiratet war, aber das hatte mich bis jetzt noch kein einziges Mal gestört, denn er war immer für mich da und hatte dafür gesorgt, dass ich auch gut beschützt wurde. Trotz allem kann ich noch immer nicht verstehen, was er mit unserem Kind getan hat. Er hat doch selbst einen Sohn und manchmal, wenn ich die beiden im Stillen beobachtete, sah ich, wie verbunden sie waren, wie liebevoll Vlad mit seinem Sohn umging. Der Stich in meinem Herzen tat dann besonders weh, wenn ich an die Szene dachte – daran, was mit unserem Sohn passiert war. Manchmal ist es ungerecht, aber trotzdem liebte ich Vlad über alles und das war die Hauptsache. Und vielleicht würde er eines Tages die gewisse Frage an mich stellen, die ich schon sehr herbeisehnte. Vlad hatte mir auch bewiesen, wie sehr er mich liebte, indem er sogar seinen Vater verbannt hat, nachdem er von dessen Tat mir gegenüber erfahren hatte.

Als Vlad und ich uns wieder voneinander lösten, fragte ich ihn, ob er bei Gloria gewesen war und mit ihr gesprochen hatte. Er bejahte und fragte mich, ob auch ich bei ihr gewesen war. Ich sagte ihm, dass ich zwar vor ihrer Türe gestanden hatte – was er ja wusste –, aber nicht angeklopft habe, da ich gehört hatte, dass sie nicht allein im Zimmer war. Jetzt wurde Vlad hellhörig und wollte auf jeden Fall wissen, was ich gehört hatte. Ich schaute ihn an und legte die Hand auf meinen Mund, da ich merkte, dass ich zu viel gesagt hatte. Vlads Blick veränderte sich und er nahm abrupt meine Hand von meinem Mund und sagte mit dunkler, eindringlicher Stimme, dass ich ihm antworten sollte – und das auf der Stelle! Ich hatte auf einmal panische Angst und erzählte ihm, was ich vor der Türe stehend wahrgenommen hatte. Er ließ meine Hand, die er die ganze Zeit gehalten hatte, los und rannte aus dem Zimmer. Ich schaute ihm verdutzt hinterher und schalt mich dafür, dass ich meinen Mund nicht gehalten hatte. Was musste Gloria nun von mir denken? Aber andererseits war das kein Teil unserer Abmachung und ich hätte auch gerne gewusst, wer da bei Gloria war. Wenn ich jetzt so an die Tonlage der Stimme dachte, fiel mir nur ein Mann ein. Answard Brester. Aber das konnte nicht sein, das durfte nicht sein. Ich konnte es nicht glauben, dass Gloria und dieser Mann, der mich so geschändet hatte, befreundet oder noch mehr waren. Ob Gloria ihn auch benutzte, um sich an mir zu rächen? Ich musste dies herausfinden, bevor

Vlad es tat. Denn dann standen für Gloria die Chancen schlecht, dass Vlad sie am Leben ließ. Aber das würde er doch nicht wagen, schließlich war sie seine Frau und die Mutter ihres gemeinsamen Sohnes. Konnte er so grausam sein? Ja, er konnte, wenn er wollte, denn ich hatte es mit eigenen Augen miterlebt.

Ich rannte aus dem Zimmer und Vlad hinterher. Er war schon bei der Treppe, die hinauf zu Glorias Zimmer führt, als ich ihn rief und er stehen blieb und sich umdrehte. Ich rannte die Treppe, die von meinem Zimmer in die Halle führte, hinunter und blieb unten keuchend stehen. Ich sank zu Boden, da der Schmerz zu groß war, weil ich zu schnell gerannt war. Vlad durchquerte mit schnellen Schritten die Halle und fing mich auf, hielt mich in seinen Armen, bis ich mich halbwegs erholt hatte. Als ich wieder normal atmen konnte und der Schmerz erträglich war, führte er mich ins Wohnzimmer und setzte mich auf einen der Stühle. Dann wollte er wissen, warum ich ihm so hinterhergeeilt war, und ich sagte ihm, dass ich Angst bekommen hatte, da mir ein schrecklicher Gedanke kam – in Bezug auf die Person, die sich in Glorias Zimmer aufgehalten hatte, als ich sie besuchen wollte. Jetzt wollte Vlad es genau wissen und ich sagte ihm, dass ich noch Beweise brauchte und ich ihm zu diesem Zeitpunkt schon viel zu viel erzählt hatte. Außerdem verlangte ich von ihm, dass er sich in Geduld üben und Gloria nicht drängen sollte. Ich sagte zu ihm, dass er sie momentan in Ruhe lassen sollte, und schaute ihn dabei durchdringend an. Er gab mir sein Versprechen, nichts zu unternehmen, aber er erwarte von mir, dass ich ihm, sobald ich etwas wisse, Bescheid sagte. Ich nickte und versuchte mich zu strecken, aber der Schmerz ließ es nicht zu und Vlad sagte, nachdem er mich beobachtet hatte und sah, wie ich mich quälte, dass er mich in mein Zimmer begleiten wird. Daraufhin standen wir auf und Vlad legte seinen Arm um mich und wir begaben uns in mein Zimmer. Dort angekommen zog ich mich aus und legte mich ins Bett, nahm eine Schmerztablette und schloss meine Augen. Ich spürte noch, wie Vlad mich zudeckte und mir einen Kuss auf die Stirn gab. Meine Augenlider waren zu schwer, um sie zu öffnen und so verzog ich meinen Mund zu einem Lächeln und schlief dann ein.

Zweiundzwanzigstes Kapitel

Das war nun schon vor zwei Jahren gewesen und durch meine Untersuchungen und Therapien hielt sich der Krebs stabil. Aber ich fühlte auch, dass ich stark sein musste, denn Vlad konnte keine schwachen Frauen an seiner Seite dulden. Mit jedem Schmerz, den ich verspürte, schwand meine Hoffnung, mit Vlad doch noch in eine gemeinsame Zukunft zu blicken.

Es war ein sommerlicher Morgen. Nachdem ich geduscht und mich angezogen hatte, ging ich hinunter in die Halle. Dort wartete bereits Vlad auf mich und begrüßte mich mit einem Kuss. Er erklärte mir, dass er heute unbedingt mitkommen wollte, um das Ergebnis meiner Untersuchung zu erfahren. Ich schaute ihn an und hatte Angst davor, dass er, sollte es schlechter ausfallen, kein Interesse mehr an mir hatte. Er musste mich beobachtet haben, denn er fragte nach meinen Gedanken und ich erzählte ihm von meiner Angst. Vlad nahm mich in den Arm und erklärte mir, dass er immer an meiner Seite bleiben würde, egal was passiert oder wie sehr sich meine Krankheit verändert. Ich nickte und war erleichtert, diese Worte von ihm zu hören, denn sie gaben mir den Halt, den ich brauchte. So fuhren wir gemeinsam – da ich nüchtern sein musste – in der Stretchlimousine zum Krankenhaus. Vlad begleitete mich hinein und ich setzte mich in den Warteraum. Nach einer Weile kam Vlad zu mir und sagte mir, dass bald jemand kommen wird, der mich zur Blutabnahme abholt. Es dauerte nicht lange und eine Krankenschwester kam zu mir und brachte mich in ein Behandlungszimmer, um mir dort Blut abzunehmen. Als dies erledigt war, schickte sie mich wieder in den Warteraum und sagte mir, dass mich der Arzt gleich holen wird. Ich ging dorthin und setzte mich neben Vlad. Es war circa eine Stunde vergangen, als der Arzt in den Warteraum trat und meinen Namen aufrief. Vlad und ich standen auf und verließen gemeinsam mit dem Arzt den Warteraum, gingen einen

Gang entlang und betraten dann sein Büro. Dort nahmen Vlad und ich auf den zwei Stühlen vor dem Schreibtisch Platz und der Arzt uns gegenüber hinter dem Schreibtisch. Dort nahm er eine Akte und einen Laborbericht zur Hand und fing an zu reden:

„Miss Baker, wie Sie wissen, haben wir vor zwei Jahren bei Ihnen Lungenkrebs festgestellt und durch die Untersuchungen und Therapien kann ich Ihnen nun mitteilen, dass Sie, durch die Blutwerte, die mir soeben vorgelegt wurden, den Krebs überstanden haben und gesund sind. Ich sage bewusst nicht vollständig gesund, weil noch die Chance besteht, dass er wieder ausbricht. Aber da Sie unsterblich sind und dadurch einen gewissen Deckmantel haben, wird dies nicht so schnell wieder der Fall sein. Ich würde Ihnen als Ihr Arzt trotzdem raten, sich noch zu schonen und alles ruhig anzugehen. Die Medikation, die Sie bis jetzt erhalten haben, würde ich bis zum Schluss fertig nehmen; und sollten Sie dennoch Schmerzen verspüren, dann kommen Sie wieder und ich schreibe Ihnen ein Schmerzmittel auf. Außerdem möchte ich, dass Sie zweimal im Jahr zum Lungenröntgen kommen.“

Nachdem der Arzt geendet hatte, schaute ich ihn strahlend an und dankte ihm für die frohe Botschaft. Ich versicherte ihm, dass ich die Untersuchungen einhalten werde, und wir standen alle auf und Vlad und ich verabschiedeten uns von dem Arzt und verließen sein Büro. Ich umarmte Vlad und wir gingen Hand in Hand zum Wagen. Dort stiegen wir ein und der Chauffeur fuhr uns nach Hause.

Vlad und ich beschlossen, meine Genesung zu Hause zu feiern und dafür einen Ball zu veranstalten. Als die Limousine auf dem Parkplatz parkte und uns der Chauffeur – es war Stefan – die Türen öffnete, gingen Vlad und ich ganz langsam das letzte Stück zur Burg hinauf. Knapp davor blieb Vlad plötzlich stehen und drehte sich zu mir, nahm meine Hände in seine und schaute mir lange und zärtlich in die Augen. Ich konnte kaum seinen Blick erwidern, da ich merkte, dass er damit mehr sagen wollte, als ich erhoffte. Und dann begann er auch schon zu sprechen und sagte, dass er sich in den letzten Jahren, die ich nun bei ihnen war, sehr in mich verliebt und gemerkt hat, dass es ihm schwerfiel zu entscheiden, welche Frau er nun sein Eigen nennen sollte. Sowohl Gloria als auch ich, sagte er, hätten unsere Vorzüge. Er sagte weiterhin, dass es für ihn kein leichtes Spiel war, er aber nach längerem Grübeln seine Entscheidung getroffen hatte. Bei den letzten Worten schaute er mich seltsam an und ich bekam ein mulmiges Gefühl, denn sein Blick sagte mir, dass er sich wirklich entschieden hatte, und ich hoffte, dass ich ihn nun nicht verlassen musste. Wenn das geschehen sollte, dann wusste ich nicht, wie es weitergehen sollte, denn ich liebte Vlad über alles und konnte mir beim besten Willen keinen anderen Mann an meiner Seite vorstellen. Aber sollte es doch so kommen, dass Vlad mich nicht mehr duldete, so würde ich selbstverständlich das Feld räumen und mein Versprechen bei meinem Vater einlösen.

Ich schaute Vlad noch eine Weile an und fragte ihn dann, wie er sich entschieden hatte. Er schüttelte lächelnd den Kopf und erklärte mir, dass ich mich in Geduld üben solle und es heute Abend beim Ball erfahren werde. Ich seufzte, schlang meine Arme um seinen Nacken und küsste ihn zärtlich. Er erwiderte meinen Kuss und als wir uns wieder voneinander lösten, gingen wir das letzte Stück Hand in Hand zur Burg hinauf. Als wir dort ankamen, klopfte Vlad an das Burgtor und nach einer geraumen Zeit öffnete uns ein Dienstmädchen und wir traten in die Halle ein. Dort verabschiedete ich mich von Vlad und ging in mein Zimmer. Er gab mir einen Kuss auf die Schläfe und ging die Treppe hinauf in sein Büro. Ich war gerade in meinem Zimmer angekommen und wollte mich aufs Bett legen, als ich den Karton bemerkte. Neugierig öffnete ich den Deckel und klatschte freudig in die Hände. In dem Karton lag das schönste Kleid, das ich je gesehen hatte. Es war komplett schwarz, hatte lange Ärmel und ging von der Taille abwärts mit Spitzen besetzt auseinander. Es sah traumhaft und märchenhaft zugleich aus. Als ich das Kleid hochhob und mich damit im Spiegel betrachtete, kam mir wieder in den Sinn, wie mir mein Vater gesagt hatte, wer ich wirklich war. Eine Dämonenprinzessin. Und das Kleid passte dazu. Ich wollte es gerade wieder in den Karton zurücklegen, als mir noch einige Dinge darin auffielen. So legte ich das Kleid daneben und holte die restlichen Sachen aus dem Karton, legte sie auf das Bett und betrachtete sie einmal. Da war eine lange Schärpe, die mit fremdartigen Symbolen und Schriftzeichen versehen war, dann war da noch ein Umhang mit einer goldenen Spange und ein paar lange, schwarze Handschuhe, die aus Seide waren. Jetzt war ich aber mehr als verdutzt, weil ich einerseits diese Stücke kannte, aber mich nicht erinnern konnte, dass ich sie je einmal getragen hätte. Ich war wie vor den Kopf gestoßen und musste mich erst einmal setzten und all diese Kleidungsstücke auf mich wirken lassen. Außerdem nahm ich nun den leeren Karton in die Hand und drehte ihn nach allen Seiten, da ich wissen wollte, von wem er war. Aber ich fand nichts, keinen Namen, keine Anschrift und auch sonst keinen Hinweis, der mir weitergeholfen hätte. Ich legte den Karton wieder zurück auf das Bett und schaute eine Weile grübelnd vor mich hin.

Plötzlich klopfte es an der Türe und ich rief „Herein!", da ich zu faul war, um aufzustehen. Die Türe öffnete sich und Luise kam mit einer kleinen roten Schachtel in ihren Händen herein. Sie begrüßte mich und gab mir die Schachtel. Ich schaute sie an und fragte sie, von wem sie sie bekommen hätte. Aber sie antwortete nicht darauf und bat mich, die Schachtel doch einmal zu öffnen. Ich nahm das Päckchen und öffnete es. Was ich darin sah, übertraf alle meine Erwartungen. Denn in der roten Schachtel lag ein samtenes Schmuckkästchen und als ich es öffnete, befand sich darin ein wunderschönes, glitzerndes Diadem. Ich nahm es vorsichtig heraus und drehte es in meinen Händen. Es war unbeschreiblich. Es glitzerte von allen Seiten und ich wollte es auf keinen Fall aus der Hand legen, aber ich entschied mich doch, es wieder zurück in die Schatulle zu legen. Ich schaute Luise an und fragte sie noch einmal, von wem sie diese Sachen entgegengenommen hatte. Ich schaute sie dabei stirnrunzelnd an, aber sie lächelte nur und meinte, dass das nebensächlich wäre und sie gekommen ist, um mich für den Ball fertig zu machen. Ich resignierte, stand auf und ging ins Bad. Nachdem ich geduscht war und mir den Bademantel anzog, verließ ich wieder das Badezimmer. Inzwischen hatte Luise alles sorgfältig auf meinem

Bett ausgebreitet und hatte auch noch einen Unterrock geholt. Ich ging zum Kleiderkasten und nahm mir frische Unterwäsche heraus. Ich zog den Bademantel aus und legte ihn über die Lehne eines Stuhls und begann mit dem Ankleiden. Zuerst zog ich die Unterwäsche an und dann ging ich zu Luise und sie half mir in den Unterrock. Sie nahm das Kleid und zog es mir von oben über den Kopf an. Dann stellte sie sich hinter mich und schloss den Reißverschluss zu. Als sie wieder vor mir stand, deutete sie zu meiner Frisierkommode und ich setzte mich auf den Stuhl, der davorstand. Sie nahm die Bürste und noch einige andere Utensilien und begann mit der Frisur. Ich schaute ihr durch den Spiegel zu und war froh, dass Luise für mich da war, denn allein hätte ich nie so schöne Frisuren machen können, wie sie das konnte. Nach einer halben Stunde war sie fertig, ging zum Bett und nahm die Schärpe. Ich stand auf, ging zu ihr und neigte etwas meinen Oberkörper und sie legte mir die Schärpe quer von der linken Schulter weg über meinen Oberkörper. Ich schaute mich im Spiegel an und war begeistert. Ich sah aus wie eine Prinzessin. Aber das Wichtigste fehlte noch – und das hatte Luise gerade in ihre Hände genommen. Ich setzte mich wieder auf den Stuhl und sie nahm vorsichtig das Diadem aus der Schatulle, setzte es auf meinen Kopf und fixierte es an meinen Haaren, sodass es nicht herunterfallen konnte. Als sie fertig war, trat sie einige Schritte zurück und ich stand langsam auf, da ich mich erst an das Diadem gewöhnen musste und Angst hatte, es könnte durch eine schnelle oder unbedachte Bewegung herunterfallen. Luise musste meine Bedenken bemerkt haben, denn sie trat zu mir, nahm mich bei den Händen und drehte mich plötzlich so schnell, dass ich nicht schnell genug reagieren konnte und mit einem Aufschrei stehen blieb. Ich schaute in den Spiegel und sah überraschenderweise, dass das Diadem sich keinen Millimeter bewegt hatte. Ich umarmte Luise und dankte ihr für diese großartige Arbeit. Dann gingen wir gemeinsam zum Bett und ich zog mir den Umhang über und zuletzt die seidenen Handschuhe. Dann legte ich noch eine Halskette und ein Armband an und sah mir das komplette Resultat im Spiegel an. Ich erkannte mich kaum wieder, so königlich sah ich aus. Alles passte zusammen und als ich jetzt zum Schluss auch noch ein dezentes Makeup auflegte, war alles perfekt und ich fertig für den Ball. Ich drehte mich zu Luise, dankte ihr für alles und zog zuallerletzt noch meine Schuhe an. Dann öffnete ich die Türe, warf Luise eine Kusshand zu und ging den Gang zur Treppe hinunter. Ich durchquerte die Halle, um die große Treppe hinauf zum Ballsaal zu nehmen. Ich war froh, dass mir niemand begegnete, denn ich wollte alle überraschen. Als ich das obere Treppenende erreicht hatte, konnte ich schon Musik und Gelächter hören. Ich atmete tief durch und ging auf die Türe zum Ballsaal zu. Sie war weit geöffnet und ich trat ein. Kaum hatte ich den Raum betreten, herrschte Stille und man hätte eine Stecknadel fallen lassen können und diese wäre sogar in der hintersten Ecke hörbar gewesen. Ich blieb stehen und schaute in die Menge, die mich anstarrte, als wäre ich ein Alien. Dann merkte ich links von mir eine Bewegung und als ich meinen Kopf drehte, kam Vlad auf mich zu. Er blieb vor mir stehen und schaute mich erstaunt an, gab mir einen Kuss auf die Wange und streckte mir seinen Arm entgegen. Ich hakte mich bei ihm ein und während wir gemeinsam durch den Saal schritten, setzte auch wieder die Musik ein. Vlad blieb in der Mitte des Raumes mit mir stehen. Ich öffnete meinen Umhang, woraufhin ein Diener erschien und mir diesen abnahm. Vlad schaute mich von oben bis unten an und lächelte mich mit leuchtenden Augen an. Dann kam er näher auf mich zu und umarmte mich. In diesem Moment setzte die Musik mit einem Walzer ein und ich legte ebenfalls meinen Arm um ihn und wir begannen uns zum Takt der Musik zu bewegen. Leider ging der Walzer viel zu schnell vorbei und als er endete, nahm mich Vlad bei der Hand und führte mich von der Tanzfläche. Als ich mich etwas umschaute, erblickte ich das Gesicht von Margrethe, Victoria hatte sie mir einmal flüchtig auf einen der Bälle vorgestellt, und ich könnte schwören, dass sie uns, Vlad und mich, sogar heimlich beobachtete. Aber wofür das alles? Wollte sie uns auseinanderbringen? War auch sie in Vlad verliebt? Ich sollte nicht weiter darüber nachdenken und den Abend genießen. Überhaupt war ich auf eine Sache sehr gespannt, und zwar die, die Vlad heute Nachmittag angesprochen hatte. Ich konnte es kaum noch erwarten. Aber würde er das wirklich hier auf dem Ball unter all diesen Personen bekanntgeben. Ich fand nicht, dass das alle etwas anging. Wo war eigentlich Gloria? Ich konnte sie nirgends entdecken. Da fiel mein Blick auf einmal auf Victoria und ich ging zu ihr hin. Sie begrüßte mich lächelnd und fragte mich, wie es mir ging. Ich sagte ihr „gut" und fragte sie gleich, ob sie Gloria gesehen hätte. Sie verneinte und erzählte mir, dass sie auch schon den ganzen Tag nach ihr suchte, sie aber nicht auffindbar sei. Das gab mir zu denken. Was war nur vorgefallen? Hatte Vlad herausgefunden, dass sie mit mir gesprochen hatte und ihr etwas angetan?

Ich konnte Vlad in diesem Moment nicht darauf ansprechen, denn die Situation war zu diesem Zeitpunkt nicht gegeben. Denn plötzlich verdunkelte sich der Raum und nur noch die Kerzen schimmerten. Ich blieb wie erstarrt stehen, in Erwartung eines Angriffes. Aber der Angriff, der erfolgte, den hatte ich nicht erwartet. Auch merkte ich, dass Vlad zu mir kam und mich mit in die Mitte des Raumes nahm und mir gegenüber stehenblieb. Er hatte etwas in der Hand, aber bei dieser Dunkelheit konnte ich nicht genau erkennen, was es war. Er räusperte sich und begann:

„Alle, die ihr hier versammelt seid, sollt nun wissen, was ich zu verkünden habe. Leider ist es Gloria nicht möglich, hieran teilzunehmen, da sie sich momentan nicht in der Verfassung befindet, unter uns zu treten. Aber es wird ihr bald besser gehen und dann weilt sie wieder in alter Frische unter uns."

Ich schaute ihn überrascht an, öffnete meinen Mund und wollte schon etwas erwidern, aber er hob seine Hand und bat mich einzuhalten und ihn anzuhören. Ich schloss meinen Mund wieder und sah ihn voller Erwartung an.

Er kniete vor mir nieder und ich konnte es nicht glauben, was er da tat. Und als er so vor mir kniete, begann er wieder zu sprechen:

„Elizabeth, seit dich dein Vater zu mir geschickt hat und ich dich näher kennenlernen durfte, bin ich nach all den Jahren, die du nun schon bei uns lebst, draufgekommen, dass ich mir ein Leben ohne dich nicht mehr vorstellen kann und ich dich – bitte sage mir deine Antwort – nun fragen möchte …" Damit öffnete er die kleine Schatulle, die er die ganze Zeit in der Hand gehalten hatte und streckte sie mir hin. „… ob du meine Frau werden willst."

Ich brauchte einen Moment und konnte die Spannung im Raum spüren, denn es war wieder kein Laut zu hören. Ich gab Vlad ein Zeichen, dass er aufstehen soll, und er erhob sich. Dann stand er vor mir und schaute mich mit seinen dunklen Augen an. Mir gingen in diesem Moment so viele Fragen durch den Kopf, aber das konnte warten, denn mit den Fragen hätte ich diesen wunderschönen Moment nur zerstört. Aber eine Frage blieb und die lautete, was mit Gloria war, denn sie beide waren verheiratet und ich konnte doch nicht Ja sagen, denn er betrieb dann Bigamie. Nein, das musste geklärt sein. Plötzlich sagte Vlad meinen Namen und riss mich aus meinen Gedanken. Ich schaute ihn und dann den Ring an. Tränen stiegen mir in die Augen, ich nickte ihm zu, schlang meine Arme um ihn und schluchzte an seiner Brust. Vlad ließ es einfach geschehen und nach einer Weile, schob er mich von sich und küsste mich leidenschaftlich. Ich wollte ihn in diesem Moment nicht mehr loslassen, denn ich war überglücklich, dass er mich so liebte. Momentan herrschte eine bedrückende Stille im Raum und dann brach ein tosender Applaus die Stille und Victoria war die erste die uns gratuliert. Es kamen dann noch einige andere und ich schaute sie alle glücklich an und bedankte mich bei jedem für die Glückswünsche.

Nach einer Weile trennten wir uns voneinander und verließen den Ballsaal. Gemeinsam gingen wir die Treppe hinunter in die Halle und von dort ins Wohnzimmer. Dort angekommen durchschritten wir das Wohnzimmer zum Kamin und setzten uns in die Stühle, die davorstanden. Wir schauten eine Weile jeder für sich schweigend in das prasselnde Feuer und ich genoss die Wärme, die diese Flammen versprühten. Dann schauten wir uns an und ich begann Vlad zu fragen, ob er genau wisse, dass er das Richtige getan hatte. Ich sagte ihm auch, dass ich nicht wusste, was mir Gloria los war. Er schaute mich fragend an und meinte, dass alles in Ordnung ist und er mit Gloria gesprochen hat und auch von ihr die Scheidung gefordert hat. Das gefiel mir gar nicht, denn er hatte sie regelrecht überrumpelt und sie einfach vor vollendete Tatsachen gestellt. Ich teilte ihm meine Gedanken mit und er besänftigte mich und wollte aber auch wissen, ob mir das so viel bedeute, dass es Gloria gutgeht. Ich schaute ihn mit verärgertem Blick an und gab ihm zu verstehen, dass ich nicht mit ihm glücklich werden konnte, wenn er mit Gloria nicht in Freundschaft auseinander gegangen war. Denn ich wollte auf keinen Fall mit Schuldgefühlen seine Ehefrau werden. Ich sagte ihm klipp und klar, dass ich mit Gloria auf jeden Fall noch reden werde, egal was er dazu meint oder wie sehr ihn das stört. Ich war nun mal für klare Verhältnisse und wollte, dass Gloria wusste, dass ich Vlad nie heiraten würde, wenn er sie so behandelt hatte. Vlad wurde jetzt seinerseits auch wütend und sagte in scharfem Ton, dass ich es besser so belasse, wie es ist und nicht weiter darüber nachdenke oder mit Gloria spreche, denn sonst müsste er einschreiten und er wollte mich auf gar keinen Fall verletzen. Ich schaute ihn an und wusste, dass es besser war, nicht weiter darauf einzugehen. Mit diesem Gedanken stand ich auf und ging zu Vlad hinüber, setzte mich auf seinen Schoß und wir küssten uns. Dann standen wir auf und gingen hinauf in mein Zimmer, um unsere Verlobung zu feiern.

Dreiundzwanzigstes Kapitel

Das war vor sechs Monaten gewesen und nun stand der Hochzeitstag vor der Türe und morgen würde ich Mrs. Tepes sein. Ich war so aufgeregt, denn ich konnte den morgigen Tag kaum erwarten. In den letzten Monaten hatte ich viele Vorbereitungen zu treffen. Auch hatte ich mit Gloria ein intensives Gespräch gehabt, von dem Vlad auf keinen Fall etwas erfahren durfte, denn ich hatte ihm nach dem Gespräch versprochen, Gloria keinesfalls auf das Thema Scheidung anzusprechen. Aber als ich sie dann einige Tage später gesehen habe und sie sehr traurig wirkte, fasste ich all meinen Mut zusammen und sprach sie an. Sie schaute mich zwar unglücklich an, aber ich konnte auch hinter ihren Augen lesen, dass sie froh war, dass ich den ersten Schritt getan hatte. So hatten wir uns für in einer Stunde im Burghof verabredet und sind spazieren gegangen. Es war ein angeregtes Gespräch, das mir noch lange in Erinnerung blieb, und zwar deswegen, weil sich Gloria mir endlich so weit geöffnet hatte, dass ich sehr erstaunt war, wie unterschiedlich Vlad mit uns beiden umgegangen ist.

Sie erzählte mir, dass sie Vlad vor dreihundert Jahren im Wald – sie war beim Pilzesuchen – getroffen hatte und sich sofort in ihn verliebte. Er war so charmant und höflich gewesen und hatte sie auf seine Burg eingeladen. Nichtsahnend, was ihr dort widerfahren würde, nahm sie die Einladung an und versprach, pünktlich zu erscheinen. Am Abend klopfte sie an das Burgtor und betrat, nachdem es sich geöffnet hatte, die Halle. Dort kam ihr Vlad entgegen und umarmte sie. Dann nahm er ihren Arm und führte sie ins Wohnzimmer, wo der Tisch reichlich gedeckt war. Sie nahm Platz und genoss das Essen. Danach führte er sie aus dem Wohnzimmer, die Treppe hinauf in den Ballsaal. Dort tanzten sie und nach einer Weile fragte er sie, ob sie nicht die Nacht hier verbringen mochte, da es schon sehr spät war. Gloria wusste nicht recht, was sie sagen sollte, da ihr das alles zu schnell ging, aber jedes Mal, wenn sie in die Augen des Fürsten schaute, war sie wie verzaubert. Diese dunklen, starren Augen beängstigten sie einerseits, aber andererseits wollte sie ihn auch nicht verlassen. So nickte sie ihm zu und beschloss, die Nacht hier zu verbringen. Schließlich war es nur eine Nacht – und welche junge Frau hatte schon das Glück, in einer Burg zu übernachten? Vlad zeigte ihr das Schlafzimmer und sie zog sich aus und legte sich ins Bett. Nach einer Weile wachte sie auf, weil sie bemerkte, dass jemand neben ihr im Bett lag. Sie drehte sich um und sah in die Augen von Vlad. Sie erschrak und schrie kurz auf. Vlad nahm sie in die Arme und küsste sie leidenschaftlich. Sie schloss die Augen und gab sich ihm ganz hin. Dann löste er sich von ihrem Mund und glitt mit den Lippen über ihren Hals. Er verharrte dort einen Moment und öffnete den Mund weiter und stieß ihr die Eckzähne in den Hals. Gloria wehrte sich mit aller Kraft, aber Vlad hielt sie ohne große Anstrengung in der Position und saugte ihr weiterhin das Blut aus. Nach einer Weile – Gloria war inzwischen bewusstlos geworden – legte er sie behutsam auf das Bett zurück und betrachtete sie. Es dauerte fast die ganze Nacht, bis Gloria wieder bei Bewusstsein war und sich im Bett aufsetzte. Sie spürte einen Schmerz in der Halsgegend und außerdem musste etwas mir ihr geschehen sein, denn sie fühlte sich anders, nicht mehr so menschlich. Plötzlich bemerkte sie die dunkle Gestalt, die sich aus der linken Ecke von einem dort stehenden Stuhl erhob und langsam auf sie zukam. Als diese Gestalt in den Lichtkreis, der vom Mond stammte, der durch das Fenster schien, trat, erkannte sie ihn. Es war der Fürst, der sie in die Burg eingeladen hatte. Er kam zu ihr und schaute sie lächelnd an. Dann fragte er sie, wie es ihr gehe, und sie erwiderte, dass sie sich anders fühlte, als würde sie nicht mehr leben, aber auch nicht tot sein. Er schaute sie an und erklärte ihr, was er mit ihr getan hatte. Gloria konnte es nicht glauben, was da mit ihr geschehen war und dass sie nicht gefragt worden war. Sie stand auf, zog sich ihre Sachen an und wollte nur mehr aus der Burg und nach Hause. Sie hatte schon das Burgtor erreicht und wollte es gerade öffnen, als sie die Stimme des Fürsten hinter sich vernahm. Er sagte ihr, dass sie diese Burg nicht mehr ohne sein Einverständnis verlassen konnte, da sie sich sonst in große Gefahr begab. Da waren einerseits die Bewohner des Dorfes und andererseits das Sonnenlicht, das sie zu Staub zerfallen ließ. Sie drehte sich zu ihm um und schaute ihn verdutzt an und fragte ihn, was sie jetzt war. Er kam näher an sie heran und sagte ihr, dass sie ab nun eine Vampirin war und in der Dunkelheit leben musste. Jetzt bekam Gloria Angst und fing an zu weinen. Sie wollte auf keinen Fall das sein, was die Menschheit so verabscheut. Aber es war zu spät, der Fürst hatte sie schon verwandelt und nun war sie eine Untote und verdammt, für ewig in der Dunkelheit zu leben und sich von Blut zu ernähren. Vlad nahm sie in die Arme und tröstete sie. Sie merkte schnell, dass er etwas für sie empfand, und sie hatte sich sowieso von Anfang an in ihn verliebt. Gloria erzählte mir, wie sie dann bald geheiratet haben. Sie war sehr glücklich und sie führten eine gute Ehe, obwohl sie manches Mal das Gefühl hatte, dass sie in ihren Taten eher eingeschränkt war, als dass sie sich frei bewegen konnte. Sie erzählte mir auch, dass es schwer war, mit Vlad Konversation zu führen, da er nicht sehr geduldig bei Gesprächen war. Aber sie fügte sich in ihr Schicksal, denn sie liebte ihren Fürsten über alles.

Gloria sagte mir, wie schnell diese Jahrhunderte vergangen waren. Als sie dann endlich nach langem Warten und Sehnen auch noch einen Sohn gebar und Vlad sehr stolz war, einen Nachkommen zu haben, wusste sie, dass es perfekter nicht sein konnte. Und dann geschah etwas, von dem sie geglaubt hatte, dass es nie passieren würde. Sie sagte mir, dass sie traurig war, als ich in Vlads Leben trat, und für sie eine Welt zusammenbrach, als er mit ihr redete und ihr erklärte, wer ich war und von ihr verlangte, dass sie mich ohne Vorurteile zu akzeptieren hatte, denn wenn sie das nicht tat, würde es Konsequenzen geben und der Sohn vielleicht ohne Mutter aufwachsen. Gloria sagte, dass ihr nichts anderes übrigblieb, als sich zu fügen. Aber insgeheim habe sie mich beobachtet und war angenehm überrascht. Zum Schluss sagte sie, dass wir den Rest kannten und es nun an der Zeit war, mit den Vorbereitungen für die Hochzeit fortzufahren.

Gloria und ich gingen zur Burg zurück und sahen uns im Wohnzimmer die Gästeliste an. Es waren auch einige Personen vom Vampiradel dabei. Ich war erstaunt, denn ich hatte nicht damit gerechnet, dass jemand von ihnen teilnahm. Vermutlich lag es daran, dass der Ältestenrat dafür gesorgt hat, dass einige von ihnen zu erscheinen hatten, zumindest – was ich sah – waren es alte und bekannte Freunde von Vlad, die auf der Liste standen. Wir waren gerade dabei, die Tischeinteilung zu machen, als Luise zu mir kam und sagte, dass sie eine Überraschung für mich hätte. Ich verabschiedete mich von Gloria und ging mit Luise aus dem Zimmer. Dann durchquerten wir die Halle und begaben uns hinauf in mein Zimmer. Auf dem Weg dorthin fragte ich Luise einige Male, was es denn sei, dass sie für mich hat. Aber sie ging nicht auf meine Fragen ein und setzte den Weg ohne Unterbrechung fort, bis wir vor meiner Zimmertür standen. Dort verlangte sie von mir, dass ich meine Augen schließe, und ich tat es sofort. Sie nahm meine Hand und nachdem sie die Türe geöffnet hatte, führte sie mich ins Zimmer. Nach einigen Schritten stoppte sie und sagte mir, dass ich meine Augen wieder öffnen kann. Ich öffnete sie und sah mich um, konnte aber nichts erblicken, das sich verändert haben sollte. Doch dann riss ich meine Augen auf, als ich auf das Bett sah. Da lag ein wunderschönes weißes Kleid. Es war schlicht und hatte etwas Mittelalterliches an sich. Ich schaute Luise mit erstauntem Blick an und sie lächelte.

Ich ging zum Bett und hob das Kleid vorsichtig hoch und schaute es von allen Seiten an. Jetzt wollte ich aber wissen, woher Luise dieses Kleid hatte. Ich fragte sie und Luise antwortete, dass dieses Kleid ein ganz besonderes Kleid ist, und sie erzählte mir, dass es Vlads erster Frau, Elisabeta, gehört hat und sie es bei der Vermählung mit Vlad getragen hat. Ich schaute sie erstaunt an und zweifelte, ob ich es anprobieren, geschweige denn, bei meiner Vermählung tragen soll, denn ich wusste nicht, wie Vlad reagieren würde, wenn ich zum Altar in diesem Kleid schritt. Aber ich kannte Vlad inzwischen sehr gut und fand, er sollte mit einigen Situationen allein klarkommen. Denn schließlich war es ein großer Tag für uns beide und da konnte man schon Kompromisse eingehen. Mir gefiel dieses Kleid und ich sagte zu Luise, dass ich es eine sehr gute Idee von ihr fand, dass sie mir das Kleid gezeigt hat. Luise bat mich, es einmal anzuprobieren, ob es passt. Ich tat ihr den Gefallen, zog mich aus und streifte das Kleid über. Als ich es am Körper spürte, war da noch etwas anderes, das ich nicht beschreiben konnte, denn ich fühlte, dass jemand wollte, dass ich dieses Kleid trage. Es war, als wäre da jemand im Raum, den ich nicht sehen, aber spüren konnte. War es Elisabeta, die da bei mir stand und mir ins Ohr flüsterte, dass sie überglücklich war, dass ich mich mit Vlad verband? Ich drehte mich abrupt um, aber da war niemand. Hatte ich mir das nur eingebildet?

Ich ging zum Spiegel und betrachtete mich darin. Ich drehte mich nach allen Seiten und war überglücklich. Dieses Kleid war wirklich wunderschön und es passte, als wäre es für mich geschneidert worden. Als ich wieder gerade vor dem Spiegel stand, setzte mir Luise etwas auf den Kopf und als ich näher hinsah, war es ein weißer, mit Seidenbändern und Rosen verzierter Kranz. Als ich mich drehte, sah ich, dass die Seidenbänder an meinem Rücken herunterfielen. Jetzt war es perfekt und ich konnte es nicht mehr erwarten, Vlad damit zu überraschen. Ich umarmte Luise, zog das Kleid vorsichtig aus und gab es ihr, damit sie es noch vorbereiten konnte für morgen. Luise nahm es an sich und ich gab ihr auch noch den Kopfschmuck. Sie verabschiedete sich und ging aus dem Zimmer. Ich war noch immer wie verzaubert, denn mit so einer Überraschung hatte ich nicht gerechnet. Dass mir so eine Ehre zuteilwird, hätte ich nicht einmal geträumt. Was ich aus Geschichten wusste, war Elisabeta Vlads erste Frau gewesen, die sich durch einen hinterlistigen Verrat das Leben genommen hat. Sie soll wunderschön und anmutig gewesen sein und Vlad soll sie sehr verehrt haben. Leider war das Glück nicht auf deren Seite – durch die Türken. Ich glaube, noch heute denkt Vlad oft an sie zurück, wenn er mich ansieht, da er mir einmal in einem unserer Gespräche gesagt hat, dass ich ihn sehr an sie erinnere. Dabei hat er mich schon fast melancholisch angesehen. Mir war klar, dass Vlad viel zu menschlich geworden ist, obwohl ich nie von ihm verlangt habe, seine wahre Natur zu verleugnen. Machte er das nur, um mir zu imponieren?

Ich ging ins Badezimmer, um zu duschen und als ich wieder herauskam, saß der Mann, den ich morgen ehelichen werde, auf der Bettkante und lächelte mir zu. Ich ging zu ihm hin und setzte mich auf seinen Schoß. Er umarmte mich und legte mich währenddessen auf das Bett. Dann zog er sich aus und wir liebten uns leidenschaftlich. Danach schlief ich mit einem Lächeln ein.

Als ich wieder aufwachte, lag ich allein im Bett und stand auf. Ich ging zum Fenster und zog die Vorhänge zurück und die Sonne strahlte mir direkt ins Gesicht. Ich bedeckte kurz meine Augen vor der Helligkeit, streckte mich und öffnete das Fenster, um frische Luft ins Zimmer zu lassen. Einen kurzen Moment genoss ich noch die Sonnenstrahlen, dann drehte ich mich um und lächelte. Denn es war so weit – heute war der große Tag, an dem ich dem Mann, den ich als einzigen in meinem Leben liebte, das Jawort geben würde. Ich war aufgeregt und nervös zugleich, denn ich konnte es nicht erwarten, endlich neben ihm am Altar zu stehen. Ob Vlad das Gleiche spürte? Ich ging ins Badezimmer und als ich wieder herauskam, klopfte es an meiner Türe und ich öffnete sie.

Draußen stand Luise mit einem Dienstmädchen, das das Kleid und die Utensilien trug, und wünschte mir einen schönen „Guten Morgen". Ich erwiderte ihren Gruß und öffnete die Türe ganz, sodass das Dienstmädchen, ihr Name war Alice, ohne Mühe eintreten konnte. Als alle herinnen waren, schloss ich die Türe. Alice legte das Kleid vorsichtig über einen Stuhl und den Rest auf den Schreibtisch. Dann ging sie zum Bett und richtete dieses. Als sie damit fertig war, nahm sie das Kleid und breitete es vorsichtig auf dem gemachten Bett aus, legte die anderen Dinge dazu und trat auf die Seite. Ich schaute mir alles noch einmal genauer an und war zufrieden. Ich lächelte Luise und Alice an.

Dann gab Luise Alice einen Wink und Alice verabschiedete sich mit einem Knicks und verschwand aus dem Zimmer. Ich drehte mich zu Luise und wir begannen mit der Ankleide. Es war der gleiche Prozess wie beim Ballkleid, nur dass der Unterrock fehlte. Auch trug ich zu diesem Anlass keine Schärpe. Ich fand, dass sie mit den fremdartigen Schriftzeichen nicht dazu passte. Als ich das Kleid anhatte und mich im Spiegel betrachtete, merkte ich, dass es mir immer mehr gefiel. Es schmiegte sich an meinen Körper und war angenehm zu tragen. Die Ärmel, die nach unten hin weit verliefen, verliehen dem Ganzen etwas Magisches. Als Gürtel legte mir Luise ein einfaches Seidenband mit Rosenmotiv um die Hüften. Dann setzte ich mich zu meiner Frisierkommode und Luise begann, meine Haare zu frisieren. Sie ließ sie offen und arbeitete Locken hinein und dann nahm sie den Kopfschmuck, den ich letztens aufgesetzt hatte, und arbeitete die langen Bänder hinten in die Haare hinein. Als sie fertig war, stand ich auf, ging zum Ankleidespiegel und sah das Endergebnis an. Luise nahm einen anderen Spiegel, um mir die Rückansicht zu zeigen und ich schlug vor Entzücken die Hände vor dem Gesicht zusammen, denn sie hatte wirklich sehr gute Arbeit geleistet. Aber Luise hatte noch etwas in der Hand, das mir erst jetzt auffiel, da sie es die ganze Zeit bei sich getragen hatte. Es war ein weißer, dichter Brautschleier, den sie mir nun – ich hatte mich dazu vorsichtig auf die Bettkante gesetzt – in den Kranz einarbeitete und ihn sorgfältig befestigte, sodass ich ihn ohne Bedenken hochheben konnte. Luise sagte, nachdem ich mich wieder erhoben hatte, dass alles perfekt aussah, und ich merkte auch, dass sie Tränen in den Augen hatte. Ich nahm sie vorsichtig in meine Arme und dankte ihr für die Bemühungen.

Als wir uns voneinander lösten, klopfte es an der Türe und ich hoffte, dass es nicht Vlad war. Ich ließ Luise die Türe öffnen und versteckte mich dahinter. Denn ich wollte auf keinen Fall, dass mich jemand so sah. Luise öffnete die Türe und als die Person, die draußen am Gang stand zu sprechen begann, war ich erleichtert. Es war Victoria. Victoria hatte sich dazu bereit erklärt, eine meiner Brautjungfern zu sein. Gemeinsam mit Gloria, die auch eingewilligt hatte, als ich sie gefragt hatte. Aber ich merkte, dass noch jemand ins Zimmer mit eintrat. Ich kam langsam aus meiner Deckung hervor und sah erstaunt in die Augen meines Vaters. Er schaute mich strahlend von oben bis unten an. Ich lief in seine Arme und begrüßte ihn stürmisch. Als er mich dann ein wenig von sich wegschob und ganz betrachtete, war der Blick ernster geworden. Ich schaute ihn an und fragte, was los sei. Mein Vater antwortete mir, dass er nicht ganz mit meiner Entscheidung, was das Hochzeitskleid betrifft, einverstanden ist. Erstens weil es weiß war und zweitens hätte er sich gewünscht, dass ich das Kleid meiner Mutter trage, dass diese bei der Hochzeit angehabt hatte. Ich war am Boden zerstört, denn ich hatte nicht damit gerechnet, dass ich meinen Vater enttäuschen könnte. Was sollte ich nun tun? Alles ausziehen und wieder von Neuem mit dem Hochzeitskleid und dazu den Utensilien meiner Mutter ankleiden? Aber dafür war nicht mehr die Zeit, denn in einer Stunde ging es los. Ich schaute meinen Vater direkt an und fragte ihn, ob er mir verzeihen könne und mich so nehme, wie ich nun angekleidet war. Vater brauchte eine Weile, bis er antwortete, nickte mir zu, gab mir einen Kuss auf die Wange und erklärte, dass es mein großer Tag ist und egal, wie ich mich entschieden habe, er führt mich trotzdem zum Traualtar. Ich fiel ihm um den Hals, gab ihm ebenfalls einen Kuss auf die Wange und hakte mich dann bei ihm unter und so gingen wir gemeinsam aus meinem Zimmer und hinunter in die Halle.

Als wir oben beim Treppenabsatz ankamen und ich hinunter in die Halle schaute, blieb mir vor Staunen der Atem weg. Es war wunderschön dekoriert. Obwohl die Halle nur von Kerzen erleuchtet wurde, war genug Licht vorhanden, sodass man bequem die Treppe hinuntergehen konnte. Unten in der Halle war alles für die Zeremonie vorbereitet und ich konnte auch Vlad am Altar erblicken. Jetzt merkte ich auch, dass Gloria zu uns getreten war, und sie ging, nachdem die Musik zu spielen begann, mit Victoria vor uns die Treppe langsam hinunter. Mein Vater und ich folgten ihnen und obwohl ich nicht weiter hinuntersah, konnte ich Vlads Blicke auf mir spüren. Ich war so nervös, dass ich mich fester an meinen Vater klammerte. Er legte zur Beruhigung seine linke Hand auf meine linke Hand und als wir unten angekommen waren, blieben wir kurz stehen und gingen dann zum Altar. Durch den Schleier sah ich nach vorne und Vlad schaute mir mit einem Lächeln direkt in die Augen. Dann waren wir beim Altar angekommen und Gloria und Victoria gingen zur Seite und mein Vater übergab mich an Vlad. Dieser nahm meine Hände und schaute mich erstaunt an und ich konnte sehen, dass er mehr als überrascht war und sehr glücklich. Dann drehten wir uns zum Altar und die Hochzeitszeremonie begann.

Als sie geendet hatte, lüftete Vlad meinen Schleier und küsste mich leidenschaftlich. Danach drehten wir uns zu den Hochzeitsgästen und gingen Hand in Hand an ihnen vorbei Richtung Wohnzimmer. Dort standen die Türen weit offen und ich sah, wie sich dieser Raum verändert hatte. Der Tisch war in den hinteren Teil des Raumes geschoben worden und dort, wo er gestanden hatte, stand nun ein kleines Orchester. Als wir eintraten, spielten sie auch schon den Hochzeitswalzer und Vlad und ich gingen in die Mitte des Raumes, der nun als Tanzfläche diente und begannen, nach der Musik zu tanzen. Als der Walzer geendet hatte, wurde der hintere Teil erleuchtet und mir stockte der Atem, denn es sah so romantisch aus, wie der Tisch gedeckt und dekoriert war.

Vlad nahm mich bei der Hand und führte mich zu unseren Plätzen. Als alle ihre zugewiesenen Plätze eingenommen hatten, stand Vlad auf und begann mit einer kurzen Rede:

„Meine lieben Gäste,

ich danke euch, dass ihr mit uns diesen Tag teilt, der mir sehr viel bedeutet, da ich endlich die Frau, die ich schon lange begehre und liebe, mein Eigen nennen darf. Elizabeth, ich bin mit Stolz erfüllt, dass du mich zu deinem Mann genommen hast, und ich hoffe, dass wir uns weiterhin so lieben und verstehen, wie wir es bis jetzt getan haben. Ich danke dir für jeden Tag, an dem du mir gezeigt hast, wie man überleben und leben kann. Ich möchte mich auch auf diesem Weg bei jemandem bedanken, der mir das wundervollste Geschenk gemacht hat, das man einem Mann nur machen kann. Und das ist Luzifer, mein jetziger Schwiegervater, danke."

Damit verbeugte sich Vlad vor meinem Vater und setzte sich wieder hin.

Mein Vater erhob sich und sagte:

„Vlad, ich muss dir sagen, dass ich deinen Dank annehme und es mir nicht leichtgefallen ist, dir meine Tochter anzuvertrauen und jetzt auch noch zu übergeben. Ich hoffe, dass du sie immer gut behandelst und sie in Ehren hältst. Ich möchte hier keine großen Reden halten, denn es ist euer Tag und ich wünsche euch – und ganz besonders dir – Elizabeth, dass ihr einander gefunden habt und die Harmonie, die ihr ausstrahlt, noch lange so bleibt.

Auf das Brautpaar!"

Damit standen alle auf, erhoben ihre Gläser und prosteten Vlad und mir zu.

Das Essen war wie immer köstlich und ich nahm mir vor, Luise für alles zu danken, was sie für mich und diesen Tag getan hat.

Ich schaute in die Runde und sah nur glückliche Leute um mich herum. Doch als mein Blick auf Gloria fiel, wurde ich traurig. Es musste sehr schmerzhaft für sie sein, hier mit uns zu sitzen und mitanzusehen, wie Vlad zärtlich mit mir redete und mir manchmal einen Kuss auf die Wange gab. Ich verstand nicht, warum sie überhaupt hier war. Sie sollte sich das nicht antun, und ich hätte es auch verstanden, wenn sie mir gesagt hätte, dass sie mir zwar viel Glück wünscht, ich aber nicht von ihr verlangen soll, dass sie an der Zeremonie und der anschließenden Feier teilnimmt. Durfte sie wieder einmal nicht wählen, hatte Vlad es von ihr verlangt, dass sie präsent sein soll? Diesmal würde ich dem auf den Grund gehen – denn das war ein purer Psycho.

Ich beschloss, diesen Gedanken in meinem Hinterkopf zu speichern, und als mich Gloria anschaute, lächelte ich ihr zu. Sie lächelte zwar zurück, aber ich spürte, dass sie am liebsten aufgestanden und davongelaufen wäre. In diesem Augenblick erhob sich Vlad und ging zu Gloria, um sie um den nächsten Tanz zu bitten. Sie schaute ihn eine Weile an und ging dann mit ihm auf die Tanzfläche. Als sie tanzten, stand ich auf und ging hinter das

Orchester, um mir ein Mikrofon zu holen. Denn ich hatte eine kleine Überraschung für Vlad geplant. Als die Musik endete, trat ich auf die Tanzfläche und sagte:

„Meine lieben Gäste und Vlad, ich habe ein kleines Lied vorbereitet, das ich nun vortrage. Es heißt ‚I will always love you‘."

Die Gäste waren begeistert und riefen durcheinander. Vlad schaute mich erwartungsvoll an. Als die Musik einsetzte, hielt ich das Mikrofon an meine Lippen und wollte gerade beginnen, als ich hinter mir eine singende Stimme wahrnahm. Ich drehte mich um und da stand Gloria und ging auf Vlad zu, während sie weitersang und dicht vor ihm stehenblieb. Ich senkte mein Mikrofon und ging zur Seite.

Gloria hatte eine wunderschöne Stimme und mir kamen fast die Tränen, als ich die beiden sah. Vlad blieb ruhig stehen und sah sie die ganze Zeit an. Als sie dann geendet hatte, nahm er sie in den Arm und küsste sie zum letzten Mal innig. Dann drehte sich Gloria um und verließ den Raum. Es war komplett still geworden und ich fand meine Fassung wieder, ging zu meinem Platz zurück und setzte mich.

Vlad stand noch eine Weile auf der Tanzfläche und starrte regungslos in die Richtung, in welche Gloria verschwunden war. Dann drehte er sich um und kam auf unseren Tisch zu, setzte sich neben mich und gab mir einen Kuss auf die Wange.

Die Feierlichkeiten dauerten noch drei Tage und drei Nächte. Als sie endeten, gingen Vlad und ich das erste Mal als Mann und Frau auf mein Zimmer. Er trug mich über die Schwelle und setzte mich vor dem Bett ab. Wir schauten uns eine Weile schweigend an und ich glaube, dass Vlad in diesem Moment wusste, an wen ich dachte, es aber nicht aussprach. Dann kam er auf mich zu, half mir aus dem Kleid und ich legte mich, nachdem ich die anderen Kleidungsstücke ausgezogen hatte, ins Bett. Vlad legte sich neben mich und umarmte meinen Körper. Als ich mich zu ihm drehte, gab er mir einen zärtlichen Kuss. Wir liebten uns leidenschaftlich und bevor ich meine Augen schloss, sagte ich Vlad, dass ich sehr, sehr glücklich war.

Ja, das war ich, denn ich war mit dem Mann verheiratet, den ich als einzigen Mann je lieben werde und ich werde alles tun, dass es für immer so romantisch blieb. Denn ich habe in Vlad meine Bestimmung gefunden.

Aber ich wusste auch, dass ich noch jemand anderen beweisen musste, dass ich nicht vergessen hatte, wo meine Wurzeln liegen.

Und das war mein Vater.

ENDE

EIN HERZ FÜR AUTOREN A HEART FOR AUTHORS À L'ÉCOUTE DES AUTEURS MIA KAPΔIA ΓΙΑ ΣΥΓΓΡΑ
ΛΑ FÖR FÖRFATTARE UN CORAZÓN POR LOS AUTORES YAZARLARIMIZA GÖNÜL VERELIM SZÍVU
PER AUTORI ET HJERTE FOR FORFATTERE EEN HART VOOR SCHRIJVERS TEMOS OS AUTOR
SZÖINKÉRT SERCE DLA AUTORÓW EIN HERZ FÜR AUTOREN A HEART FOR AUTHORS À L'ÉCOUTE
ΛΛO ВСЕЙ ДУШОЙ К АВТОРАМ ETT HJÄRTA FÖR FÖRFATTARE À LA ESCUCHA DE LOS AUTORE
MIA KAPΔIA ΓΙΑ ΣΥΓΓΡΑΦΕΙΣ UN CUORE PER AUTORI ET HJERTE FOR FORFATTERE EEN HA
SZÖINKÉRT SERCE DLA AUTORÓW EIN HERZ FÜR A
ΛΟ ВСЕЙ ДУШОЙ К АВТОРАМ ETT HJÄRTA FÖR

Die Autorin

 Die heute in Tirol lebende Sylvia
Schwetz wurde 1969 in Wien gebo-
ren. Nach ihrer Ausbildung zur Einzel-
handelskauffrau arbeitet sie zurzeit
als Büroangestellte. Sie ist verheiratet
und hat einen Sohn. In ihrer Freizeit
hört sie Musik, schaut Filme und liest.
Ihr schriftstellerischer Werdegang
ist gerade noch am Anfang und im
Aufbau. Im Alter von 52 Jahren begann sie, ihr
erstes Buch mit dem Titel „Elizabeth und Vlad" zu
schreiben. Schon seit ihrer Kindheit spukt diese Geschichte in ihrem Kopf herum. Nun ist endlich die
Zeit gekommen, ihre Erzählung niederzuschreiben
und auch andere daran teilhaben zu lassen.

novum ▲ VERLAG FÜR NEUAUTOREN

Der Verlag

Wer aufhört
besser zu werden,
hat aufgehört
gut zu sein!

Basierend auf diesem Motto ist es dem novum Verlag
ein Anliegen, neue Manuskripte aufzuspüren, zu ver-
öffentlichen und deren Autoren langfristig zu fördern.
Mittlerweile gilt der 1997 gegründete und mehrfach
prämierte Verlag als Spezialist für Neuautoren in
Deutschland, Österreich und der Schweiz.

**Für jedes neue Manuskript wird innerhalb
weniger Wochen eine kostenfreie, unverbind-
liche Lektorats-Prüfung erstellt.**

Weitere Informationen zum Verlag und
seinen Büchern finden Sie im Internet unter:

www.novumverlag.com